高名凯译文集 4

米露埃·雨儿胥

（法）巴尔扎克 著

海峡出版发行集团 THE STRAITS PUBLISHING & DISTRIBUTING GROUP | 海峡文艺出版社 Haixia Literature & Art Publishing House

目　录

一、诸位受惊的承继人

从巴黎走进那穆尔，人们就得经过罗恩运河。运河的旁岸构成了这小巧玲珑的小都市的田野的栅栏，同时又是他的秀丽如画的遣兴散步场。自从一八三〇年之后，不幸得很，人们就在桥梁这一边盖上了许多的房屋。如果这种郊镇的构成一天一天的扩大的话，小都市的姿态就会因此而失去了他的原来的幽美。但是，在一八二九年的时候，道路的两旁却是毫无所有的，坐在桥顶之上的六十岁左右的粗大的驿站主人能够在一个美丽的清晨俯视他所谓的“如带的畦径”。

九月的气节展开他的宝藏，光辉的气象在野草和石块的上面发亮着，没有任何的云彩来变迁碧蓝的穹苍，到处鲜艳的、洁净的天空，甚至于在地平线的地方，都表现出空气的过度的膨胀。所以，这位名做闵诺肋—勒弗罗尔的驿站主人就不得不用一只手当做眼庇来遮着他的眼睛，免得眼睛发眩。他等待得不耐烦，一会儿看着向路右伸展的芟后又生的草地，一会儿看着从那穆尔向左伸展到布浪的丛生树木的山丘。在罗恩溪谷之中回旋着被山丘的横阻而回响的路声，他听见自己的马匹的奔驰的声响和他的驭夫的鞭笞的轹声。

不是应当好好的当一位驿站主人，因而能够在奔驰着和波特·保罗所绘画的牲畜的草地之前，在拉发埃尔所描绘的天空之下，在霍白马所描写的绿荫河畔之上忍耐的等候着吗？认识那穆尔的人都知道那穆尔的自然界是和艺术品一样的美丽（艺术的任务就是要使自然界神圣化）：在那里，野外的风景是有意念的，会使人构思。但是，看见了这位闵诺肋—勒弗罗尔，一位艺术家一定会离开自己的地位去描绘这位乡神，因为他那种代表普通人的鲁钝的力量是非常新颖的。如果您把一切的粗鲁的条件都结合在一起，您就可以构成一个迦里朋，无疑的，迦里朋是一个伟大的创造。外表占优势的地方，情绪就损失了。

驿站主人就是这句格言的活证据，他代表一种在肉体的粗野的发达之下而不容易让思想家看出任何灵魂的痕迹的身姿。他那小舌瓜边的蓝布帽塑出一只脑袋，这脑袋的粗大的容积证明迦尔的科学还没有写到例外的一章。露出帽沿的灰色的头发好像是发亮的，给您指示这头发之所以发白是因为其他的原因，而不是因为精神的疲惫或心境的忧愁。头的两旁边，人们可以看见两个大耳朵，边缘上差不多都被过分充足的血液的浸蚀而结成疤，这血液似乎是便着，只要稍加力量就会喷出来似的。脸色是棕黑之下更有一层的浅紫，这是习惯于接触太阳的结果。灰色、敏捷、深陷而隐存在两堆黑色的荆棘之下的眼睛，很像是一八一五年前来的迦尔穆克人的眸子；如果这一双眼睛偶尔发亮的话，这只能是贪欲的思念的效果。从鼻根起就是凹陷的，然而这鼻子却突然在锅子的脚下隆隆的高竖。粗厚的嘴唇和双重厚的相当可恶的颔部相调和，好容易每星期刮两次的胡髭好像是用旧了线的破颈巾；一个被脂肪所折叠的颈项是很短的；肥满的双颊完成了雕刻师给雕刻人形的柱子所印上的笨拙的力量。闵诺肋—勒弗罗尔很像这些雕塑，所差者只是这些雕塑支持一个大厦，而他则支持他自己。您可以遇到许多这种没有地球背负的阿特拉斯。这个人的上半身是一个整块：您也许要说是一只站住两只后腿的直立的雄牛。粗暴的手臂末梢是一双又厚又硬又大又强的手，这手懂得如何运用鞭箬、缰辔、刑架，任何的驭夫都不敢对这两只手开玩笑。这位巨人的大腹是由两个和成人的身躯一样粗大的腿，跟象足一般高大的脚来支持的。这人应当是不会发怒的，但是一旦发起脾气来，却是可怕而类似中风的。虽然是粗暴而不会思考的，这个人却从来没有做过什么事，可以适合他的身姿所允许他的恶相。他的驭夫们常常对在这位巨人面前发抖的人说：

"噢！他并不坏！"

我们无妨用许多地方的人所惯用的简称来叫他做"那穆尔的主人"。他穿一件绿瓶色的丝绒短猎衣，一条绿纹的绿色细布裤，一件广阔的羊皮黄背心，背心的口袋里，人们可以看见一只画有黑圈的怪异的鼻烟匣。鸭鼻子用大鼻烟匣，这差不多是没有例外的定律。

革命的儿子，帝国的观客，闵诺肋—勒弗罗尔却从来没有参加过政治的活动；至于他的宗教见解呢，他只于结婚时踏过教堂的门限；至于他的私生活的原则呢，这些原则就存在于民法之中：一切法律所不禁止的或法律所达不到的，他都认为是可以做得的。他只阅读赛纳与奥瓦斯省所出的报章和一些跟他的职业有关的法令。他变成一个能干的农民；但是他的学科却完全是实用的。所以，在闵诺肋—勒弗罗尔身上，精神并不违反身体。因此，他很少说话，而在说话之前，总得抽上一撮鼻烟，延长时间来寻觅语词，然而却不是寻觅思想。聊天吗？您会觉得他是不肯聊天的。在想象这种没有长鼻、没有智慧的像名做闵诺肋—勒弗罗尔的时候，人们不是要跟斯泰因同样的认识那些有时含有嘲笑的意味、有时预言人性的名字的魔力吗？

尽管他如何的赋有这些看得见的无能，在三十六岁的时候，因为革命的帮助，他却居然得有草地、田亩和树林所给他的三千佛郎的年租。如果对于那穆尔的驿务，从迦提纳到巴黎之间的驿务发生兴趣的闵诺肋还在继续工作的话，这多半是因为他要给他的独生子预备一个美满的将来，而不是因为他对此已成为习惯。依据乡下人的说法，这位儿子已经成为一位先生了，他刚刚修毕他的法学课程，而必须在开学的时候举行宣誓典礼，去当见习律师。闵诺肋—勒弗罗尔先生和闵诺肋—勒弗罗尔夫人（我们说到他的夫人，因为大家都从这位巨人身上看到一位没有她这丰富的家财就成为不可能的妇人）都让他们的儿子有选择事业的自由：在巴黎当法律公证人，在什么地方当检察官，在任何地方当税务总局局长，股票经纪人，驿站主人，都随他的便。那一种梦想是不可能的呢！从孟泰尔基到埃松一路上被大家说“闵诺肋伯伯连自己有多少财产都不知道哩”的人的儿子不能希望做到那一种地步呢！四年之前，当闵诺肋售卖旅馆建筑马厩和一所上等的房屋而从码头的大街迁移过来的时候，这句话曾经得到一个新的裁定。新的建设花费了他二十万佛郎，在三十法里范围之内流转的流言而且还把这数目增加了一倍。那穆尔的驿站需要大批的马匹，一直运到通达巴黎的方登布鲁，和孟泰尔基、孟特罗诸路之外；各方面的驿站的距离都是很长的，而孟泰尔基大路的沙砾也让所谓的奇怪的第三匹马给主人收到费用，却永远没有他的出现。像闵诺肋这样结构的一个人，像闵诺肋这样富有的一个人，像他这样的领导这样的一个事业，他总可以称为那穆尔的主人而无愧色了。

虽然他从来没有想到上帝，也没有想到魔鬼，虽然他是一个实践的唯物主义者，正如他是一个实践的农夫、实践的自私主义者、实践的悭吝人一样，到此为止，闵诺肋却享受着一种没有渗杂其他成分的幸福，如果我们得把纯粹的物质生活看做幸福的话。看到一直包到最后的脊骨、一直压着这个人的后脑的脱皮的肉团，尤其是听到与他的举止完全相反的可笑的尖锐的声音，一位心理学家就可以完全懂得为什么这位高大粗胖的农夫这样的崇拜他的独生子，为什么他这样长久的等着他的儿子，正如这孩子的名字得嗣来所解释的一样。总之，如果在一个男子身上，表现健康组织的爱情可以允许最伟大的事物的话，哲学家们就可以懂得闵诺肋的无能的原因了。侥幸得很，儿子是像母亲的，这母亲却跟父亲作溺爱的竞争。任何秉性的孩子都不能够反抗这种溺爱。所以，知道自己的权力范围的得嗣来就懂得如何从他母亲的首饰匣里去挤出她的宝藏，如何从他父亲的荷包里去汲取金钱，使他的父母两个人都相信他只归向于自己一个人。得嗣来在那穆尔的作用是远在一位王子在父王的京城里所有的作用之上的。他希望能够在巴黎过着一切的华丽的生活，正如他在自己的小都市里所过的一样，他每年都在巴黎花费上不止一万两千个佛郎。但是为了这数目，他也学到了那些绝不是在那穆尔所能学到的想法；他剥去了自己的外省的皮肤，他明白了金钱的势力而看到了官职是高升的阶梯。在这最后一年的期间，他又多花了十万佛郎，用在联络艺术家、新闻记者和他们的情妇的花销之上。

一封相当令人挂念的密信，必要的话，可以解释驿站主人所以久待的原因。他的儿子请求他支持婚事，可是忙于给法学士的衣锦还乡预备盛大的庆祝宴的闵诺肋—勒费罗尔姆姆却把她的丈夫送到路上去，吩咐他说，如果没有看见公共邮车的话，就得骑上马。应当把这位独生子送来的公共邮车平常于早晨五点钟到达那穆尔，然而九点钟都已经打过了！到底是谁让这邮车误点呢？是不是翻了车呢？得嗣来还活着吗？他是不是只断了一只腿呢？

三道鞭笞的响声就和众铳齐鸣一般的打破了空气，驭夫的红色背心渐渐的显露着，十匹马嘶叫着！主人脱下帽子，摇动着，他被人家看见了。制御一辆灰白相间的四轮轻车的一位最精于骑术的驭夫刺拍他的驿马，越过了五匹拉邮车的马，厩房的闵诺肋，三匹拉柏林车的马，走到主人的面前。

“你看见杜克礼吗？”

在大交通路上，人家都给公共邮车起上相当奇异的名字：卡伊亚尔·杜克礼（从那穆尔到巴黎的车），大办公室。一切的新企业就是竞争者！诸位勒康德经营车业的时候，他们的车就叫做伯爵夫人。“卡伊亚尔并没有破坏伯爵夫人，但是大办公室却好生生的烧毁了她……她的袍子，至少！”——“卡伊亚尔和大办公室打破了法兰西（法兰西邮运公司的车）。”如果您看见驭夫急速的往前走，而拒绝喝一杯酒的话，您可以问问管理员；他会仰着鼻子朝风，举起眼睛看着远处，回答您说：“竞争者在前面！”——“然而我们却没有看见他哩！”驭夫说，“这个大罪人，他不会让他的旅客吃饭！”——“他有旅客吗！”管理员回答说，“那么，打你的波里额克吧！”一切的坏马都叫做波里额克。这就是驭夫和管理员在车顶上所说的笑话和他们的谈话的底蕴。在法兰西，有多少的职业，就有多少的行语。

“你看见杜克礼里有……”

“得嗣来先生吗？”驭夫打断主人的话，回答说，“唉！您应当听得见我们的声音，我们的鞭声相当的可以告诉您我们的到来，我们都想您一定是在路上等我们的。”

“那么，为什么邮车误点误了四个钟头呢？”

“走到埃松和邦提尔利之间，一只后轮脱了带。可是，没有发生什么意外的事；侥幸得很，葛毕络尔在上山的时候就看到这情形。”

正在这个当儿，一位穿得一身星期日的服装的女人就来到驿站主人的旁边，因为那穆尔的钟声的震荡召唤居民去做星期日的弥撒。这位女人差不多有三十六岁。

“哎，哥哥，”她说，“您不会相信我！我们的叔叔和雨儿胥都在大街，他们到礼拜堂去做弥撒去。”

无论近代的诗律如何的能够表现地方的色彩，我们都不能够重述这表面上如此平淡的消息所要从闵诺肋—勒弗罗尔的大口里激出的可怕的咒骂，而来说明他的真理；他的锐声变成颤抖的，他的脸孔呈现出一般民众所巧妙形容的所谓“烈日所熏”的颜色。

“真的吗？”他发怒说。

驭夫们驾着他们的马匹，向他们的主人致敬而过，这主人却显得没有看见，也没有听见他们的神气。闵诺肋—勒弗罗尔不再等待他的儿子，而和他的从妹一同走上大街。

“我不是常常告诉您这个吗？”她继续说，“当闵诺肋大夫脑筋糊涂的时候，这位小圣女就把他投到宗教的怀抱里；因为抓得住精神的人就抓得住钱包，她一定会得到我们的承继。”

“可是，马山夫人……！”呆笨的驿站主人说。

“啊！您，您，”马山夫人打断他的从兄的话语，继续说，“您也要和马山一样对我说：‘她是一位能够发明许多计划，能够实现这些计划的十五岁的女孩子吗？她能够使一位除了结婚之外从来没有到过礼拜堂，非常讨厌牧师，甚至于第一次领圣体时都没有陪这位女孩子到礼拜堂去的八十三岁老人放弃他的主张吗？’那么，如果闵诺肋大夫讨厌牧师的话，为什么十五年来他差不多每星期的夜会都和沙普郎教士在一起过呢？这位假仁假义的老头儿从来没有忘记给雨儿胥二十佛郎，让她送大祭面包时给烛钱。您难道忘记了雨儿胥为着教士替她预备第一次领圣体的礼节起见所给教堂送的礼物吗？她为教堂花尽了她所有的钱，而她的教父却还她这笔款，而且是双倍还她的。您们什么也不注意，您们这些男人！知道了这些琐事之后，我曾说过：‘再会吧，筐子；葡萄已经收成过了！’没有成见的话，一位有财产让人来继承的叔叔不会对一个从街中捡来的小女孩子这样的举动。”

“噢！妹妹，”驿站主人继续说，“也许这位老先生是偶然带雨儿胥上教堂去的。天气好，叔叔要散步。”

“可是哥哥，叔叔手里还拿着一本祈祷书哩；他还给您装出信神的样子哩！总之，您可以去看他一看。”

“他们真要得秘密，”肥胖的驿站主人回答说，“因为布基发尔的妇人告诉过我在大夫和沙普郎教士之间并没有丝毫宗教问题的存在。并且，那穆尔的教士是世界上最老实的一个人，他可以把他的最后的一件衬衫送给穷人；恶劣的行为是不可能的，而且替换承继，这简直是……”

“可是，这是偷窃。”马山夫人说。

“比这还要坏哩！”闵诺肋—勒弗罗尔喊道，他被多嘴的从妹的话激怒了。

“我知道，”马山夫人回答说，“虽然沙普郎教士是一位牧师，他却是老实人；但是他可以为穷人而做出一切的事！他一定会把我们的叔叔一步一步的埋在底下，大夫也就要变成迷信家的性情了。我们以往太不管事了，结果他就这样的变坏了。一个从来什么也不相信的人居然有了教条！噢！这是为我们而变成这样的。我丈夫真是颠倒错乱了。”

马山夫人的话语就像箭矢一般的刺着她那粗胖的从兄，虽然他是肥满的，她却让他走得和她一样的敏捷，使到教堂去做弥撒的人们都大为惊愕。她要去会合这位闵诺肋叔叔，把他指给驿站主人看。

在迦提纳那一方面，那穆尔城是由一派山丘统制着的，沿着这派山丘伸展着孟泰尔基大路和罗恩运河。教堂就位在这小城的末端，圈围它的一只大环洞的下面。时间给教堂的石头加上一件黑色的外衣，因为无疑的，这教堂是在十六世纪经由基斯人重修的，那穆尔也就是为这些人而建立的公爵采地。建筑物和人是一样的，地位是最重要的。隐在树荫之下而由一块纤丽的广场突然的凸出，这座孤静的教堂却产生出一种伟大的力量。跨入广场的时候，那穆尔的主人居然能够看见他的叔叔拉着名叫雨儿胥的一位年青的女郎，每一个人都带有一本祈祷书，走进教堂。老人在教堂门前的长廊下脱下他的帽子，他那宛如积雪的山巅的白头就在教堂正面楼的温和的黑暗里光耀着。

“呃，闵诺肋，您对您叔叔的谈话要说些什么呢?”名做克勒米埃的那穆尔的收税官喊道。

“您要我说什么呢?”驿站主人回答他说，一边给他献过一撮鼻烟。

“回答得好，勒弗罗尔伯伯！您不能够说出您所想的，如果一位大作家有理由说在说出自己的思想之前一个人必得先想他的语词的话。”一个突如其来的年青人狡猾的嚷着。他在那穆尔所扮演的就好像麦菲斯托发勒斯在《浮士德》中所扮演的角色一样。

这位叫古比尔的坏孩子是那穆尔的法律公证人克勒米埃—地恩尼先生的首席书记。虽然他的过去可以说是放荡的生活，地恩尼终于把他安置在办公室里，因为这位书记把他父亲所给他留下的遗产都用完了（他的父亲是一位富有的农夫，要他当法律公证人)，他的赤贫不允许他在巴黎生活。看了一看古比尔，您就知道他是忙于生活的享受的；因为要获得享受就得付出极大的代价。尽管他的身材是短小的，二十七岁的书记却有四十岁中年人所能有的发达的上身。腿是细短的，广阔的脸孔的颜色是杂乱的，好像暴风雨之前的天色一般，上面是光秃的额头。这一切的一切都使这机构更为显得奇形怪状。所以，他的脸部就好像是属于一位肉瘤向内生长的伛偻。这苍白而带酸味的脸孔的单纯性证明有一种看不见的佝偻的存在。和许多的伛偻所有的一样的弯曲，鼻子

那穆尔的主人居然能够看见他的叔叔拉着名叫雨儿胥的一位年青的女郎，每一个人都带有一本祈祷书，走进教堂。

是从右边长到左边，并不是平分脸部的中央。直向两头收缩的嘴部就像是迦尔地人的嘴一样，总是留心讽刺。稀薄而带赭色的头发一堆一堆的脱落，到处让人看出头盖。粗大而胡乱装在过长的手臂末梢的一双手是钩曲的，不常清洁。古比尔穿上一双最好是扔在墙角的破鞋和一双黑中带红的粗丝袜；黑色的裤子和上衣整个的破旧，积垢成脂；可怜的背心钮子都脱了模；老颈巾就当做领带用；他的整个服装宣告他的无赖的穷困，这是他的嗜好所给他的刑罚。

这整个的奇形怪状又由两只山羊眼，一只又淫荡又懈怠的周围黄色眼肉的瞳孔来统制的。在那穆尔，没有人更比古比尔为人所畏惧、为人所尊敬。以他的丑状所含有的野心为武器，他有那些自以为无事不可成的人们所有的可怕的特殊的聪明，而应用他去报复一种永恒的妒忌所生的失望。他做了一些节庆日所唱的韵文，他编了一些不调和的乐谱，他一个人在城里经营一家小报。狡猾而虚伪，甚至于相当可怕的地恩尼之所以留住古比尔，一方面是因为害怕他，一方面则是因为他那过分的聪明和他那对于本地的利害的深刻的认识。可是，主人对于他的书记却非常的不信任，他甚至于亲手管理钱柜，不让书记住在家里，叫他住在远处，不把任何秘密或复杂的事情嘱托给他。所以，表面上，这位书记阿谀他的主人，心里却藏着由此举动而生的仇怨，他就在地恩尼夫人身上来窥伺报复的机会。赋有一种敏锐的理解力，他这工作是容易的。

“噢！你，原来你已经在嘲笑我们的不幸啦!”驿站主人对摩擦双手的书记回答说。

五年以来，得嗣来把古比尔当做同伴的朋友看待，因为古比尔卑鄙的阿谀得嗣来的一切的嗜好，驿站主人相当放肆的对待他，没有怀疑到在古比尔心坎的深处每当一次新疮来临的时候可怕的恶意如何的堆积着。等他懂得金钱比任何东西都更为必要之后，比一切那穆尔的中产阶级都谙通世故的书记就颇想发一笔财，计算由得嗣来的友谊能够买到城里三个职务之中的一个——法院的书记，一个执达吏的事务或是地恩尼的事业。所以，他只得忍耐的任凭驿站主人的辱骂、闵诺肋—勒弗罗尔夫人的轻蔑，而在得嗣来身边扮演一个卑劣的角色；两年以来，得嗣来都让他去安慰假期之末被他摈弃的亚里安女郎。古比尔于是就吞下了他所预备的冷食的面包片。

“如果我是老头儿的侄儿的话，他绝不会请上帝出来，当我的共同承继人。”书记答辩着，由于丑陋的冷笑而露出他那漆黑吓人的稀少的牙齿。

正在这个时刻，法院的书记、年青的马山—勒弗罗尔陪着他的妻子，领着那穆尔的收税官的太太克勒米埃夫人来。这位人物是这小都市的一位最涩硬的中产阶级，他有一个鞑靼人的身姿：两只圆小的眼睛好像是倾斜额坡之下的乌荆子一样，头发是捲绉的，脸色是油亮的，耳朵是宽大而没有凸形的边缘，嘴部差不多看不见唇，胡髭是稀少的。他的举止有放高利贷的人的残暴的温柔，这些放高利贷的人的举动都是依据已定的原则进行的。他就像没了嗓子的人一样的说着话。总之，为着描写他起见，我们只要说到他用他的长女和他的妻子去缮写判决词就够了。

克勒米埃夫人是个肥胖的女人，不大美丽，脸上满布着红黄色的斑点，紧紧的缩在袍子里面。她是地恩尼夫人的朋友，而变成一个有教养的女人，因为她念读小说。这位最下等的财政学家却满心希望时髦，希望有美丽的神气，等着从她的叔叔手里得到一笔遗产去让她装得一身“鲜艳”，排布她的客厅，在那里接见中产阶级；因为她的丈夫不给她卡尔塞尔大灯，石印图片和她在书记夫人家里所看见的琐碎的物品。她特别害怕古比尔，因为古比尔侦伺她，传布她的误会（她这样的翻译舌误这个字眼的意思）。有一天，地恩尼夫人对她说她不知道要用什么药水去洗牙。

“用些鸦片剂吧。”她回答说。

老闵诺肋大夫的一切的旁系亲属差不多都在这广场上会齐，而所以啸聚他们的事件的重要性是这样的惊动人众，使携带有红色的雨伞，穿着节庆日使街道上变成美丽的风景的鲜艳颜色的衣服的一群一群的男女农夫们的眼睛都朝向着这些闵诺肋的承继人瞧着。在那些隔乎大镇和都市之间的小城市中，不愿意做弥撒的人都会集到广场上来。人家都在那里谈论是非。在那穆尔，弥撒往往是和星期市场同时举行的，散处周围半法里之内的居民的家主都到这市场里来。这也可以解释农民们在粮食和手工的价格方面如何的团结去对抗中产阶级。

“那么，你要怎么办呢?”那穆尔的主人对古比尔说。

“我要和他所呼吸的空气一样的变成他的生命的必需品。可是，第一，您并不懂得如何去获得他！正如美人一样，承继也需要加以爱护，不爱护，您就要丢掉他们。如果我的女主人在那儿的话，”他继续说，“她一定会告诉您这个比喻如何的正确。”

“可是，班格兰先生刚刚告诉我，叫我们不要忧虑。”法院的书记回答说。

“噢！有许多的方式来说这句话啊，”古比尔笑着回答，“我一定很愿意来听您这法院的奸黠哩！如果再也没有什么办法的话，如果正如那位靠您叔叔生活的人一样，我知道一切都丢掉了的话，我一定要对您说：‘请您一点儿也必忧虑！’”

说这最后一句的时候，古比尔发出一个狡猾的微笑，给他们一个明显的意义，让这些承继人怀疑书记是被法院的机智所愚弄了。无足轻重的短小的收税官，一位聪明的女人所要愿望其为不存在的收税官就用下面一句话来惊吓他的共同承继人马山：“我什么时候告诉您这个！”

赋有双重人格的人总要看到人家的双重性，马山侧视这时候正在教堂附近和一位老主顾鲁弗尔侯爵谈天的承审员。

“要是我知道这个啊！”他说。

“您可以使他所允许给鲁弗尔侯爵的保护不生效果，侯爵正受到许多的打击，他正给侯爵灌上许多的主意，”古比尔脑筋里浮出报复的念头，就这样的对书记说，“但是，您得屈从您的长官，这位老先生很精细，他对令叔一定有影响，他也许是能够阻止他把财产整个的遗赠给教会。”

“哼！我们不会因此而饿死。”闵诺肋—勒弗罗尔说着，打开他的大鼻烟匣。

“您也不会因此而生存。”古比尔回答说，他使两位妇人战栗，因为她们比她们的丈夫更快的认为他们所计算的承继的损失就是穷困。“在庆祝得嗣来回乡之中，我们可以把这小小的忧愁沉没在香槟酒里，不是吗，大伯？”他拍着巨大的肚皮，继续着说，这样的邀请了自己，只怕人家忘记了他。

二、等待承继的老人

没有往下叙述之前，认真的人也许要在这里预先找到一种类似族谱的开场白，这在认识这些家庭的三位父亲和他们的妻子对于忽然皈依宗教的老人的亲属关系的程度而且有相当的必要。这外省的边僻地区的血统的错杂可能是理性思考所无法应付的题材。

那穆尔只有三四家不甚闻名的小贵族，其中光耀着波尔丹杜埃尔这一家。这些互不相容的家庭常常和占有近邻的土地和别宫的贵族们来往，尤其是圣兰慈这块肥沃的土地的业主戴格曼和财产都成为抵押品而被中产阶级窥伺的鲁弗尔侯爵。城里的贵族是没有产业的。波尔丹杜埃尔夫人所有的一切财产只是年租四千七百佛郎的一块农场和城里的一所房子。和这小规模的圣日耳曼镇相反的则有一班差不多十个富翁，老磨房业者，退休的商人，总之，一个小型的中产阶级，在这阶级之下动乱着小商人、无产阶级和农民。正如在瑞士的省份或许多其他的小国一样，这个中产阶级表现出一种奇异的景象，就是一些土著家庭的分散（也许是高尔人），他们统治这一块土地，侵略这一块土地而把一切的居民几乎都变成了亲表。

路易十一的时候，第三阶级的人终于取了绰号当做真姓，有的甚至于和封建社会的姓名相混合。这时候，那穆尔的中产阶级是由闵诺肋、马山、勒弗罗尔和克勒米埃组成的。在路易十三的时候，这四个家族已经产生了马山—克勒米埃、勒弗罗尔—马山、马山—闵诺肋、马山—马山、克勒米埃—马山、这一切的家族又由于后嗣、长子克勒米埃—佛兰苏、勒弗罗尔—约克、约翰—闵诺肋而化为无数的家族，可以使民众的安西尔姆神父发疯，如果民众需要编制世系表的学者的话。这四种成分所构成的家族万花镜的变迁是由生育和结婚而愈加复杂化的，结果那穆尔的中产阶级的族谱甚至于都使高特的《年鉴》的编者为难，虽然他们曾用原子的科学整理过曲折的德意志民族的婚媾关系。

很久的期间，闵诺肋一家占有硝皮业，克勒米埃一家占有磨坊，马山一家从事商务，勒弗罗尔一家一直是农夫。

从地方上看来是侥幸的，因为这四个世系是生萌蘖，而不是生棒根，或是由于出外寻宝的子孙的离乡而生的接树：在麦龙有刀商闵诺肋，在孟泰尔基有勒弗罗尔，在奥黎昂有马山，而克勒米埃也在巴黎变成相当有地位的。这些从同一蜂窝出来的蜜蜂却有不同的命运。富有的马山当然的雇用马山工人，正如德意志的王公为奥地利或普鲁士效劳一样。在同一的行政区域里可以看见一位当兵的闵诺肋看守一位百万富翁的闵诺肋。满充着同样的血统，呼唤着同样的姓名，这四根梭子不停的织成一块人种的布匹，每一片段都成为袍衫或饭巾，高贵的细麻布或粗糙的夹里。同样的血液流到头部，流到脚头或是心坎，流到勤紧的手中，流到苦痛的肺部，流到天才的大额。家族的领袖忠实的住在小城市里；在这儿，亲属关系的连系是由这奇异的同姓同名所代表的事件而松弛、而紧缩。在我们所走过的几个国度里，如果换上别的名字，您还可以找到同样的事实，只是没有封建社会所给他印上 W·司各脱用天才所写出的诗章而已。

我们的眼光无妨往高抬一点，我们无妨研究历史中的人类。

现在几乎全部消灭的十一世纪的贵族（除了王室迦伯一族之外），事实上都曾为产生一位现在的罗韩、一位现在的孟莫莲西、一位现在的布弗尔孟、一位现在的孟特马尔效劳过；总之，一切的家族都必得在最卑贱的绅士的血统之中成为最高的绅士。换言之，一切的中产阶级都是另外一个中产阶级的堂表，一切的贵族都是另外一个贵族的亲人。正如《圣经》上关于世系的卓越的记载一样，一千年之中，闪、占和约非三个家庭的子孙能够布满全地球。一个家庭可以变成一个国族，不幸得很，一个国族也可以变成一个孤独的家庭。为着证明起见，我们只要研究一个家族的世系——这家族的祖宗是以几何的倍数往后推算的——这数字是由象棋的发明家演算出来的。这位贤者因为发明象棋的报酬而向波斯国王请求第一个棋盘格给他一个麦穗，第二个棋盘格给他两个麦穗，他说这样的加倍下去，就连整个的王国都不足以报酬他。贵族的血统网被中产阶级的血统网拢络着，一个受不变的制度的保护，一个受忍耐的工作和商业的机智的抚育，这两个血统的对立就产生了一七八九年的革命。这两个差不多结合在一起的血统现在是面对面的对着他们的没有遗产的旁系弟兄。他们要怎么举动呢？我们的政治的前途可以给我们一个圆满的答案。

在路易十五时代只简简单单的名做闵诺肋的家庭非常多子嗣，这家庭的五个子女之中的一个，就是走进教堂、激动人众的这位闵诺肋，曾经到巴黎去寻找财宝，只在长时间的距离之中出现在他的出生地。无疑的，他是到本城来寻找祖父母死后所给他留下的一份遗产。正如一切有坚强意志而要在巴黎世界中显露头角的年青人一样，受过长时期的苦痛之后，闵诺肋夫妇的儿子却得到了一个比他当初所梦想的还要美丽的命运；因为他最初献身于医学界，这是一个需要天才和运气的职业，可是运气却比天才还要重要。在杜朋（那穆尔人）的支持之下，无意中和福尔泰尔所谓的“磨人”的摩勒教士相结交，在百科全书派的保护之下，闵诺肋大夫就以参谋的资格归附于迪德罗的朋友伟大的医生保尔德。在阿兰伯尔、赫尔微特鱼斯、何尔巴哈男爵、格林姆之前，他是一个小孩子，然而这些人却终于对闵诺肋发生了兴趣，正如保尔德一样；在一七七七年左右，闵诺肋也就有了相当多的主顾，大半都是自然神教的信徒、百科全书派、感觉主义者、唯物论者，正如当时人所喜欢称谓富有的哲学家。虽然他是一个走方郎中，也却发明了著名的勒里埃弗尔药膏，甚为《法兰西水银杂志》所称扬，而且这杂志的后面还有这种药膏的永恒的广告。这杂志是百科全书派的周刊机关报。药剂师勒里埃弗尔先生是一位能干人，闵诺肋只认为这药膏是记入药方录中的一种准备工作，而他却看出这是一个成功，他也很忠实的把利益分给大夫，大夫在化学方面是卢埃尔的学生，正如在医学方面是保尔德的学生一样。他们都是唯物主义者。

一七七八年是卢梭的《新哀绿绮思》统治思想的时代，这时代的人们有的时候是为恋爱而结婚的；大夫就为了恋爱而娶了大革命所杀害的纤弱的著名音乐家竖琴专家米露埃·梵兰堂的女儿。米露埃和罗布斯皮尔有深交，他曾使后者因为关于下面的问题所作的论文而得到一颗勋章：

> 对于一位受过耻辱的刑罚的罪人所加在他的家庭上的耻愧，什么是对这耻愧所生的舆论的根源呢？这种舆论是不是更为有害，而无用处呢？如果决定在肯定方面作答的话，那么，有什么方法可以避免结果的弊害呢？

梅次的王家科学艺术学会应当有这论文的原稿，闵诺肋就是这个学会的会员。虽然因为了这个交情，大夫的妻子可以毫无畏惧，可是她却非常恐怖，只怕走上断头台，因为过度的敏觉所生的动脉瘤而使她这无法克服的恐惧更加恶化。无论这崇拜妻子的男子如何的想尽预防的办法。雨儿胥终于因为看见了满载着和罗兰夫人同车的囚犯的车子而吓死了。闵诺肋为雨儿胥而衰弱，他没有拒绝过她任何的要求，而她则过着一种小情妇的生活。妻子死了之后，闵诺肋就几乎变为穷人了。罗布斯皮尔使他被委为一所医院的首席大夫。

虽然在麦斯梅氏的动物磁力术的激动所生的争辩的时候，闵诺肋的名气已经相当的建立了起来，虽然他的名声不时不时的使人想起他的父母，但是大革命却是一个极大的镕解剂，把他的家族关系整个的断绝了，结果在一八一三那一年，当意外的相逢使他想起要和兔子一样回到故乡去老死的时候，那穆尔人却整个的不知道他了。

法兰西的平原的单调会使眼睛立刻感到疲惫；旅行法兰西的时候，谁不会在下坡或转弯的当儿从山坡的高处看到一派小河所灌溉的新鲜的溪谷和一座老柳树穴中的蜂窝似的躲在岩石之下的小城呢？听见陪着马匹步行的驭夫口中所发出的“喂！喂！”的声音，人们就从倦怠中醒来，好像在梦中之梦中一样的羡慕着一些美丽的风景，这风景之于旅客，正如书中的动人的一段之于读者一样，都变成了他对于自然界所有的奋发的思想。这就是人们从布尔岗走进那穆尔忽然看见这城市时所有的感觉。从那里，人们看见他是由许多脱皮的、灰色的、白色的、黑色的各种奇形怪状的岩石包围着的，正如他们在方登布鲁的森林中所找到的一样，那里伸展出许多散乱的树木，和天空明澈的划成界线，而给这种坍颓的城墙画出一个粗朴的姿态。那里结束了自那穆尔沿路蔓延至布浪的丛生树木的山丘。在这畸形的山间溪谷的脚边平卧着一块草地，罗恩运河就在这草地上流着，形成了瀑布。这幽雅的野景就是孟泰尔基大路所沿行的，颇似歌剧的布景，他的效果是这样详细研究出来的。

一天早晨，因为布尔岗一位富有的病人的邀请，大夫急忙的回到巴黎来，碰巧他没有告诉前站的栈房他所要走的道路，不知不觉的路过那穆尔，而在两次的睡梦之间重新见到这消磨童年时光的山景。

那时候大夫已经损失了许多的旧友。百科全书的信徒曾经亲眼看过哈尔布的转变，他曾经埋葬过勒布郎—潘达尔、陈匿埃·马利—约瑟，还有摩勒利，还有赫尔微特鱼斯小姐。他看见过福礼郎的承继人热奥福罗意打击福尔泰尔，使这后者一半倒台的幕景。他想退休。因此，当他的邮轿停留在那穆尔大街的高路上的时候，他就一心一意的调查自己的家庭。闵诺肋—勒弗罗尔亲身来看大夫，大夫认得驿站主人是自己的长兄的亲生子。这位侄儿告诉叔叔他的妻子是勒弗罗尔—克勒米埃伯伯的独生女，他的岳父十二年以来给他留下这驿站和那穆尔最美丽的旅馆。

“那么，侄儿，”大夫说，“我还有其他的承继人没有呢?”

“我的姑姑，您的妹妹嫁给一个马山—马山。”

“是的，圣兰慈的干事。”

“她守寡守到死，只留下一个女儿，刚跟一位克勒米埃—克勒米埃结婚，一个还没有地位的漂亮的孩子。”

“好！她是我的直系外甥女。因为我那位当水兵的弟弟年青就死去，闵诺肋军佐死在芒特—勒基恼，我又一个人在此，我的父系的亲戚都已经没有了。我在母系方面还有亲戚吗？我的母亲是一位马山—勒弗罗尔·约翰。”

“马山—勒弗罗尔·约翰一家只剩下一个马山·约翰，”闵诺肋—勒弗罗尔回答说，“他给克勒米埃—勒弗罗尔—地恩尼先生娶亲，这位先生是草料商人，不幸死在断头台上。他的妻子因为失望和穷困也跟着死去，只留下一位女儿，嫁给还很健康的一位孟特罗的农夫勒弗罗尔—闵诺肋；他们的女儿刚刚嫁给一位孟泰尔基地方的法律公证人的书记马山—勒弗罗尔，书记的父亲是锁匠。”

“所以，我不发愁没有承继人了。”大夫愉快的说，他要他的侄儿陪他在那穆尔绕一个圈儿。

罗恩运河波浪似的横贯城中，两旁边都是有假山的花园和纤丽的房屋，他们的外表使人认为幸福必定是存在于这里，而不是存在于别的地方。当大夫自大街转入布尔乔亚街的时候，闵诺肋—勒弗罗尔就指给他看巴黎的富有铁商勒弗罗尔先生的产业，他说这位铁商不久刚刚弃世。

“叔叔，这是一所出卖的好房子，这房子在河边有一个漂亮的花园。”

“咱们进去吧。”大夫瞧见小铺石院子尽头有一所夹在两所隐在树林和攀络的植物的荫影之下的房屋之间的房子，就这样的说。

“这房子是盖在地窟上面的。”大夫说着，从那只放有几个培植风吕草的瓷盆的石阶走进房子。

正如大部分外省的房屋一样，这所房子是被一道通至花园的走廊隔断着的，右边只有一间由四个窗户透光的客厅，两个窗户是朝院的，两个是朝园的；可是勒弗罗尔—勒弗罗尔却专门把这四个窗户之中的一个当做自客厅通到河边的一条砖砌的狭长的贮藏室的进口用，河边一只怪异的中国楼就连接着这贮藏室的尽头。

“好!”老闵诺肋说着，打开了这个贮藏室，盖上了地板，“我可以利用这块简单的建筑物来排布我的书房和我的办公室。”

走廊的另一边，朝园的地方，有一间饭厅，里头的装饰品是黑地绿黄花的漆器，这饭厅是由扶梯的围墙和厨房给隔开的。人们就由扶梯后面的一个小食料室和厨房相交通，厨房的铁栏窗是朝向院子的。第二层楼有两套寓所，上面的房顶楼装有护壁板，还可以居住。走马看花似的看了这所从高至下，从院子这一边至花园那一边都装饰有绿帘的房子，这所在河边接上一座安放瓷盆的土台的房子之后，大夫就说：

“勒弗罗尔—勒弗罗尔一定为这个花了不少的钱！”

“噢！像他这样粗鲁的人，”闵诺肋—勒弗罗尔回答说，“他喜欢花草，真是傻事！我的妻子说过：‘这能出产什么呢？’您想巴黎一位画师曾经到这里来给他的走廊画上壁画哩。他到处装上整块的玻璃镜。天花板都用每尺价值六佛郎的剜饰改装过饭厅，用光滑狭木砌成的地板都是镂嵌细工，真是发了疯！房子并不多值一文钱。”

“好吧，侄儿，请你给我想法子买到这所房子，请你告诉我什么时候办好，这是我的住址；其余的事情我的法律公证人可以注意到。——谁住在这对面呢？”他走出来说。

“几个被迫移殖的贵族！”驿站主人回答说，“一位波尔丹杜埃尔骑士。”

一旦买好了房子，著名的大夫却不到这里来居住，他写信给他的侄儿，叫他设法出租。勒弗罗尔迷宫就成为了那穆尔的法律公证人的住宅，这位公证人刚好在巴黎把他的事务出让给他的书记长地恩尼，而于两年之后与世长辞，给大夫留下一所出租的房子，这正是拿破仑在附近解决命运的时候。几乎受了诱惑的大夫的承继人最初都以为他会因为老富翁的狂想而有回乡的意向，但是却失望的想到巴黎的环境会把他留住，使他们难于得到他的遗产。闵诺肋—勒弗罗尔的妻子终于利用机会给大夫写了一封信。老人回答说只要签订了和约，只要路上没有兵士的壅塞，交通恢复了常态，他就要回到那穆尔来居住。他曾经到这里来过一次，带着两个主顾，一个救济院的建筑师和一个地毡业者来，叫他们负责修理，布置内部的陈设，转运家具。闵诺肋—勒弗罗尔夫人就拿女管家的资格给他介绍已故公证人的女厨，他也就接受了。当承继人们知道叔叔或叔祖闵诺肋一定要到那穆尔来居住的时候，他们家里都被一种吃人的好奇心（然而却是合法的）所侵蚀，毫不顾虑这时候正在重压迦提纳和勃丽的政潮。叔叔是不是富翁呢？他是省节的呢，还是喜欢花钱的呢？他要留下一份大财产呢，还是什么也不留呢？他有一些养老金吗？然而他们却终于在万分的悲痛和有力的侦查之后知道原委了。他的妻子米露埃·雨儿胥死了之后，自一七八九至一八一三之间，在一八〇五年受命为皇家御医的大夫曾经赚过不少的钱，可是没有人知道他的财产的数字。他的生活很简单，除了租用一年的车子和奢华的寓所外没有其他的费用，他从来不请客，总是在城里吃饭。因为没有陪他到那穆尔去而发怒的他的女师傅曾经对驿站主人的妻子勒弗罗尔·齐丽说，据她所知，大夫在国库大账上有一万四千佛郎的年金。在某医院的首席大夫、皇家御医、研究院评议员这些大有出息的衔头之下行医二十年之后，继续存放的结果只有一万四千佛郎的年金，这最多只能代表十六万佛郎的积蓄！假使每年只积蓄八千佛郎的话，大夫必得有许多嗜好或是许多义举让他花钱；但是无论是女师傅也好，是齐丽也好，谁也猜想不出这数目所以这样有限的原因。同乡惋惜闵诺肋，然而他却是巴黎一个最喜欢施济的慈善家，而且正如拉雷一样，他对自己的义举从来严守秘密。这些承继人于是就用非常满意的心情去看他们的叔叔搬运富有的家具和丰富的书籍来。他们的叔叔已经是十字勋级会的军官啦，已经由国王任命为圣米赤儿的骑士啦，这也许是因为他的退休曾给国王的某个宠臣让出一个空缺。可是，当建筑家、油漆匠和地毡业者用最合适的方法把一切都布置好之后，大夫却没有来。闵诺肋·勒弗罗尔夫人好像是自己的财产似的老是监督着地毡业者和建筑师，她从一个派来整理书籍的年青人的疏忽里知道大夫抚育有一位名叫雨儿胥的孤女。这消息惊动了那穆尔全城。这位老人终于在一八一五年正月中旬回到自己的家里来，阴险的带着一位年纪仅及十个月的女婴儿来，陪着还有一位乳母。

“雨儿胥绝不能够是他的女儿，他已经七十一岁了!”受惊的承继人们说。

“不论她是谁，”马山夫人说，“她都要给我们不少的担当!”(一句那穆尔的土话)

大夫相当冷淡的接待他的母系的归孙女，就是刚弄到法院的地位的书记的妻子，他们俩是最早对他谈论自己的生活的困难的。马山和他的妻子并不富有。在孟泰尔基当锁匠的马山的父亲不得不和他的债权人有所接洽，他在六十七岁高龄的时候还像年青人一样的工作着，没有留下任何的财产。随着战争的结果，眼看着自己的农场的被灾、自己的田园的被毁、自己的牲畜的被杀，马山夫人的父亲，勒弗罗尔—闵诺肋，刚在孟特罗逝世。

“我们得不到你的表叔祖的任何东西了。”马山对他那业已怀孕第二胎的妻子说。

大夫秘密的给他们送去一万佛郎，公证人和那穆尔的执达吏的朋友、法院的书记就用了这一笔款开始放高利，这样迅速的指挥附近的农民，古比尔甚至于知道他有差不多八万佛郎的秘密的资本。

至于另外一位外甥女呢，大夫也曾利用他的巴黎的关系让克勒米埃当了那穆尔的收税官，替他交了保证金。虽然闵诺肋—勒弗罗尔并不需要任何的东西，对于叔叔之宽待外甥女和归孙女而生妒忌心的齐丽却把自己的儿子介绍给大夫。那时候，她的儿子正好十岁，她要把他送到巴黎一个学堂去读书，她说巴黎的学费很昂贵。大夫是方当的医生，他给他的侄孙在路易大帝学校中找到一笔半免费的资金，人家就把这位侄孙编在第四年级。

克勒米埃、马山和闵诺肋—勒弗罗尔都是非常平凡的人物，他们一开始就包围老人的承继，并不是包围老人，用不着人家的控告，两个月之后，大夫就判定了他们的行为。受本能引导的人和有思想的人相比较，是有短处的，人家可以立刻猜到他们的用心：本能的感应太自然，太刺眼，不会不立刻让人家看见；反之，要深知有思想的人的念头，就得有双方的同样的智慧。等到承继人们对他感恩，封上他们的嘴之后，聪明的大夫就拿他的工作、他的习惯和看护小雨儿胥的需要来做借口，绝对不接待他们，虽然并没有让他们尝闭门羹。他喜欢一个人吃饭，他睡得晚、醒得晚，他是到故乡来休息、来隐居的。这些老年人的孤癖好像是很自然的，他的承继人们也很满意的在星期日的一点钟至四点钟之间去拜会他，然而他却想方法来结束这拜会，而他们说：

“需要我的时候再来看我吧。”

大夫并不拒绝患有危病的病人，特别是赤贫的病人，他给他们瞧病，但是他却一点儿也不愿意当那穆尔的小救济院的医生，他宣布不再行医。

“我治死过不少的人。”深知他有慈善心的沙普郎教士为贫民请求他诊治，他就笑着说。

“他真是一个有名的奇人！”

这句批评闵诺肋大夫的话语是对受伤的自尊心加上无害的报复，因为医生组织有一个小社会，这社会的人物应当值得和承继人们成为对照。自以为值得去扩大一位佩有圣米赤儿的黑带的人物的宫廷的中产阶级，他们都妒忌大夫本身和他的私友；不幸得很，这妒忌又见诸行动。

三、大夫的朋友们

古语说得好，“一切的极端都可以相碰。”正因为这奇怪的现象，唯物主义者的大夫却和那穆尔的教士立刻结成朋友。老人非常喜欢教会人物所爱好的骰子戏，而沙普郎教士也刚刚好是大夫的劲敌。所以这游戏就形成了他们之间的第一个联系。再则，闵诺肋是个慈善家，而那穆尔的教士也正好是迦提纳的菲尼郎。他们两个人都受过各种的教育；上帝的子民是全那穆尔唯一了解这位无神论者的人。为着能够互相争辩起见，两个人必须先互相了解。对不能感觉的人说出许多刺激的话语有什么意思呢？医生和牧师都是非常有趣味的人，他们看得太清楚上流的社会，他们不能够不实践他的戒律；他们能够在谈论中宣布一种非常必要的小战争。他们互相仇恨彼此的意见，但是他们却互相尊重彼此的人格。如果这样的对立，如果这样的同情不是深切交情的成分的话，我们不是得对特别在法兰西引起某种抗争的社会失望吗？仇恨之发生是人格的堕落的结果，并不是观念的争斗的产物。因此，沙普郎教士就变成了大夫在那穆尔所有的第一个朋友。

这位传教士那时候已有六十岁的年纪，自从重建天主教以来，他就是那穆尔的教士。因为教徒对他的情感，他曾拒绝过教区副主教的职务。如果教外的俗人认为他最好是这样的话，忠实的教徒也就更加喜欢他这样了。所以，在教徒的尊敬之下，在民众的仰慕之下，教士就做了许多的好事，并不问不幸的人到底有什么宗教意见。他的住宅好容易才有一些生活上最必要的用具，冷落而空虚得简单和一位悭吝者的寓所一般。悭吝和慈善是由同样的效果表现出来的：慈善不是在天上堆积财宝，就像悭吝在地上堆积财富一样吗？沙普郎教士是用高布斯白克的同样的严厉的态度来和他的女仆争论的，如果这位著名的犹太人有女仆的话。善良的牧师常常卖掉鞋上或裤上的银钮去救济使他惊愕的一文莫名的穷人。看见他穿着一条裤角结在钮洞中间的短袴走出教堂的时候，城里的信徒就到那穆尔的钟表首饰店去找回教士的银钮，给他带回来，责备他。他从来没有购买布料和衣服，他把衣服一直穿到不成其为衣服的时候为止。他的衬衫缝补得厚厚的，就好像苦衣一样的箍住他的皮肤。波尔丹杜埃尔夫人和其他热心的太太们就和女管家商量好，等他睡觉的时候，把他的衬衫和他的旧衣服换上一套新的。教士往往不会立刻发觉这改换。他在家里用锡盘吃饭，他的食具都是铁制的。当他于节庆日接待住持教士和其他教士的时候（这是乡村的教士的责任），他就从他的无神论的朋友处借到银制的食具和桌布。

“我的银器救了他。”大夫就这样的说。

这些善良的举动迟早总会被人发现的，总得到精神上的鼓励，和高卓的天真一同的完成。这种生活值得嘉许，因为沙普郎教士有渊博的学问和高贵的机能。在他身上，文雅和流畅是素朴纯厚的两个不可分离的成分，给他提高了一种配得上司教的谈吐的性质。他的态度、他的品格和他的作风，都给他的职务加上了既聪明又天真的趣味。他喜欢诙谐，他从来没有在沙龙里装出牧师的尊严的神气。一直到闵诺肋大夫来的时候为止，这位好好先生都把真情隐匿起来，不加惋惜；但是，也许他却因为知道如何应用他而觉得快乐。当他来到那穆尔的时候，他有一套相当丰富的藏书和两千佛郎的年金。可是到了一八二九年，他却只有教士的收入，并且每年都差不多整数的分配给别人。他常常在复杂或不幸的事情中给人家许多的劝慰，所以颇有不少从未到教堂去寻求安慰的人众都到他家里来请教他的意见。

为着完成雕塑这位德高望重的人物的肖像起见，我们只要举一桩小事来做例子就够了。有些农民（当然是很少数的，然而却是很坏的）说，他们因为债务的关系有被拘或是被追的危险，他们要激动沙普郎教士去救济他们。他们甚至于骗了自己的妻子。这些妻子眼看着自己的财产将要被充公，自己的牲畜将要被没收，她们就用诚实的眼泪来欺骗教士。教士依照她们的要求，给她们找到七八千佛郎，然而这些农民却拿这笔款去购买一块土地。敬虔的信徒和管理教会财产的评议员告诉沙普郎教士这桩事情的真相，请他跟他们商量，免得受贪欲的人的欺骗，他就对他们说：

“这些人也许会做些什么坏事去求得这一块土地哩，这不是阻止他们做坏事的好办法吗?”

读者也许会在这里很高兴的找到这个速写；这个人的图像颇堪注目，因为科学和文学都浸进他的心坎，浸进他的健全的脑袋，然而却没有使他败坏。

沙普郎教士已经六十岁了，他的头发完全发白了，因为他太努力分担别人的苦楚，大革命的政潮对他有极大的影响。因为两次拒绝发誓，他曾两次下狱，但是根据他自己所说的，他也曾两次说过“上帝啊，我的灵魂是在您的手中”。中等的身材，不胖也不瘦。他的脸孔有很多的皱纹和疤点，没有什么颜色，可以用脸纹的沉静和轮廓的纯净（这轮廓好像有光辉环绕着）去立刻引起人们的注意。一位贞洁的人的脸孔有一种我也说不出来的神采。含有活泼瞳孔的棕色眼使这个盖有阔额的畸形的脸孔更加有生气。

他的眼光是有力量的，这可以用一种并不排斥力量的温和来解释。眼睛的穹窿好像遮阴的拱形屋顶一样的形成了并不使人畏惧的斑白的眉毛。因为他脱落了许多牙齿，他的嘴部变形了，他的双颊深陷了；但是这种缺憾并不缺乏韵致，这些温厚的皱纹也好像对您微笑似的。他并没有风痛病，他的脚富有感觉性，走起路来是这样的困难的，甚至于一年四季都穿着奥黎昂的羊皮鞋。他觉得时式的裤子并不适合于牧师的身份，所以总是穿着女管家给他编织的黑色羊毛袜和一条呢裤。他从来没有穿过教士的黑袍出门，而穿棕色的礼服，就是最坏的天气也勇敢的戴上三角帽。这位高贵的漂亮的老人，他的脸孔总是被一种不可咒骂的灵魂的安静所美化，他对本书所述的事态和人物总应当有一种极大的影响，我们应当预先追溯他的权威的来源。

闵诺肋收到三种报纸：一种自由党的，一种内阁派的，一种极端保王党的，他又收到一些期刊和科学杂志，这些刊物的收集扩大了他的藏书。报纸、百科全书派的医生和书籍，这些东西对于一位名叫约尔地先生的王家瑞典军的军佐是个吸引。约尔地是福尔泰尔派的绅士，他是一个依靠一千六百佛郎的津贴和养老金来生活的老单身汉，从教士手中转借过来，读了几天《日报》之后，约尔地先生认为应当去给大夫道谢。第一次的拜访之后，这位军官学校的前任教授老军佐就得到了老医生的垂青，大夫兴奋的给他回拜。

约尔地先生是一位枯干细小而被血液烦扰的军佐。虽然他的脸色非常的苍白，他却会使您立刻注意到他那一副类似查尔十二的美丽的额头，在这额头之上保持着和这位当兵的国王同样梳成分头的短发。他那蓝色的眼睛可以使人想起“爱情曾经从这里经过”。这眼睛富有深愁的色彩，令人一望而感到兴趣，这眼睛闪灼着他所严守秘密的回忆，他的老朋友并不奇怪他有这样的过去生活，也不惊异他对这悲剧所生的叹息。他把他的苦痛的过去的神秘隐藏在一种哲学家的愉快之下；但是，当他相信自己孑然一身的时候，那迟笨的麻木的动作（这多半是有意的，而不是衰老的结果）可以证明他有一个苦恼而常定的深思：所以沙普郎教士就给他起了一个绰号，叫他做“不自知的基督徒”。走起路来，总是穿着蓝呢的衣服，他那峻峭的身躯和他的服装表现出他的军事训练的旧习。他的温和的声调可以感动人心。他那幽美的双手是他的面貌的切图，令人想起阿尔多瓦公爵的丽手，给人指示他在年青时是如何的漂亮，更使人对他的神秘的生活感到莫测高深。他无意的自问打击昔日集中在他一身之上的美丽、勇敢、温柔、知识和心灵的最宝贵的性质的到底是哪一种的不幸。约尔地先生听到罗布斯皮尔的名字就会发抖。他吸太多的鼻烟。最奇怪的是：他居然改换了他的旧习惯，只为雨儿胥表示不喜欢他，因为他有这恶习。无论什么时候看见这个小孩子，军佐就给她投去差不多是深情的眼色。他这样疯狂的喜欢她的双眸，他这样的对她发生兴趣，结果他的情意也就使他和大夫的联系更为紧密。大夫从来不敢对这位老单身汉说这句话：

“您，您难道也丢了孩子吗？”

世界上有一些善良而忍耐的人，他们在生活中有一种伤心的思想和一个表现在嘴唇之上的温柔的苦楚的微笑。他就是这些人之中的一个，和他们共负晦涩的罪名，而不让人家猜透这个谜，这也许是因为骄傲，是因为轻蔑，或是因为报复。只有上帝是他的知己，只有上帝是他的安慰者。

约尔地先生和大夫一样，他也是到那穆尔来寻觅安静的死所的。他在那穆尔只去会见总是为教徒而工作的教士和九点钟就上床睡觉的波尔丹杜埃尔夫人。从战场疲惫的回来，他终于变成了一个夜间早眠的睡伯，无论他的枕头包有什么芒刺。所以，无论从医生方面来说，或是从军佐方面来说，能够得到一位见过同样的世面，会说同样的语言，可以互相交换意见，也睡得晚的人，实在是侥幸。约尔地先生、沙普郎教士和闵诺肋第一次在一起过夜会的时候，他们就都觉得非常的快乐，牧师和军官也就每晚九点钟到大夫家里来，因为这时候小雨儿胥已经睡着了，老人已经自由了。他们三个人一直坐守到半夜或是清晨一点钟。

不久这三位一体却变成了四大金刚。另外一个是深知生活的人，他在职业的活动上学到了宽仁、知识、观察、精细和谈话的才能，正如军佐、医生和教士是在对付心灵、疾病和教学上也得到这些一样。这个人就是那穆尔的承审员班格兰先生。承审员闻出这些夜会的愉快的气味，而追求大夫的社会。在那穆尔当承审员之前，班格兰先生曾经在麦龙当过十年法律代言人，他在那里给人家辩护，因为依据没有律师的城市的惯例，法律代言人可以执行律师的职务。四十五岁死了妻子，他觉得自己还太活泼，不能够无所事事；所以他就请求委派为那穆尔的承审员，这一缺刚好是在大夫安居那穆尔之前几个月空下的。司法大臣总是喜欢能够找到熟识诉讼手续的人，特别是有经验的人来执行这重要的职务。班格兰先生很俭仆的用他的一千五百佛郎的薪金生活在那穆尔，因而能够把余下的收入都拿来供给他的儿子。这位儿子正在巴黎读法学，同时又跟著名的的法律代言人窦尔维尔研究诉讼法。班格兰伯伯相当像一个退休的老师长：脸部略带灰白色；事务、误算、失望都在这脸上给他留下许多的痕迹；反复的思考和那些不能说一切的话的人所有的不断的家庭的紧缩给他的脸孔留下不少的皱纹。但是这脸孔却常常因为那些相信一切而什么也不相信，惯于见闻一切而不惊愕，测量自私的念头在心坎的底端所表现出来的深度的人所有的特殊的微笑而焕发。在他那褪色而在头上压成波形的头发之下，显露出一只敏锐的额头，这额头的黄颜色正和他那衰瘦的毛发的纤维相调和。他那收拢的脸孔就和狐狸一样，特别是因为他那既短且尖的鼻子。正如一些大声说话的人一样，从他的阔嘴里喷出许多的白沫，使他的谈话好像是下雨似的。古比尔也就调皮的说他："我们得带一把伞去听他说话。"或是："在法院里，和下雨一般的喷出许多的判词。"他的眼睛好像是精细的躲在他的眼镜的后面；但是脱下了眼镜，他那磨练过多的目光却似乎是糊涂的。虽然他是喜悦的，甚至于愉快的，他的举止却未免带有过分的要人的神气。他的两只手差不多总是放在裤袋里的，除非是用一种精细的观察或尖锐的辩论才能告诉您的可笑的动作去架紧他的眼镜的时候以外。他的姿势、他的多言癖、他的天真的吹嘘，这一切的一切都表现出他是外省的法律代言人；但是这些小缺点只存在于表面上；他用一种正确的道德学家将要称为"对于喜欢高人一等的性情的自然的宽仁"的慈善之心来消除这些小缺点。如果他有一点狐狸的神色的话，他也同样的有高度的机智，而并不狡诈。他的机智是智慧的游戏。但是人们不是称那些能够预先见到结果而预防别人所给他们设置的陷阱的人为有机智的人吗？承审员喜欢打魏斯特牌，这是军佐和大夫懂得的游戏，也是教士于短时期内所学会的。

这个小社会就在闵诺肋的客厅里形成了一个沙漠中的绿洲。那穆尔的医生既不缺乏教育，也不缺乏世故，他崇拜闵诺肋，认为他是医药界中的一颗明星，他也参加这会社；但是因为他的忙碌，他的疲惫逼着他早睡，预备早起，使他不能够和其他的三位大夫的朋友一样的有恒。这五位高人是那穆尔唯一有相当广阔的知识去彼此了解的人物，他们的集会可以解释为什么老闵诺肋要摈斥他的承继人：如果他得给他们留下他的财产的话，他就不能够请他们到他的社会里。也许是因为驿站主人、书记和收税官都懂得这个调儿，也许是因为叔叔的正直、叔叔的慈善行为所给他们的保证，他们也就不来看他，使他大为畅快了。四位魏斯特牌和骰子戏的玩客于是就在大夫迁居那穆尔之后的七八个月间结成了一个细密的、不容他人参加的会社，这会社在他们之中的任何一个看来，都像是意外的晚年的兰契，他的甘蜜只有让他们更好的玩味。这几位精神上的选民所组成的家庭，他们都照自己的兴味而在雨儿胥身上找出一个养女：教士想到她的心灵，承审员自荐为她的财产管理人，军佐愿意变成她的蒙师；至于闵诺肋呢，他既是父亲，又是母亲，又是医生。

服了水土之后，老人就养成习惯，节制生活，因为这生活都得在一切外省的僻处加以节制。为了雨儿胥，他早上不接客，从来不请人吃饭；他的朋友们可以在六点钟左右到他家里来，一直在那里留到午夜。先到的人可以在客厅的桌上找到报纸，念着等其他的人来，有的时候，或者就到外边去接大夫，如果大夫出去散步的话。这些清静的习惯不但是年老人所必要的，同时也是一个熟识世故的人的聪明而深远的计算，不让承继人们的不安的好奇或是小城市的闲话来纷扰他的幸福。他不让这位心性不定的小女神知道任何的舆论。舆论的暴虐是法兰西的一个不幸，他要在我们的国土中建立一个另外的省份。所以，当女孩子断乳开始学走路之后，他就辞退了他的侄妇闵诺肋—勒弗罗尔夫人所给他介绍的女厨，因为他发现她把他家里所发生的事情都一五一十的告诉驿站主人的夫人。

雨儿胥的乳母是一位贫苦工人的寡妇。这工人只有受洗礼的名字，没有家姓，他是从布基发尔来的。当大夫受到这位寡妇的穷困的感动而请她来当乳母的时候，她刚刚丢掉了她的十个月的最后的孩子；大夫认为她是一个老实而善良的妇人。布基发尔地方的彼得的寡妇名叫巴特丽·安多恩纳特，她是从勃勒斯的穷困的家庭来的，她没有什么财产。她自然而然的归心于雨儿胥，正如乳母们看护乳儿的时候对于她们所抚养的乳儿都同样的归心一般。这种盲目的母性爱又由家庭的职责而更加强。预料到大夫的意向，布基发尔的妇人就背地里学会当厨房，变成清洁的、巧妙的，在老人的习惯之前让步。她十分谨慎的保护家具和住宅；还有，她是不会疲惫的大夫不但要给他的私生活盖上围墙，而且还有理由去隐瞒他的事情，不让他的承继人知道。安居之后的第二年起，他家里就只有布基发尔的妇人，他绝对相信她会严守秘密，而在节俭的大题目下隐蔽着他的真正的动机。在承继人们的畅快之下，他装做一位悭吝人。这故事开始的时候，布基发尔的妇女年纪四十三岁，她并不谄佞，她只以她的关切和忠诚的影响而成为大夫和大夫所保护的孩子的女管家，成为家中的一切能够运行的枢纽；总之，她是一位可以信托的女人。人们叫她做布基发尔的妇人，因为大家都认为没有法子把她的宗教名安多恩纳特应用在她这个样子的一位女人身上，原来名字和脸貌必须服从调和的定律。

大夫的悭吝并不是一句空话，他是有目的的。自从一八一七年算起，他节省了两份报，停止订阅定期的杂志。他每年的开销没有超过一千八百佛郎，这是全那穆尔人所能估计的。正如一切的老年人一样，他简直不需要任何的布单、任何的袜子、任何的衣服。他每六个月到巴黎去旅行一次，无疑的是去取钱和存放他的收入。十五年了，他没有说过一句可以让人探知他的事情的话语。他对于班格兰的信任是很晚的；他只于一八三〇年的革命之后才把自己的心打开给班格兰看。在大夫的生活中，这些是当时的中产阶级和他的承继人所知道的唯一的事情。至于他的政治见解呢？因为他的房子只付一百佛郎的房捐，他什么也不参加，他同样的拒绝给保王党和自由党捐钱。他对野和尚的厌恶、他的自然神论都使他不大喜欢示威运动，所以当他的侄孙闵诺肋—勒弗罗尔·得嗣来派一位外勤的书商来给他提议购买《梅斯里埃教士》或《福伊将军演讲录》的时候，他却把这位书商请出门外。这样的容忍是那穆尔的自由党人所觉得不能解释的。

大夫的三位旁系承继人，闵诺肋—勒弗罗尔和他的夫人后辈的马山—勒弗罗尔夫妇、克勒米埃—克勒米埃夫妇，——下面我们只简称他们为克勒米埃、马山和闵诺肋，因为这些累赘的分别只在迦提纳有必要；这三个家庭都太忙，不能够建立其他的中心，他们常常见面，因为小城市的居民总是常常见面的。驿站主人给儿子的生日大开盛宴，给狂欢节开一个跳舞会，又给他的结婚纪念日另开一个跳舞会，他请了全那穆尔的中产阶级。收税官也每年邀聚两次他的亲威和朋友。法院的书记，他说自己太穷了，不能够这样的浪费，他自奉过俭的生活在大街中部的一所房子里，他把这房子的地面楼租给他的妹妹，邮政局的女局长，这又是大夫的一个善举。然而，在一年之中，这三位承继人或他们的妻室总在城里、散步场、早市、门前或弥撒之后的广场上（正如现在所发生的一样）相见面，好像每天都见面似的。特别是三年以来，大夫的年纪、他的悭吝和他财产都使人生出许多的揣测，或说出许多和他的承继直接有关的话语，渐次的播扬，终于使大夫和他的承继人们都出了名。六个月以来，没有一星期闵诺肋承继人们的朋友或是他们的邻居不用一种阴密的妒忌对他们说：这位好好先生闭上两只眼睛的那一天，他的钱柜也就自然而然的自己打开了。

“闵诺肋大夫真是好医生，他和死神有默契，只有上帝才是永生不死的。”其中的一个说。

“嘿！他还要埋葬我们哩；他比我们的身体都好哩。”承继人虚伪的回答说。

“总之，要是这不是您的话，您的儿女们总可以得到这承继，除非这位小雨儿胥……”

“他不会把全数都留给她。”

依据马山夫人的预料，雨儿胥是承继人们的仇敌、他们的达摩克礼斯的宝剑；“嘿！谁能活着谁就看得到！”这句克勒米埃夫人的得意的结论说得相当的清楚，他们多半都是希望她的厄运，而不是她的幸福。

和驿站主人相比较，收税官和书记是穷苦的，他们常常用谈话的方式估计过大夫的承继。沿着运河或大路散步的时候，如果他们看见他们的叔叔或舅舅来的话，他们就用一种可怜的神色互相的注视。

“他一定留有什么长生不死的仙丹。”其中的一个说。

“他和魔鬼订有合同。”另外一个回答说。

“咱们俩，他得给咱们留下两份大的，因为那个胖闵诺肋，他并不需要什么东西。”

“啊！闵诺肋有个孩子，这孩子要吃他不少的钱！”

“您估计大夫的财产有多少呢？”书记对财政家说。

“十二年尽头，每年节省下来的一万两千佛郎加在一起就是十四万四千佛郎，复利至少有十万佛郎；可是，因为受了巴黎法律公证人的劝告，他似乎曾经做过一些好买卖，又因为一直到一八二二年为止他似乎曾经在国库上用百分之八而至于百分之七点五的利息存放过他的款项，这位好好先生现在又可以提用差不多四十万佛郎，还没有计算百分之五的年息所产生的一万四千佛郎，现在已经积成十一万六千佛郎了。所以，如果他明天死去而没有给雨儿胥留下特别大份儿的话，他就可以给我们留下七八十万佛郎，他的房子和他的家具还在其外。”

“好吧，给闵诺肋十万，给小姑娘十万，咱们俩每个人都有三十万；这是最公平的。”

“啊！这使咱们特别的顺手。”

“如果他这么办的话！”马山喊道，“我就要卖掉我的书记室，去买一个好产业，我想当方登布鲁的承审员，我要当议员。”

“我，我可要买一个证券经纪人的职务。”收税官司说。

“不幸得很，他臂下的这位小姑娘和这位教士这样的包围他，咱们对他是毫无办法的。”

“无论如何，咱们总可以担保他不会给教会留下一文钱。”

现在，谁也想象得到这些承继人看见他们的叔叔或舅舅到教堂去的时候是如何的恐怖。人类对于利益的损害总是相当聪明去思索的。利益之构成农民的聪慧正如利益之构成外交家的聪慧一样，在这场合上，表面上最愚笨的人也许会变成最高强的。所以，在最笨的一个承继人的智慧中就显露出用光亮的字眼表达的可怕的推理：“如果小雨儿胥有力量把她的保护人送到教会的怀抱里的话，她就能够得到她的承继。”驿站主人忘记了他的儿子信中所含的谜语，他立刻跑到广场上来；因为，如果大夫在教堂里念读弥撒的日课的话，这就是损失十五万佛郎的问题了。我们得承认承继人们的恐惧是根据最强烈、最合法的社会情绪而来的。这情绪就是家庭的利益。

四、齐丽

“好吧，闵诺肋先生，”市长说（他是一位勒弗罗尔—克勒米埃，从前是磨粉业者，后来参加保王党），“魔鬼老的时候就会变成一个出家人。人家说令叔倾向于我们。”

“宁可晚，不要永远不倾向我们，表哥。”驿站主人回答说，他想方法遮掩他的烦恼。

“如果我们失败的话，那个人要怎么发笑啊！他很可能让他的儿子娶这位落地狱的女妖，但望魔鬼用他的尾巴来缠绕她！”克勒米埃喊道，一边紧握住拳头，指着走进教堂门前的长廊的市长。

“地上的事情和克勒米埃伯伯有什么关系呢？”那穆尔的屠夫说，他是勒弗罗尔—勒弗罗尔家的一位长子，“他不是应当高高兴兴的瞧着他的舅舅走上天国之路吗？”

“谁能够相信这个呢？”书记说。

“啊！永远别说：‘泉水啊，我不要喝你的水。’”法律公证人回答说，他从远处看见这一群人，就离开他的妻子，让她一个人到教堂去。

“好，地恩尼先生，”克勒米埃挽住公证人的手臂，对他说，“在这种环境里，您要劝我们怎么办呢？”

“我劝您们，”公证人走近承继人的一群，说，“我劝您们按照平常的习惯，准时睡觉，准时起床，喝您们的汤，别让他凉啦，把您们的脚穿进您们的鞋子里，把您们的帽子戴在您们的头上，总之，我劝您们绝对要继续您们的生活方式，好像什么事也没有似的。”

“您太不会安慰人了。”马山给他投去一道狡狯的眼色，对他说。

无论他的身躯是如何的短小，无论他是如何的肥满，无论他的脸部是如何的扁厚，克勒米埃—地恩尼总是和绸缎一样的轻快。为着发财起见，他秘密的结交马山，无疑的他曾告诉马山谁是窘迫的农民，哪一块地可以吞没。这两个人于是就能够细细的选择，向来不让任何的机会轻轻的逝去，分享了拿抵押品做保证的高利贷所得到的利益，这高利贷虽然不能够阻止，然而却迟慢了农民在地上的耕作。所以，地恩尼对于大夫的承继之有强烈的兴趣，多半是为他的朋友这法院的书记，而不是为驿站主人闵诺肋和收税官克勒米埃。马山的部分迟早可以增加他们的资本，两位合资的朋友就是用这资本在县里活动的。

“咱们可以从班格兰先生处想方法知道这一枪从哪里开出。”公证人低声的回答，警告马山不要出声。

“喂，你在那里干什么呢，闵诺肋？”一位短小的女人突然的喊着，混进这一群里。驿站主人在这一群人的当中，就像是一座塔楼似的。“你不知道得嗣来在哪儿，你却插着腿聊天，我还以为你骑马去了哩！——您们好，太太们，先生们。”

这位苍白的、金色发的、瘦小的妇人穿着一件白地咖啡色大花棉织印花布的袍子，戴着一顶饰有花边的绣花帽；她的扁平的肩膀披有绿色小披巾，她是叫最粗暴的驭夫、家仆和车夫战栗的驿站女主人；她管理钱柜和账簿，她用指头和眼色料理家事，正如邻居所常说的。和其他真正的主妇一样，她没有任何的珍饰。

她并不耽好金铂和不生利的装饰，用她自己的话来说。她喜欢结实，就是节庆日也不换掉黑色的桌布，在这桌布的口袋里常常响着一大串的钥匙。她那叫吠一般的声音可以打破耳鼓。和她的温柔蓝色眼相反的，她的严酷的眼光却正好和她那紧缩的小口的薄唇相配合，却正好和一个倨傲的圆形的高额相调和。目光的投射是锐利的，更锐利的则是她的姿态和她的话语。古比尔常常说："不得不有两个人的意志的齐丽，她往往还得为第三个人而有意志。"她注意到三位穿得一身洁净的年青的驭夫的相继的统治；每七年的服务之后就换上了一个朝代，这都是齐丽给他们建立的。这位狡猾的书记就管他们叫做：驭夫一世、驭夫二世和驭夫三世。可是这三个年青人在家中的影响的薄弱和他们的绝对的服从，证明齐丽完全只是对真正的好孩子发生兴趣。

"真是，齐丽喜欢热心勤紧的人。"书记回答那些给他提到这问题的人说。

这句批评并不正确。自从她的儿子出生以后，驿站女主人就只想去增加她的财产，不停的献身于庞大的企业的管理。她自己抚育这儿子，虽然人家不知道她是如何的抚育法。偷她一束草或是几斗荞麦，在最复杂的账中去欺骗她，这简直是不可能的事，虽然她和猫爪一样的涂鸦，虽然她的整个数学的知识就是加法和减法。她的散步就是出去巡视刍草、芟后又生的青草和荞麦，然后，她就派人去收成，叫她的驭夫去扎草，对他们说在一百分的分量之中这一块或那一块草地应当出产多少。虽然她是这位名叫闵诺肋—勒弗罗尔的大汉的灵魂，虽然她是用她那高耸的怪鼻的尖端来指挥他，她却产生出多少激动恶兽驯养者的恐怖。所以，她常常在他面前发怒，驭夫们也由于闵诺肋跟他们的吵闹知道他什么时候受他的妻室的烦忧，因为他迁怒到他们身上来。闵诺肋夫人而且很能干，她不仅注重利益而已。在全城里，说"没有他的太太，闵诺肋要弄到什么地步啊”的人不只是一家。

“当你知道我们发生了什么事情的时候，”那穆尔的主人说，“你也就要神经错乱了。”

“那么，到底是什么事情呀？”

“雨儿胥领着闵诺肋大夫去做弥撒去了。”

勒弗罗尔·齐丽的瞳孔放大了，她的脸孔因为生气而发黄了一会儿，然后就说：“我亲眼看见才相信！”说完，她就急忙跑进教堂去，弥撒正在进行到举圣饼的阶段。利用大家对于她的欢迎，闵诺肋的女人居然能够一排椅子一排椅子的看着，沿着祈祷室走，一直走到雨儿胥所在的地方。她看见小姑娘的旁边有光头的老年人。

当你回忆到巴尔柏－马尔布瓦、当格拉·布瓦西、摩勒利、赫尔微特鱼斯和福礼德里克大帝的脸貌时，您就可以马上想象到闵诺肋大夫的头部的正确的形状，大夫的绿色的晚年很像这些著名人物的晚年。这些人头都是在同一的地方受到打击的，因为他们都同样的预备让人家制造勋章，他们都显出一个严肃的侧面，一种冷酷的颜色，一种数学的推理，一种脸部的狭缩，精细的眼睛，庄严的嘴部，贵族的成分，多半是在态度方面，而不是在情绪方面，多半是在思想方面，而不是在品格方面。他们都有隆高的额头，但是却看不见额顶。这表现他们有唯物主义的倾向。您可以在百科全书派、吉龙丹省的演说家和这时期差不多没有任何宗教思想而自称为自然教信徒的无神论者的塑像中看到这头部的主要的特性和这面部的神气。自然教信徒是一个有限责任的无神论者。

老闵诺肋的额头就是这一类的，不过有皱痕而已，他还保留有一种天真的气象，他的银色的头发和女人的头发一样的梳在脑后，结成小流苏散在黑色上衣的上面，因为他固执的穿黑丝袜、金钮鞋、粗绸裤、黑条白背心、饰有红色的玫瑰花形结的黑上衣，跟他年青时所穿的一样。

这只这样特殊的脑袋，他的冰冷的苍白是由老年的黄牙的色调给他甘美化的，他就在十字窗下蒙到强满的阳光的照耀。驿站女主人到来的时候，大夫正好仰起他那盖有淡红的眼皮，围有动人的眼圈的双眸，朝上祭台：新的证据给他们一个新的印象。他的眼镜在他的祈祷书上画出一个地方，他也就在这地方离开他的祈祷。双臂叉在胸前，这位干枯的巨大的老人的站立的态度表现出他的机能的健全和他的信仰的不可动摇，希望的情绪使他还老返童，他不断的用谦卑的情绪端详着祭台，没有愿意去看那个笔立在他对面好像要骂他不该回到上帝面前来的侄媳。

齐丽看见许多的人头都转过来朝着她看，她就赶紧出去，和没有到教堂去时那样的急促的回到广场上来；她一心在这一笔承继上打算，然而这承继却成了问题。她发现法院的书记、收税官和他们的妻子比从前还要狼狈的样子：古比尔给他们苦恼，拿他们寻开心。

“在这广场上，当着全城的面前，我们不能够谈论我们的事情，”驿站女主人说，“到我家里来吧。您也请来吧，地恩尼先生。”她对法律公证人说。

于是，马山一家、克勒米埃一家和驿站主人一家得不到承继的可能性又成为当地的新闻了。

正当承继人们和法律公证人穿过广场要到驿站去的时候，公共马车就一大阵响荡的驶来，停在距离教堂不远的大街高处的候车室之前。

“瞧！我跟你一样，闵诺肋，我也忘记了得嗣来，”齐丽说，“咱们去接他去吧；他差不多是律师啦，这件事而且和他有点相关。”

公共马车的到来平常总是一种娱乐，可是，如果误点的话，人家就等着什么意外的发生：所以人群就都跑到杜克礼前面来。

“得嗣来在这儿!”众口同声的喊叫。

得嗣来是那穆尔的暴君，同时又是引人快乐的丑角，他总是用他的出现来使全城激动。年青人都喜欢他，因为他对他们很慷慨，他的出现总给他们许多的刺激；可是他的游戏未免太恶作剧，许多的家庭都因为他到巴黎去学法律而觉得快乐。闵诺肋·得嗣来是一位清瘦的年青人，和他母亲一样的纤弱，而有金栗色的头发；由于母亲的遗传，他有蓝色的眼睛和苍白的脸孔。他在车门上朝着群众微笑，轻快的下车，来给母亲接吻。对于这个孩子的轻描淡写可以说明齐丽看见他的时候是如何的愉快。

这位巴黎的学生穿着精美的长靴，一条附有鞋底漆皮带的英国布的白裤子，一条打得整齐的美丽的领带，一件奇艳的背心，背心的口袋里有一只扁平的小表，表链就挂在胸前，最后，他还穿着一件蓝呢小礼服，戴着一顶灰色帽；可是暴发户的神气却由背心的金钮和紫色羊皮手套上面的环子表露出来。他有一支雕花的金头手杖。

“你的表要丢了。”他的母亲对他说，一边抱着他接吻。

“这是故意这样的。”他回答说，让他的父亲接吻他。

“好，表弟，您不久就是律师啦!”马山说。

“我在开学时就可以举行宣誓典礼了。”他说着，一边给群众的友谊的敬礼回敬。

“那么，我们就可以玩玩笑笑吧?”古比尔握住他的手，说。

“啊！你在这儿，老猴!”得嗣来回答说。

“做了法学士的论文之后，我想您一定总能够得到这学位。”书记回答着，因为在群众之前被人这样亲狎的看待，他不禁红了脸。

“怎么！他告诉他‘装聋翁’吗?”克勒米埃夫人问他的丈夫说。

“您知道我所有的一切，葛毕络尔!”得嗣来喊着，对满面疹紫的老管理员说，“您叫人把他都给我送到家里去。”

“马匹满身流汗哩，”严厉的齐丽对葛毕络尔说，“你难道没有好好的管他们吗？你比他们还笨哩!”

“可是得嗣来先生要他们全力赶回来，免得您担心……”

“然而，他并没有任何的意外发生，你为什么要冒这个险，说不定要丢掉你的马匹呢?”她继续说。

朋友的相认，互相的问安，围绕得嗣来身旁的青年人的兴奋，他的到来所引起的一切的事故，对于这次误点的意外所加的传述，这一切的一切都需要相当的时间，使这承继人之一群，加上他们的朋友，一直到弥撒完毕大家出来的时候才走到广场上来。偶然的机会可以造成一切的事故，得嗣来偶然间在走过教堂的走廊下面的时候看见了雨儿胥，他不禁为她的美丽而发痴。年青的律师的动作必然的停止了他的父母的步伐。

因为让她的教父拉着她的手臂，她不得不用右手去拿祈祷书，再用她的左手去拿小阳伞，雨儿胥当时就施展她那天生的温柔的姿仪，这种姿仪是温柔的女人拿来解决女性的优美的职务所有的困难的问题的。如果思想可以从一切的事物中启发出来的话，我们可以说这种姿仪表达出一种神圣的素朴。雨儿胥穿着一件洋纱袍，和穿浴衣一样的穿着，在相当的距离中饰有蓝色的结子。这位女信徒的披肩饰有宽阔的衣边所有的同样的缎带，和袍子的结子一样的结着，让人看到她的胸部的美丽。她那肥厚的颈项有一种动人的色调，是由这整个的蓝色、金栗发的美人的美饰，给她特别显露出来的。她那蓝色的腰带的两端是细长而飘荡的，给她画出一条扁平的纤腰，似乎是很容易软屈的，这是女人的一种最会诱人的温柔。她戴一顶稻草帽，朴素的饰有和袍子所有的同样的缎带，帽钩结在颔部的下面，这么一来，一方面可以提高白帽子的色调，一方面并不妨碍她那美丽的金栗的肤色。雨儿胥梳着柏尔特式的头发，她的脸部的两边都有精致的金栗发，梳成粗大的扁平的发辫，每一个小辫结都用成千的光芒来吸引人们的视线。她的灰色眼既甘美，又骄傲，正与一只模写有方的额头相配合。一种红玫瑰的色调染遍了她的双颊，正如云彩一般，使她的严肃的脸形增加生气，因为她得天独厚，自然赋给她清丽的线条和幽美的姿态。她的生活是高贵的，这是调和的脸纹、举止和性格的一般的表现所生的结果。她的性格可以说是信实和温柔的典型的模特儿。虽然她很健康，她却并不粗胖，而有一种超群的气度。在浅色的手套下面，人们可以猜想到她有纤丽的双手。她那细小而弯曲的两只脚精致的穿在铜色皮的半节靴里。这半节靴饰有棕色的丝流苏。她的蓝色的腰带因为她的一只小扁表和她的一只蓝色金结的钱包而呈出隆起的样子。这腰带可以引起一切女人的注视。

“他又给她一只新表啦。”克勒米埃夫人拉紧丈夫的手臂，对他说。

“怎么，那个就是雨儿胥吗?”得嗣来喊道，“我认不得她啦。”

“唉，亲爱的叔叔，这简直是大事变，”驿站主人说着，指给他看全城沿着老人的路向所排成的两列人众，“每一个人都要瞧瞧您。”

“表叔祖，叫您归附教会的到底是沙普郎教士呢，还是雨儿胥小姐呢?”马山用耶稣会会徒的谄谀说着，对大夫和受大夫保护的女郎致敬。

“是雨儿胥。”老人清脆的说，不停的走着，好像很讨人厌似的。

前一夜晚，和雨儿胥、那穆尔的医生、班格兰打完魏斯特牌时，大夫曾说了一句话："我明天要到教堂去做弥撒去!"承审员没有敢于回答说："那么，您的承继人们就不能够高枕安睡了!"然而，只要今天这一瞥眼，敏锐的明眼的大夫就看透了承继人们瞧见他们时是如何的意向。齐丽的突如其来，大夫所看出的她的眼色，这一切有关人员之在广场上的聚会，他们看见雨儿胥时所有的眼里的表情，一切都显露出一种炽烈的仇恨和贪鄙的恐惧。

"这是您的事情，小姐!"马山夫人插嘴说，致了一个谦卑的敬礼，"做出一个神迹对您并无损害。"

"神迹是属于上帝的，太太。"雨儿胥回答说。

"噢！上帝，"闵诺肋—勒弗罗尔说，"我的岳父曾经说过上帝是许多碌碌无才的人的名字。"

"他好像是马贩子的意见。"大夫严肃的说。

"唉，"闵诺肋对他的妻子和他的儿子说，"您们不来问好我的叔叔吗?"

"在这位圣女小姑娘之前，我不能够抑制我自己。"齐丽带领他的儿子，喊道。

"表叔祖，"马山夫人说，"没有戴上黑色丝绒帽，您千万别到教堂去。区内的教堂太潮湿。"

"啊，我的孩子，"好好先生瞧着陪他的人说，"我越早睡觉，您们也就可以越早跳舞了。"

他总是带着雨儿胥继续的走着，他总是显得这样的忙碌，大家也就让他们单独的走了。

"您为什么对他们说了这些刺心的话呢？这不好。"雨儿胥对他说，倔强的摇了摇他的手臂。

"无论在进教之前或是进教之后，我总恨那些假仁假义的人。我已经给他们做了不少的好事，我并没有问过他们的感恩。但是他们之中就没有一个人给你的生日送一朵花来，何况我只庆祝你的生日哩。”

波尔丹杜埃尔夫人和大夫、雨儿胥距离得相当的远，她一个人慢步的迟行，好像有千愁万虑似的。她是那些服装里还有前一世纪的精神的老妇女们之中的一个。这些妇女穿着芹菜色的袍子，扁平的衣袖，我们只能够在勒布龙夫人的塑像中找到这式样的模特儿；她们都有黑色花边的短披肩，旧式的帽子，正好配合她们的迟慢的严肃的步伐。人家要说她们总是携带筐篮走路，她们还觉得手中有筐篮，好像那些断了一只臂而仍然转动手的人似的。她们的脸孔是瘦长的、灰白的，眼睛是圆大而受伤似的，额头是枯萎的，并不缺乏一种忧愁的韵致，虽然她们的发结还是扁平的。她们把脸部收缩在旧花边的里面，这花边已经不愿意再给两颊开玩笑了。但是这一切的颓毁都受到举止和眼色的一种无边的尊严的统治。这位老太太的蹙皱的红色眼可以证明她曾在举行弥撒时哭泣过。她好像是一位烦恼的人一般的走着，又好像是在等待什么人似的，因为她又往回走。原来，波尔丹杜埃尔夫人的回头是一桩和闵诺肋大夫的变性同样严重的事态。

“波尔丹杜埃尔夫人要找谁呢?”马山夫人说着，她又走去会齐那些被老人的回答所惊愕的承继人们。

“她找教士，”法律公证人地恩尼一边说，一边拍着自己的额头，好像被回忆或忘却的意念所打击似的，“我想出来了！我有方法！您们的承继绝不成问题了！咱们到闵诺肋夫人家里去痛痛快快的吃一顿饭吧。”

谁也可以想象得到承继人们是如何急促的跟着法律公证人到驿站里去。古比尔手牵手的陪着他的同伴，用狰狞的微笑朝着他的耳朵说：“这里有海虾哩!”

“这跟我有什么关系?”家庭的儿子耸着肩，回答说，“我爱佛罗林都爱疯了。她是人间的最美丽的天仙。”

“这没有姓的佛罗林到底是什么东西呀?”古比尔问，“我太喜欢你了，我不能够让你受这些妖物的愚弄。”

“佛罗林是著名的拿坦的偶像，我的疯狂也是没有用的，因为她已经正式拒绝过我，不嫁给我。”

“在身体方面发狂的女人有的时候在脑筋方面却是聪明的。”

“只要你看见她一眼，你就不会说这些话了。”得嗣来无精打采的说。

“如果我看见你受了幻想的磨折的话，”古比尔热烈的继续说，他的热烈也许竟欺骗了班格兰，“我要把这洋囡囡打碎，正如发尔纳在凯尼尔温斯打破罗布沙布尔的军队一样。尊夫人应该是一位戴格曼家或是鲁弗尔家的小姐，能够让你当国会议员的女人。我的前途就羁在你的前途上，我绝不让你干傻事。”

“喂，您们有什么阴谋啊?”齐丽对古比尔说，从广大的院子里叫走了这两位朋友。

五、雨儿胥

大夫转到布尔乔亚街去，他轻捷的走到这一星期曾发生过一桩奇事的家里去。这事情是当时那穆尔全城所关切的。为着使我们明白这篇故事，明白法律公证人和承继人们的暗通起见，我们就得解释这桩事。

大夫的岳父是一位著名的竖琴家，又是米露埃·梵兰堂乐器的代理商人。他是我们的一位最有名的风琴演奏家，不幸于一七八五年死去，留下一位私生子。这个私生子是他晚年所生的，是他所承认的，有他的姓氏，然而却是一个非常不成器的材料。临死的时候，他在病床上都得不到这位受他过分溺爱的儿子的安慰。米露埃·约瑟是一个歌咏家兼制谱家；用假名字在意大利音乐厅开始他的演唱生涯之后，他就和一位女郎一同跑到德意志去。这位孩子的确是一个天才。年老的乐器代理商人就把他寄托给他的女婿，说是他之所以没有迎娶孩子的母亲是因为要保护他的女儿闵诺肋夫人。大夫答应把这位乐器代理商人的遗产分一半给这位不幸的孩子（这商人的店基已经被埃拉尔买去）。他用外交的方法去寻找他的私生内弟米露埃·约瑟；但是一天晚上格林姆却告诉他说这位艺术家在普鲁士军队里入伍之后又化名逃营，使一切的寻觅都归于失败。

米露埃·约瑟天生的一副诱人的歌喉，一个恰到好处的身躯，一只精美的脸孔，尤其是一个富有风味的聪明的制谱家。他过了十五年柏林人霍夫曼所详细描写的流荡艺人的生活。所以，将近四十岁的年华，因为非常的穷困，他就于一八〇六年找到机会重新变为法兰西人。那时候，他住在汉堡，在那里娶了一位醉心音乐的中产阶级的女人为妻。这位女郎钟情于这位总未成名的艺术家，她要献身让他实现他的光荣。但是，十五年的颠沛之后，米露埃·约瑟的脑袋不能够抵抗富豪的甜酒的诱惑，他的挥霍的旧习又复萌了；并且为着使他的妻子幸福起见，几年之中他就把家产荡尽了。穷困又来临了。家累使他的生活非常的悲惨，米露埃·约瑟也就不得不投入法兰西的军队里当乐工。一八一三年，碰巧军队里有个外科医生，他受到米露埃这家姓的提醒，就给负责的闵诺肋大夫写信。回信立刻就到来。一八一四年的巴黎投降之前，米露埃·约瑟就避居在巴黎，他的妻子也就在这里因为难产而死去。这新生的女儿就是大夫所要给她名叫雨儿胥的婴孩，因为雨儿胥就是大夫的妻子的名字。军乐队队长并不比他的妻子多活上多少时候，他也因为劳苦和穷困而把精力耗费殆尽。临死的当儿，不幸的音乐家就把他的女儿遗赠给大夫，叫他当她的教父，不管他如何认为这些教会的礼仪是滑稽而可笑的。

大夫看见自己的儿女都在初生的时候或最初的一年中不幸的夭逝，他就对最后一次的尝试寄有莫大的希望。可是，如果一位多病而富于神经质的脆弱的女人一开始就留不住孩子的话，我们也就不难看出她的继续的失败了。米露埃·雨儿胥也是一样的。不论她的大夫如何的谨慎，如何的注意，如何有学问，她也逃不出这命运。这可怜的男子，他常常责备他们两个人不该继续希望生孩子。最后的一个孩子是休息两年之后才怀胎的，然而也终于一七九二年中死去，做了母亲的神经状态的牺牲品（如果我们得给生理学家说出理由的话，因为生理学家认为在不可解释的生育现象中，婴儿都受父亲的血液、母亲的神经系统的影响）。大夫被迫而放弃了他的最强的情绪的享受，慈善的事业也就自然而然的变为他对失望的父道所加的报复了。在他过这受打击的夫妇生活时，大夫还曾希望过一个金栗发小姑娘，可以使全家快乐的花朵；所以此刻他就高兴的接受米露埃·约瑟的遗赠，而在孤女身上寄有无限的曾经灭熄过的梦幻。

两年的光景，他都像当年的卡当对班贝一样的料理雨儿胥的最细碎的生活琐事；他不愿意乳母一个人瞒着他给她喂奶，给她洗澡，让她睡觉。他把他的经验、他的学问都拿来给婴儿服务。他感到诸般的苦痛、诸般的畏惧、诸般的希望，担当了做母亲的人的诸般的劳作、诸般的快慰；他居然能够幸福的在这位德意志的美人和法兰西的艺术家所生的女子身上看到活泼的生命和深远的感觉性。幸福的老翁用母性的情绪瞧着金栗色的头发的演化：最初和一团绒毛似的，后来是一堆丝线，最后就变成细软的头发了。当他用手指摸抚的时候，他觉得这头发是这样的疼人。他常常吻这赤裸裸的小脚；盖有一层薄皮，可以看见底下的血色的脚趾就好像是玫瑰的嫩芽。他简直为这小姑娘而发疯了。当她开始学话，或是把蓝色的美眸盯住一切的事物，给投去一道表露蒙童思想而继以嘻笑的痴妄的眼色的时候，他就整个时间的站在她的前面，和约尔地一同研究这生活的甜蜜部分的最微小的现象；这时期的婴儿既是花朵，又是果实，她有混沌的智慧，不停的活动和强烈的欲望。雨儿胥的美丽，她的温存太使大夫钟爱了，他甚至于要为她而改变自然律：有一次他对老约尔地说他的牙齿发痛，因为雨儿胥出牙。

老年人喜欢孩子，他们没有抑制孩子们的嗜好，反而崇拜这嗜好。他们为这些小孩子而放弃自己的癖嗜，为这些小孩子而回忆自己的过去。他们把他们的经验、他们的宽仁、他们的忍耐、一切的生活教训、艰苦得来的宝藏都交给这个小生命，由此而求返老还童的方术，用智慧来代替母爱，他们随时的警惕，这贤惠可以等于母亲的直觉；他们回想那些精细的爱护，母亲的神圣的爱护，而把这些爱护应用在悯惜方面。无疑的，这怜惜的力量是跟脆弱的程度而发展着的。动作的迟慢代替了母性的温存；如果情感使母亲变成儿女的奴隶的话，一切嗜好的戒除和利益的漠视也可以让老年人整个的献身。因此，孩子们之与老年人的相安共处并不是稀见的事情。老军官、老教士和老大夫，他们都因为雨儿胥的媚态和优美而觉到愉快，他们从来没有懒于回答她的询问或是和她一块儿游戏。

这位孩子的唐突一点儿也不会使他们暴躁，反之却使他们快乐，他们也就满足她的一切欲望，使一切的事物都成为教材。这位小姑娘就这样的在几位老年人的围绕之下长大了；他们对她微笑，在她周围做出许多母亲所做的事情，一样的关切，一样的防护。谢谢这智慧的教育，雨儿胥的灵魂就在顺利的环境中发展着。这棵珍贵的植物将要在特殊的土壤中遇到真正的生活成分，吸取而同化他的阳光。

“您要在哪一种宗教里抚育这位小姑娘呢?”雨儿胥六岁的时候，沙普郎教士对闵诺肋说。

“您的宗教。”医生回答说。

他是《新哀绿绮思》书中所述的俄尔马先生一派的无神论者，他并不承认自己有剥夺天主教所给雨儿胥的恩惠的权利。医生坐在中国楼书房的窗下的一张凳子上，觉得自己的手被教父的手捏压着。

“是的，教士，无论什么时候，只要她对我谈到上帝，我就要把她交给她的朋友杀波浪，”他学雨儿胥的稚气的口吻说，“我要看看宗教的情绪是不是天生的。所以。我对这位小姑娘的灵魂的倾向并不赞助，也不反对；但是我已经在心里叫您做她的精神的父亲了。”

“这得让上帝来给您决定，我希望。”沙普郎教士回答说，他轻轻的拍着双手，又高高的举向天空，好像举行一段短短的心灵的祷告似的。

这小小的孤女就在六岁之后堕入教士的宗教力量中，正如她已经堕入她的老朋友约尔地的教育力量中一样。

军官是当年的一所军官学校的教授，他对于文法和欧洲各语言的分别颇感兴趣，他曾研究过世界语的问题。这位有学问的学者就和一切老教员一样，高兴的教导雨儿胥读书和写字；他教她法文，又教她数学。大夫所有的丰富的藏书允许他寻找一些能够让小孩子阅读，能够使他得到教导她的快乐的书籍。军官和教士让智慧和大夫所给她养成的身体的愉快和自由一同的生长。雨儿胥在游戏中学得知识。宗教支持思想。雨儿胥让三位聪明的教师引入纯洁的国度，她就这样的让人家安放在神圣的教化中；她走近心灵的情绪，而不接近人世的责任；她取良心的呼唤做她的行为的原则，而不取社会的规律。在她身上，优美的情绪和行动应当是自发的：这句断语可以证明心灵的奋激。她是命中注定来为快乐而行善，而不是为尽责而行善。这分别是基督教教育的特征。这些原则和男人所有的不同，然而却适合于女人；这位女人是家庭的精神和意识，家庭生活的秘密的华彩，总之，家庭的王后。三个人都是用同样的方法来进行孩子的教育。他们并不在天真的放肆之前退缩，反之，他们却给雨儿胥解释事物的目的，一般的方法，而只给她指示正确的观念。当她自一根草、一朵花、一颗星一直问到上帝的时候，教授和医生就对她说只有牧师能够答复这问题。他们各有各的范围，不会越出雷池一步。教父负责一切的物质享受和生活的需要；约尔地负责教导；教士负责道德、玄学和其他的深奥的问题。这优美的教育并不因为仆人的疏忽而生阻碍，正如多数的富豪家庭所常有的一样。布基发尔的妇人常常受到谆告，并且她的智力和性格都太简纯，不足以妨碍，她一点儿也没有扰乱这三个伟大人物的工作。于是，这位享有特权的女郎雨儿胥的身边就有三位天才，她的秀丽的天姿使他们的工作变成甘美而轻快的。这种男性的温柔，这种微笑所酿成的空气的重心，这种没有危险的自由，这种对于身心的不断的爱护，这一切都使她在九岁的时候就变成了一个完善的美丽的孩子。不幸，执行这父道的三位一体的结合终于破坏了。第二年，军官死去了，给大夫和教士留下未竟的工程，虽然他已经完成了最难的一段。这一块土地已经这样的预备好，花朵能够自己生长。这位好好先生曾在九年中每年节省下一千佛郎，准备遗赠给他的小雨儿胥，使她能够终身想到他。他写了一张具有感人的动机的遗嘱，请他的受赠人只自利息中取出四五百佛郎化妆费。承审员给老朋友的产业清单上加印，他发现在一间从来不许闲人进内的书房中存放有许多的珠宝，大部分都是破碎的、用过的，都很敬虔的保存着；然而班格兰先生却得在可怜的军官的恳求之下亲手烧毁他。

这时候，雨儿胥正须举行第一次的领圣体。沙普郎教士用了整年的光景来教导小姑娘，这位心灵和智慧都这样的发达、这样的互相支持的小姑娘，她需要一种特殊的精神粮食。这就是雨儿胥认识神圣事物的起源。从这时期起，她的灵魂就采取了宗教的形式，她也就变成一个敬虔而神秘的女郎了。她的品格是超世俗的，她的心灵统制一切的衰弱。这时候也就开始了这位不信教的老年人和这位满有信心的孩子之间的秘密的争斗，因为这是引起这争斗的主角一向所不知的。这争斗的结局是全城的人所关心的，对于雨儿胥的将来应该有相当的影响，因为这是让大夫的旁系承继人来反对她的。

一八二四的前半年，雨儿胥差不多每天早晨都在教士的住宅中过生活。老医生猜透教士的意向。牧师要利用雨儿胥来做不可克服的论证。无神论者是他的教女所爱的，正如被自己的亲生女所爱一样，他相信她的天真，他一定会因为宗教在这位好像有印度的气候所培植的常青的多花多果的树木一般的爱惜的孩子身上所生的动人的效果而觉得眩惑。一种优美的生活是比强调的推理还有力量的。在某些影像的诱惑之前，人们是无力抵抗的。因此，当大夫看见这心爱的小姑娘穿着一件白纱的袍子，白色的缎鞋，饰有白色的礼凤，头上绕有一条庄严的细带，头边结有一颗大花彩，成千的发卷在美丽的肩膀上流泻，胸部围着一条折带，眼睛由第一次的希望而发亮如星，快乐的飞跑到教堂去举行第一次领圣体的典礼的时候，自从她接近上帝以来，最为敬爱她的教父不知道为什么眼睛里就不禁满湿着泪珠。当他见到这位尚在童稚的阴府里的小灵魂生有精神的粮草（正如夜晚之后的太阳又给地上加上生气一样）的永生的思想的时候，他又不知道为什么就不高兴的一个人在家里纳闷。他坐在石阶上，长时间的盯住眼睛，瞧着小姑娘所走过的门上的栅栏，因为她就从这里走过，而对他说："父亲，你为什么不来呢？没有你在那里，我还能快乐吗？"

虽然是全身从头到底的动摇，骄傲的百科全书派还是一点儿也不屈服。然而他却出去散步，藉以观看领受圣体的礼节的举行，而注意他的小雨儿胥如何在面帕之下发扬光辉。她给他投去一道灵感的眼色，动摇了他那铁石一般的心坎中拒绝上帝的一角。但是这位自然神教的信徒却站得稳，他对自己说："怪事！怪事！假定说有一个世界的创造者的存在，这位无边的宇宙的组织者却忙于关心这些幼稚的事情！……"

他笑了，继续在高地散步，这些高地隆起在迦提纳大路之上，那里的钟声高朗的荡漾，把许多家庭的快乐播送到远方。

骰子戏是最难的一种游戏，他的声音是不会玩的人所不能忍受的。为着避免扰搅他的被后见人起见，教士、老约尔地（在他生前）和大夫都等到孩子睡觉或是出外散步的时候才来玩，因为不知道什么缘故，这位女孩子的细致的器官和神经总不允许她去听闻这些动作、这些吵闹而无损害。不过，当雨儿胥散步回来的时候，这游戏还没有结束，这也是常有的事：于是，她就无限温存的退到静处，坐在窗沿，工作着。她很讨厌这游戏，因为这种游戏的开端很粗鲁，是许多的智慧所不能亲近克服的，如果年青时没有学会的话，后来差不多是不可能再去学他的。就在雨儿胥举行第一次领圣体的那天晚上，当她回到保护人家里的时候，她看见他只一个人在家，就把骰子端到老人的面前来。

“好，现在谁掷骰子呢?”她说。

“雨儿胥，”大夫接着说，“第一次领圣体的日子你来跟你教父开玩笑，这不是犯罪吗?”

“我不是跟你开玩笑，”她一边说，一边就坐，“我应当使你快乐，因为你关切我的一切愉快。沙普郎先生畅快的时候，他就教我一课玩骰子的方法，他教我好多次了，我可以赢您……您不要为我而妨碍自己的方便。为着不扰搅您的兴致起见，我已经克服了一切的困难，我已经喜欢骰子的声音了。”

雨儿胥赢了。教士来使玩骰子戏的人惊愕，来享受他的胜利的愉快。第二天，一直拒绝不让他的被后见人学音乐的闵诺肋就到巴黎去，在那里买到一架钢琴，到方登布鲁去请来一位女教师，准备接受被后见人的常定的学习所要给他的麻烦。已故的骨相学家约尔地所说的一个预言算是实现了：小姑娘变成了一个出众的音乐家。保护人颇以教女为荣，这时候就到巴黎去请一位名做施木客的德国人，一位极有学问的音乐教授，每星期一次到那穆尔来，供给一切的费用，虽然他最初曾认为这种艺术在家庭没有用处。不信教的人并不喜欢音乐，这天主教所发扬光大的天语，天主教会在一首赞美诗中取了七个音阶的名字：每一个音阶都是为圣约翰而咏的赞美诗的第一句的第一个音缀。

不论雨儿胥的第一次领圣体是如何的给老年人产生一个强烈的印象，这印象却只是暂时的。决心和祷告的工作在这个小灵魂中所发展的沉静和满足在他方面也只是没有力量的例证。没有任何的疚心和后悔的材料，闵诺肋享受一种圆满的畅快。他行善而不希望有天上的收获，他觉得自己要比天主教更为伟大，他批评天主教，骂他是以上帝来放高利贷。

"可是，"沙普郎教士对他说，"如果一切的人都愿意从事于这个事业，您就得承认社会一定是完全的。悲惨不幸就不会存在。在没有像您这样的行善之前，我们得先变成一个哲学家；您是用您的推理来熏陶您自己，去适合您的理论的，您是一个社会的例外；然而依照我们的方法来行善，就够得当一位基督徒，在您方面，这是一种努力，在我们方面，这是自然的结果。"

"这意思，教士，就是说我是用思想，您是用感觉，如是而已。"

十二岁的时候，雨儿胥的精细和她的女性的自然的聪明是由高超的教育来训练的，她的全盛的感觉是由宗教来启开的。她有一切种类的最精巧的精神。她终于懂得她的教父既不相信来生，也不相信灵魂的不死，既不相信天道，也不相信上帝。在天真的女郎的追问之下，大夫没有方法再行隐瞒这不幸的秘密。雨儿胥的幼稚的惊惶最初使他微笑；但是有时看到她的忧愁，他也懂得这忧愁所表现的有多大的情感。无限制的情爱有各种不相和谐的危机，甚至于是在那些和这情爱不生关联的思想之中。有的时候，大夫因为宠爱起见，也就顺着他的养女的论辩，这些论辩是出诸温和而甘甜的声音、强烈而纯洁的情绪的。信徒和异端用两种不同的语言谈话，他们不能够互相了解。为着替上帝辩护起见，小姑娘常常虐待教父，好像被溺爱的孩子有时虐待他的母亲一样。教士温和的责备雨儿胥，对她说上帝藏蓄他的力量，不去挫折这些骄傲的心灵。年青的姑娘回答说大卫曾经打过高里亚。

这宗教意见的分歧、这要强拉保护人到上帝跟前去的小孩子的抱憾，是这温存而丰满的家庭生活的唯一的悲哀，然而却是全城的好奇人士所不知道的。雨儿胥长大了、发育了，她变成得嗣来在教堂出口所钦慕的一位谦逊的、受有基督徒教育的女郎了。园中花木的种植、音乐、保护人的愉快，雨儿胥所给他的一切的照应（因为她帮助布基发尔的妇人去关照他）就填满了这平静的生活的年月和时日。然而，一年以来，雨儿胥却有一些麻烦的事情，使大夫觉得忧心；可是这原因则是他所预知的，他只忧心去注意她的健康。不过这种尖锐的观察家、这种深刻的实践者却以为这些麻烦的事情对她的道德有反响。他就用做母亲的人的眼睛侦伺他的被后见人，然而却没有看见在她身边有任何配得和她讲恋爱的人物，他的忧虑也就成为过去了。

六、磁力学的真谛

在这些猜测之中，这悲剧开始的前一天，大夫的理性生活里忽然发生了一桩事情——给我们开垦一块信仰的土地，一直掘到白土层，而使其整个翻上来的那些事变之中的一个。但是这桩事情却需要我们对于他的医学事业之中的几桩事加以简略的叙述；这而且可以给这篇故事加上一个新的趣味。

十八世纪末年，正如艺术因为古律克的出现而大行分化一样，科学也因为麦斯梅的出现而酿成大分裂。重新找到磁力学之后，麦斯梅就到法兰西来，因为不知从什么时候起，发明家们都到这里来竞争，想方法来使他们的发现得到合法的权利。谢谢语言的清晰，法兰西好像成为了世界的号筒。

“如果轻剂医法传到巴黎的话，他一定不会失传。”哈里曼曾经说过。

“到法兰西去，”麦特里克先生对卡尔说，“如果那里的人笑您的肿瘰的话，您就成为有名的人了。”

麦斯梅于是就有许多门徒和反对派，正如毕庆尼派反对古律克派的同样的剧烈。法兰西的学术界震荡了，一个严肃的辩论开始了。在断案之前，医学院成群的驳斥了他们所谓的麦斯梅的“幻术”，否认了他的木桶、他的管理人（他的儿子）和他们的理论。但是，我们得说，这位德国人是因为过分的金钱上的欲求而不幸的累及他的伟大的发明。麦斯梅就在事实的不确定，不知道那时候还没有看到的不可权衡的自然界的流质的作用，不能够从这学科的有关的三方面去研究的环境之下死去了。磁力学有很多的用处；在麦斯梅手中，这磁力学和他的将来相比较，只有原则和应用的不同。但是，如果发现家缺乏天才的话，人事上的理由和法兰西之证明一个现代社会所盛行的一种科学（也是埃及、夏尔德、希腊和印度所发扬的）在十八世纪中叶之在巴黎发生盖利浏在十六世纪所有的命运，而法兰西之宗教人士和同样受惊的唯物主义者之反对磁力学却是一桩可悲的事情。磁力学是耶稣所喜欢的科学，是耶稣所传授给使徒的神圣的力量，然而他却并没有比约翰—约克、福尔泰尔、洛克和康地拉克的门徒更容易被教会所预先见到。百科全书派和僧侣都不会适应这人类的旧力量，虽然表面上好像是这样新鲜的。“痉挛病人”的神迹就被教会和学者的轻蔑所闭塞了，无论顾问孟泽郎·卡礼如何写有宝贵的报告；这神迹第一次劝人去试验人类身内可以使人类有相当力量去用内力来消除外力所生的苦痛的流质。但是，人们得承认那些不能触知的、不能目睹的、不能权衡的流质的存在，然而这三种否定的性质却是当日的科学所要定义为“空”的。在近代哲学中，“空”是不存在的。十尺的真空就是全世界的崩毁！特别在唯物主义者看来，世界是填满的，一切都是密切相连的，一切都是机械的动作着。迪德罗曾经说过：“偶然间所产生的世界却比上帝更为可解。偶然的事发所有的复杂的原因和无数的迸射就可以解释世界的创造。假定这里有《埃纳伊德》和组织成这首诗的必要的活字，如果您给我时间和空间，让我一字一字的排布的话，我就可以排出《埃纳伊德》。”这些不幸的人，他们把一切的东西都加以神化，然而却不承认有一个上帝的存在；他们也在不可权衡的力量所生的物质的无穷的分割性之前退缩了。洛克和康地拉克就这样的迟误了五十年的大进步，这进步是这时候的自然科学在伟大的圣伊黎尔·基奥福瓦伊的合一的思想之下所促进的。

几位正直而没有派别的人物，因为被细心的研究的说服却固执的相信麦斯梅的理论。这理论承认在人体之中存在有一种无孔不入的力量，给一个人有统治另外一个人的能力，由意志使其发生作用；这个力量可以拿来疗病，如果这液体是丰富的话。这力量的作用就是两个意志的斗争，需要治疗的病痛和恢复康健的意志两者之间的决斗。由此而引申出来的催眠现象是麦斯梅所苦心揣摩，终于让培伊西居尔和德勒斯两位发明了；但是大革命却使这些发明停顿，使学者和喜欢嘲弄的人都去做实地的工作。在这少数的信徒中，有一些医生。这些所谓异教徒一直到死为止都是被他们的同道所迫害的。有威望的巴黎医学界就以宗教战争的热烈来反对麦斯梅派，就在这流行福尔泰尔的容忍的教道的时代里对可能变成麦斯梅派的人物加以同样残酷的仇恨。传统的医生拒绝和主张麦斯梅学说的医生互相探究医理。一直到一八二〇年，这所谓的异端的信徒还是这种无形的放逐的对象。生活的苦痛和革命的风涛并没有能够熄灭这科学的仇恨。只有牧师们、律师们和医生们能够这样的怀恨。穿礼袍的人总是可怕的。可是，思想不是比事物更难于和解吗?

闵诺肋的朋友布发尔大夫相信这个新的理论，而埋首于科学的工作，一直到死的时候为止；他的科学牺牲了他的晚年的休养，因为他也变成了巴黎医学院的“黑兽”①。闵诺肋是百科全书派的有力支持者，他是麦斯梅的宪兵司令官德斯郎的劲敌。他的文笔在这论战中有特别的重量。他毫不留情的和他的朋友吵闹，甚至

① 被人家看做傻瓜的意思。

于迫害布发尔。他对布发尔的行为是唯一可以扰乱他的清闲的暮年的悔疚的原因。

自从闵诺肋大夫退居那穆尔之后，不可权衡的流质的研究（这是唯一的合适的名词，因为当时的磁力学的性质和现象都和光学及电学有紧密的关联）的进步大有一日千里之势，不论巴黎的科学界如何的不断的嘲笑高尔的骨相学和拉发特的相人术，这两个双生的科学（因为这两种学科有如因果之互相关联）给许多生理学家证明有一种不可捉摸的流质的存在，这是人类意志的来源，人类的感情、习惯、面势和骨位都是这些流质所生的结果。总之，磁力的现象、催眠的神迹、占卜的事实和那些出神入化的可以使人走进精神世界的事迹渐渐的堆积了起来。关于农夫马丁的显灵的千真万确的怪事；这位乡下人和路易十八的会谈；德意志人所公认的瑞登堡和死人通话的传说；斯各脱对于“灼见”的效果的叙述；那些把手相术、纸牌占卜术和星卜术合为一科的课命家的机能的不可思议的运用；止动病和受某种影响而生的隔膜病；这些奇怪的现象都是来自同一的根源，打破了不少的怀疑，把最分歧的意见领到同一的经验场中。闵诺肋不知道这些在北欧极为盛行而在法兰西极不流行的运动。不过在法兰西也发生有这些肤浅的观察家认为是奇迹的事实。这事实就如同石沉海底似的沉没在巴黎所发生的事变的漩涡中。

这一年开春，麦斯梅的反对派的休静却被下面一封信给扰搅了：

我的老朋友：

一切的友谊，甚至于已经失去了的友谊，都有一些不容易因时效的损失而消灭的权利。我知道您还活着，我不大记得我们的嫌怨，而记得更清楚我们在圣—汝连—勒—蒲夫尔的陋室中所共过的快乐的日子。在我将要离开人世之前，我要给您证明磁力学将要成为一种最重要的科学，如果科学不应当只有一种的话。我能够用积极的证据来击碎您的狐疑。也许您得惊异让我享有和您再行一次握手礼的快乐，正如在麦斯梅之前，我们得那样亲密的握手一样。

永远属于您的，

布发尔

好像狮子被牛绳针刺一般，反麦斯梅派的医生一直跳到巴黎去，把他的名片投放在老布发尔家中；布发尔住在圣胥尔毕斯教堂附近的菲路街。布发尔也把他的名片投放在医生所住的旅馆里，给他写了几个字："明天九点钟，阿松布苍教堂对面的圣奥瑙利街。"闵诺肋返老还童了，他睡不着觉。他到处拜访他所认识的医生，问他们到底世界是不是改了样，到底医学是不是有一个专校，到底四个学院是不是都还存在。医生们安慰他说传统的反抗精神还存在着；只是医学研究院和科学研究院不再迫害，而大笑的把这些磁力学的现象列入和戈穆斯、孔德、保斯戈所要的把戏之类，把他们看做一种戏法、幻术或人们所谓的游戏的物理学。这些解说并不能够阻止老闵诺肋到老布发尔所约定的地方去。四十四年的嫌怨之后，两位反对派却在圣奥瑙利街的一个车门下重新的见面。法兰西人的生活的无常使他们不能够长久的相恨。在巴黎，特别因为事情的展布的空间的广阔，政治、文学和科学的生活的范围的远大，人们很难在那里找到一块容易统治的国度。仇恨需要相当大量的武装的力量，那些想要长久仇恨的人必须准备有很多的力量。所以只有人们的身体才能够回忆到这些事情。四十四年之后，就是罗伯斯皮尔也可以和丹东[①]拥抱接吻。然而，这两位医生却谁也不愿意伸手。布发尔先开口对闵诺肋说：

“你好像很健康。”

“是的，还不坏，你呢?”闵诺肋回答说，又板起严肃的面孔。

“我吗？你看什么样子就是什么样子。”

“磁力学能防止你死亡吗?”闵诺肋用一种滑稽而不辣涩的语气说。

“哪里，他还防止我，不让我活哩。”

“所以，你并没有发财!”闵诺肋说。

“哪!”布发尔说。

“然而，我可发了财啦，我。”闵诺肋喊道。

“我所要的并不是你的财产，我所要的是你的信服。你来。”布发尔回答说。

“噢！这顽固的家伙!”闵诺肋喊道。

这时期，巴黎出了一位异人，因为他的信仰而具有一种无边的法力，他可以把磁力学的力量应用在一切的事情上面。这不知名的巨人还活着，他不但能够和从前的救主一样，突然的、根本的从远处治好最恶劣的病症，而且能够随时的变出许多奇怪的催眠现象，使最富有反叛性的意志降伏。这不知名的巨人自称是上帝所派遣的特使，能够和天使通达消息，正如瑞登堡一样；他的身姿就像是一只狮子，从那里发出一道集中而不能加以抵抗的力量。他的单调的脸纹可以使人一望生畏；他的音声是从丹田来的，好像带有磁力的液体，可以从一切的毛孔钻进听者的身中。他曾医好了成千的病人，然而谁也不感谢他，使他觉得非常的厌烦，

① 丹东是法国大革命的一个领袖，因为和罗伯斯皮尔不睦，终于上了断头台。

就自动的退入绝对的孤单的生活中，进了虚无的境界。他的全能的圣手曾把垂死的女儿送还给他们的母亲，曾把无望的父亲送还给他们的哭泣的儿女，曾把痴狂的情妇送还给她们的钟情的情郎。他曾治好医生们所不肯医治的病症；他曾使各不同教会的牧师都在同一的神迹下到同一的上帝的面前来，在寺院里、在教堂内、在犹太人的礼堂里讴咏圣歌；他曾使不能生存的人减轻临终的苦痛；这双圣手是生命的阳光，可以眩晕被催眠的人的关闭着的眼睛，然而却不给王后送还她的太子。他隐蔽在自己对自己所施行的好事的回忆里，正如包裹在光耀的卷尸布里一样，他关上了门不与世人来往，而住在天界。

但是，在他初期的统治里，这位巨人几乎对自己的力量也觉得惊异，他对人世的名利的淡薄就和他的力量有同样的程度，他曾对几个好奇的人演出神迹，让他们替他作证，这位巨人的名声是响亮的，他还可以随时复生；这名声唤醒了行将就木的布发尔大夫。这位受过迫害的麦斯梅派医生终于能够看到这门科学的明显的现象，把他们像宝贝一样的藏在心里。老年人的苦痛感动了不知名的巨人，巨人就给他一些特权。所以在登楼的时候，他能够快愉的忍受他的反对派的嘲弄。他只回答说："你瞧去吧！你瞧去吧！"他只报以轻微的摇头，正如一些对自己的事情有把握的人一样。

两位医生走进了一所相当讲究的寓所。布发尔走到一间和客厅相接连的卧室里说了一些话，闵诺肋就留在这客厅里等着，他颇起了疑心，然而，一会儿，布发尔就出来带他到卧室里去。这里有一个神秘的瑞登堡派和一位坐在靠椅上面的女人。女人并不站立起来，似乎没有看见两位大夫进来的样子。

"怎么，没有桶吗？"闵诺肋微笑的说。

"什么也没有，只有上帝的力量。"瑞登堡派沉着的回答，他在闵诺肋看来，有五十岁的光景。

三个人坐了下来，不知名的人开始谈话。大家谈到下雨和好天气，老闵诺肋大为惊异，自以为是受了神秘化。瑞登堡派询问客人对于科学的意见，似乎是利用时间来观察他。

“您只是用好奇者的立场到这里来的，先生，”最后，他说，“我从来不滥用我的权力，我确信我的权力是上帝赐给我的。如果我把他滥用了，他会离开我。但是，布发尔先生告诉我，这是要使一个反对我们的人改变态度的问题，这是使一位善意的学者明白了解的问题，所以我要使您满意。这位女人是您所看见的，”他指着不知名的女人说，“她是在被催眠的状态之中。根据这些被催眠的人的供状和他们所表现的现象，这种状态是一种甘美的生活，在这状态之中，内部的生活没有任何看得见的天然的机能所生的阻碍，这内部的生活就在一个我们所误认为看不见的世界中游行着。视觉和听觉都比所谓醒觉时所有的更为完全，而且不必有这些所谓‘视觉’和‘听觉’的光芒的剑锋所形成的器官的帮助！在一个被催眠的人看来，距离和物质的阻碍都并不存在，或是被我们身体之内的生命所穿透，我们的身体只是这生命的容器，他的一个必要的凭借、一个包袱。这些新发现的效能还没有适当的名词；因为现在所谓的不可权衡、不能触知、不能照视等名词拿来形容磁力学所表现的流质的动作是没有意义的。光线可以拿热度来权衡，光线透入人体，可以增加人体的容积，电波也毫无疑义的不是不能触知的。我们咒骂事物，并不是责备我们的工具的不完全。”

“她睡觉吗？”闵诺肋一边说，一边端详这女人，他觉得她是属于下层阶级的。

“她的肉体可以说是没有了，”瑞登堡派回答说，“不知道的人以为这是睡眠。但是她要给您证明有一个精神世界的存在，而精神也并不在那里认识有任何物质世界的定律。我可以把她送到您所要她去的地方，二十法里之外，或是送到中国去：她会告诉您那里所发生的事情。"

"送她到我的家里，那穆尔的家里去好啦。"闵诺肋请求道。

"我到那里去没有什么目的，"神秘的人回答说，"请您把手拿给我；您可以同时是演员，又是观客；同时是结果，又是原因。"

他拿了闵诺肋的手，闵诺肋让他握着；他拿住这只手一会儿，好像在集中思想似的；他的另外一只手又牵住坐在靠椅上面的女人的手；然后他就把大夫的手放在女人的手中，给这位不相信这法术的大夫暗号，叫他坐在这个没有三脚椅的女巫的旁边。当瑞登堡派把他们两个人连在一起的时候，闵诺肋觉得在这镇静的女人的脸纹上有点轻微的颤抖；不过，这动作的效果虽是极大的，他的本身却是非常简单的。

"请您听从先生的话。"这位人物伸出手在这位女人的头上，对她说。这女人好像是从瑞登堡派身上吸到光线和生命似的，"请您想，您为他所做的一切的事都可以使我喜欢。您现在可以跟她说话啦。"他对闵诺肋说。

"请您到那穆尔，布尔乔亚街，我的家里去。"大夫说。

"让她有点时间，请您把手放在她的手中，一直到她给您证明她在那里所看到的事情为止。"布发尔对他的老朋友说。

"我看见一条河，"女人轻声的回答说，好像是用极大的注意力向她自己身里瞧视似的，虽然她的眉毛是闭下的，"我看见一座美丽的花园……"

"您为什么从小河和花园那一边进去呢？"闵诺肋说。

"因为他们都在那里。"

"谁？"

"您所想念的那位小姑娘和他的乳母。"

“请您听从先生的话。”这位人物伸出手在女人的头上，对她说。

“这花园怎么样呢?”闵诺肋问道。

“从通到河边的小阶梯走进去，左边有一个砖砌的长廊，我看见里面有许多的书，长廊的尽头有一个小游戏室，饰有木铃和红蛋。左边的围墙布满着攀爬的植物，有的是野葡萄，有的是维尔志尼的茉莉。中间有一个小日晷。那里有许多的花盆。您的被后见人在考察花朵，指给她的乳母看，用小锄挖掘土地，散布一些种子……乳母铲芟花径的野草……虽然这位小姑娘和天使一般的纯洁，但是她却已经有爱情的萌芽了，不过只是和清晨的薄明一样的微弱罢了。”

“她爱谁呢?”大夫问道，一直到此为止，他一点儿也不听任何没有在催眠状态之中的人都不能够告诉他的那些话。他总以为这是变把戏。

“您一点儿也不知道，虽然当她最后变成大姑娘的时候您曾为她担心过，”她微笑的说，“她的心的动作是顺着自然的动作而来的……”

“一位平常的女人会说这些话吗?”老大夫嚷着说。

“在这种状态之中，一切都因为一种特殊的透明的力量而表达出他的意思。”布发尔回答说。

“雨儿胥到底爱谁呢?”

“雨儿胥不知道她爱谁，”女人回答说，头部略为一动，“她太赋有天使的性格，她不会知道爱情的欲求和其他的目的；但是她为他忙，想到他，她常常抑制自己，可是她又想到他，虽然她有最大的决心……她去奏钢琴去了……”

“他到底是谁呢?”

“住在对面的一位贵妇的儿子……”

“波尔丹杜埃尔夫人吗?”

“您说波尔丹杜埃尔吗?”被催眠的女人继续说，“我倒这么希望。但是没有什么危险，他不在家。”

“他们两个人谈过话吗?”大夫问。

“从来没有过。他们曾经互相注视过。她觉得他漂亮。他的确很好看，他也好心。她从十字窗上看见他；他们在教堂里也同样的互相瞟视过；但是这年青人却不再想到这些啦。”

“他叫什么?”

“啊！为着说出他的名字起见，我得念，或者听……他名叫沙维尼恩，她刚在叫他的名字哩；她觉得说出他的名字非常的甘美；她已经在日历上瞧着他的生日，她已经在那里记上一个红点……真是孩子气！噢！她要好好的恋爱，但是她所用的是纯洁，又是力量；她不是要恋爱两次的女儿，爱情要熏染她的灵魂，要深深的钻进她的心中，给她驱走了一切其他的情绪。”

“您在哪儿看见这些事情呢?”

“在她身上。她知道如何忍受苦痛，因为她承受有这种力量，她的父母都曾苦痛过。”

这最后一句话把大夫打翻了，他的惊愕的程度远在他的颓丧之上。我们无妨观察：当这位女人在这十几分钟里说每一句话时，他的注意力都是随着时间的绵延而渐渐集中的。他看见她在瞧着！她的额头表现出特异的变化：从那里可以看到她的内部的能力，这额头表现出一种闵诺肋只能够在赋有预言力量的临终者的身上看到的能力，她就用这能力来自显光耀，来自示收缩。她做了好几次姿势，简直就是雨儿胥的姿势似的。

“噢！请您问问她，”神秘的人物接着对闵诺肋说，“她可以告诉您只有您一个人知道的秘密。”

“雨儿胥爱我吗?”闵诺肋继续说。

“几乎跟爱上帝一样的爱您，”她微笑的说，“她并且很为您的异端的思想而觉得苦恼。您不相信上帝，好像您能够阻止他的存在似的！他的声音充满这宇宙！所以是您使这可怜的小姑娘生出唯一的烦恼……瞧！她正在试音阶；她要练成更好的音乐家，她很苦恼。她这么想：'如果我唱得好，如果我嗓子好的话，当他在他母亲家里的时候，我的声音就可以传到他的耳朵里。'"

闵诺肋大夫拿出他的记事簿，把时间准确的记了下来。

"您能够告诉我她散的是什么种子吗？"

"香草，豌豆，凤仙……"

"最后的呢？"

"那名叫'百灵鸟的脚'的一种草。"

"我的钱在什么样地方呢？"

"您把他放在您的法律公证人那里；您存放您的钱，不让他损失一天的利钱。"

"对的；但是我留着预备那穆尔家里半年花费的钱到底是在什么地方呢？"

"您把他夹在一本红皮的大书里，这本书名叫《朱斯迪尼安皇上敕纂之古罗马判例汇刊》。就夹在第二册的最后两页之间。这本书就放在玻璃碗橱上面的一个书格子里。您有一排的书。您的钱是放在靠客厅那一边的最后一册书里的。瞧！第三册却放在第二册之前。可是您并没有钱，这只是……"

"一千佛郎的钞票吗？"大夫问。

"我看不清楚，因为他们是折起来的。不，那里有两张五百佛郎的钞票。"

"您看见这两张钞票吗？"

"对啦。"

"他们怎么样呢？"

"有一张很黄、很旧，另外一张是白的、新的……"

这最后部分的问答使闵诺肋大为惊惧。他不知所措的瞧着布发尔；但是布发尔和这位瑞登堡派却低声的闲谈，并无惊异的神色，因为他们已经惯于看见异端的人的惊讶。

闵诺肋请求他们让他饭后再来。这位反麦斯梅派的医生要自己细思，要恢复常态，不再恐惧，希望能够因此而再来证明这伟大的力量，使他能够有最后的确切的实验，再来问些问题，希望这问题的解答能够解除一切的疑窦。

“请您今天晚上九点钟来这儿，”不知名的人物说，“我要为您再来一次。”

闵诺肋大夫非常的激动，他甚至于忘记了给人家行礼就走了出去，跟在他后面的布发尔就远远的对他喊道：“怎么样？怎么样？”

“我想我疯了，布发尔，”闵诺肋在车门底下回答说，“如果这位女人所说的关于雨儿胥的话是对的话，因为在此世上只有雨儿胥知道这位女巫对我所说的机密，那么，你就对啦。我很希望能够长上两只翅膀，飞到那穆尔去证实她所说的话。我今天晚上十点钟就要雇一辆车，动身走了。啊！我都没了脑筋了。”

“如果您看见一位久病不治的人忽然在五分钟之内好了，如果您看见这位伟大的磁力学家能够使一个患泡状皮疹的人和水一样的出汗，如果您看见他使一位残废的女人走起路来的话，您要怎么想呢？”

“咱们一块儿吃饭去吧，布发尔，九点钟之前，咱们别离开。我要找出一个有决定性的实验，不能不承认的实验。”

“好吧，老朋友。”麦斯梅派的大夫回答说。

七、回头改过

两位言归于好的仇敌一块儿到王宫去吃饭。他们剧烈的辩论。这些辩论使闵诺肋跳出那些使他头晕的思想之外。布发尔最后对他说：

“如果你承认这妇人有排除空间或穿行空间的机能，如果你确信她可以自阿松布苍听到看到那穆尔所发生的事情的话，你就得承认其他一切的磁力效果，因为在不相信的人看来，其他的事情和这些事情是一样不可能的。你无妨只问他一个可以满足你的证明，因为你也许还以为我们预先收集这些消息哩；但是我们不能够知道，比方说，今天晚上九点钟你家里，你的被后见人的卧室里所发生的事情；请你把被催眠的女人所要看见的、所要听见的事情都写了下来，再马上跑到你家里去瞧瞧。我们并不认识小雨儿胥，她不会跟我们合谋；如果她果然说过或做过你所记载下来的话语或事情的话，我就请你低下头，你这骄傲的西岗布尔人！”

两位朋友又回到房子里来，被催眠的女人已经在那里，她并不认得闵诺肋大夫。瑞登堡派的人物远远的伸手在她的头上，她的眼睛轻轻的闭上，取了闵诺肋饭前所看见的态度。当女人的手和大夫的手连接在一起的时候，他就请她告诉他这时候在那穆尔他的家里所发生的一切的事情。

"雨儿胥干什么呢?"他说。

"她脱了衣服，她刚卷上头发。她跪在祷告凳上，一只镶在红色丝绒板上的象牙苦像之前。"

"她说些什么呢?"

"她念晚祷，她求上帝的援助，求上帝使她能够从她的灵魂中除去恶念。她省察自己的良心，考察白天所做的事情，她要知道到底有没有违背自己的训戒或教会的规律。她拂拭她的灵魂，她这可怜的小姑娘！（这位被催眠的女人居然眼睛上润湿着泪珠。）她没有犯过罪，但是她责备自己过分的思念沙维尼恩先生。"她接着说，"她打断自己的话，问他在巴黎做些什么事情，请求上帝使他变成快乐的。她最后想到您，大声的祈祷上帝。"

"您能够述一述她的祈祷吗?"

"能够。"

闵诺肋拿起铅笔，他在被催眠的女人的口授之下，写下这祷文。这祷文当然是沙普郎教士替她编制的：

我的上帝，我是崇拜您而用热情来祈求您的仆人，我是一点儿也不敢忘记您的戒条的仆人，我是可以为您的名字而和圣子一样快乐死去的仆人，我是要生活在您的蔽荫之下的仆人，如果您满意你的仆人的话，您这位可以看出人心的神明，请您赐福我，给我提醒我的教父，引导他步上拯救的路上，赐福他，使他的晚年能够生活在您之中，请您保护他，不要让他得到灾害，请您让我来替他受罪！神圣的雨儿胥，我的亲爱的圣母，还有您，您这上帝的圣母、天上的女王、天国的神明和圣贤，请您们听我的，请您们和我一块儿的说情，怜悯我们。

被催眠的女人惟妙惟肖的模仿着孩子的天真的姿态和她的神圣的灵感。大夫禁不住满挂着泪珠。

“她还说别的话吗?”闵诺肋问。

“是的。”

“请您再述一述。”

“‘这亲爱的教父，他在巴黎跟谁玩骰子戏呢?’她吹灭了她的洋烛，她垂下头，睡觉了。她进了梦乡了！她在她的睡帐里怪美丽的。”

闵诺肋给伟大的不知名的人物致敬，给布发尔握手，他急速的下楼，跑到两轮轻马车的车站去。这车站当年是在一所旅馆的门下，可惜这旅馆后来就被拆毁来修筑阿尔及街了。他在那里找到一个车夫，问他愿意不愿意立刻到方登布鲁去。讲好了价钱之后，返老还童的老年人就立刻动身。依据他的习惯，他让马在埃松休息，赶上那穆尔的邮车，找了一个座位，辞走了车夫。清晨五点钟左右到了家，他就在以往的一切的生理学的见解、自然的理论、玄学的思想的灰烬之中睡下了，一直睡到九点钟，因为他在旅途中未免太辛苦了。

醒来的时候，确切知道自他回来之后没有任何人跨进他的门限过，大夫就进行着证明这些事实的方法。当然他的心里并不是没有不可征服的恐慌。他自己还不知道两张钞票的不同和两册《判例》的倒放。那位被催眠的女人却看得清清楚楚的。他按铃，叫布基发尔的妇人来。

“叫雨儿胥来，我有话跟她说。”他说着，就在书房的中央坐了下来。

孩子来了，她跑着来，抱住他和他接吻；大夫抱她坐在膝上，她的美丽的金栗色的发束和她的老朋友的白发混在一起。

“您有什么事情吗，教父?”

“是的，但是请你顾虑你的拯救，答应我要坦白的回答我的问题，别绕弯子。”

雨儿胥脸色一直发红到额头。

“噢！我不会问你你所不能够告诉我的什么事情。”他继续的说。他看出初恋的贞节如何的扰搅了这两只眸子一向所有的纯洁的表情。

“您说吧，教父。”

“昨天晚上，你用什么思想来结束你的祈祷呢？你是几点钟祈祷的呢？”

“九点一刻，九点半。”

“好吧，你再重复你的最后的祷文。”

年青的女郎希望她的声音可以把她的信仰通给异教徒；她离开本来的座位，跪在地下，紧紧的握住双手，一道光辉照耀她的脸部，她瞧着老年人，对他说：

“我昨天晚上所祈求于上帝的，今天早上还是一样的祈求，我还同样的祈求，一直到上帝允许了我为止。”

然后，她就用一种更有力的新的表达来重复她的祈祷；但是，在她的惊愕之下，她的教父却打断了她，念完她的祷文。

“好，雨儿胥，”大夫说着，又把他的养女抱在膝上，“你睡在枕头上的时候，你对你自己说过‘这亲爱的教父，他在巴黎跟谁玩骰子戏呢’吗？”

雨儿胥站了起来，好像最后的审判的风涛吹过她的耳边似的，她恐惶的叫了起来；她的眼睛睁大了，死死的盯住这位老年人。

“教父，您到底是谁呢？您从哪儿得到这力量呢？”她问他，心里想他既不相信上帝，一定是和地狱的魔鬼订过盟约。

“你昨天在花园里种些什么呢？”

“香草、豌豆和凤仙。”

“最后还种了‘百灵鸟的脚’，不是吗？”

她跪下来了。

“别吓我啦，教父；但是您昨天在这儿，是吗？”

“我不是总跟你在一起吗？”大夫回答说，他说笑话，为的是敬重这位天真的孩子所提出的理由。“咱们一块儿到你的房子里去吧。”

他给她伸过手臂，登上了楼梯。

“您的腿发抖，我的好朋友。”她说。

“是的，我好像受打击似的。”

“那么，您相信上帝吗？”她天真的快乐的喊叫，让人家看出她的眼睛里的泪珠。

老人看着他为雨儿胥排布的这样简单、这样洁净的卧室。地上有一块纯绿的地毡，不大值钱的，然而都非常的干净；墙上有一张灰色的麻纸，上面画有玫瑰花和玫瑰的绿叶；朝向院内的窗户上有棉布的窗帘，饰有一条粉红色的布带；在两只十字窗之中，在一块长镜之下，有一只金色的壁架，上面铺有一块云母石，放有一只施维尔[①]的蓝瓶，她在瓶中插些花朵；壁炉的对面有一只嵌有细工的美丽的小衣柜，上边是一块好看的云母石。床是用印花布装饰的，床帘是粉红色的花布；这是十八世纪公爵夫人们所流行的睡床，四角的床柱上饰有一束雕刻的羽毛。壁炉之上有一只装在雕牙的甲状架子内的老钟，壁炉的框饰、壁炉的照镜、壁炉的下部都有灰色的油漆，显得他的配合、色调和作风都特别的令人注目。一只大衣橱的门用各种不同的木头雕成风景画，其中的片段有的是绿色的，这衣橱已经不是市场上的货物了，里面所装的无疑的是他的布单和衣服。

---

① 施维尔（Sevres）是法国出产瓷器的最有名的地方。

他在这卧室里吸着一种芬郁的天香。事物排布之齐整证明有一种守秩序的精神、一种调和的感觉，可以引起任何人的注意，甚至于一位闵诺肋—勒弗罗尔。他特别注意到围绕雨儿胥的事物是她所如何爱惜的，她在这间消耗她的童年和幼年的房子里生活着又是如何的愉悦。

看了这卧室的风采之后，雨儿胥的保护人就确切的知道从她的房子可以看到波尔丹杜埃尔夫人的家里。夜里的时候，他曾细想到如何对付雨儿胥的初生的秘密的情感。追问怕要使他在他的被后见人面前穷窘，因为他不是赞同就是反对这爱情，在这两者之间，他的地位都是很困难的。所以，他就决定来研究年青的波尔丹杜埃尔和雨儿胥的关系，因而去知道是不是要在不抵抗之前来打击这趋向。一个老年人可以单独施展他的智慧。他还在磁力学的事实的打击之下喘息着，他就回想到自己，细察这房子的一切的东西，因为他要看一看挂在壁炉角上的一份日历。

“这些笨烛台由你的小手拿来未免太重了。”他一边拿着加铜饰的云母石的烛台，一边说。

他托了托烛台的分量，瞧了瞧日历，把他取了下来说：

“这也太难看了。你为什么在这么美丽的房子里挂这么难看的店家的日历呢?”

“噢！教父，请您给我留下这个吧。”

“不，你明天可以得到一个新的。”

他带了这有证据的文件下楼，关上了门，躲在自己的书房里，找着圣沙维尼恩。正如被催眠的女人所告诉他的一样，他发现十月十九日之上有一个小红点，他又在自己的圣主圣登尼斯的日子上找到同一的红点，又在教士的圣主圣约翰的日子上找到红点。红点只有针头那么大，然而被催眠的女人却能够在那么远的地方，经过那么多的障碍物而看到他。

老年人一直思索到晚上，这些事情在他看来是比别人看来更为重大的。他得明白清楚。一道高墙在他心里崩坍了，因为他的生活是建立在两个磐石基础之上的：他对于宗教问题的漠不关心和他对磁力学的否认。感觉是纯粹的物理的机构，他的器官的效果都可以加以解释。他证明了这感觉是由“无限”的某些属性给他决定的，他觉得磁力学推翻了斯宾诺莎[①]的论据：这位大人物所认为不可相容的两个成分“无限”和“有限”，其实是互相存在的。无论他如何的给物质赋予了可分性和活动性，他总不能够认识那些半神奇的性质。总之，他已经太老了，他不能够把这些现象附在一个系统之上，他不能够把他们和睡眠、视觉跟光线等现象相比较。他的整个的科学是建筑在洛克和康地拉克的学说之上的，现在却整个的崩坍了。他看见他的偶像被打成粉碎，他的顽固也就起了动摇了。所以，在年青的天主教徒和老年的福尔泰尔派的争斗之间，雨儿胥占了优势。在这破坏了的城砦之上，在这崩毁了的灰烬之上却光耀着一道光辉。在这些废墟里发出一道祈祷的声音！不过，固执的老人还在和自己的疑窦斗争。虽然他心里已经受到打击，他却还没有下决定，他总是和上帝抗战。可是他的精神却非常的奋发，他已经不是同一的人了。他变成非常沉思的，他读巴斯加尔[②]的《所思录》，他读包胥埃[③]的《变化的历史》，他读卜那尔[④]的书，他读圣奥古斯丁[⑤]的著作，他也愿意翻阅瑞登堡和已故的圣马丁的作品；神秘的人物曾经告诉过他这两

① Spinoza，十七世纪的荷兰的大哲学家。

② Pascal (B.)，法国十七世纪的大哲学家、大数学家和大物理学家。

③ Bossuet，法国十七世纪的大宗教家、大演说家、大政治家。

④ Bonald，法国十八世纪的大作家和大哲学家，曾为君主主义和教会而辩护。

⑤ Saint Augustin，第四世纪的罗马大宗教家，著述甚多。

个人。唯物主义在这个人身上所建筑的大厦整个的破裂作响，只要一推就会折毁的。当他的心灵已经成熟准备朝向上帝的时候，他之堕入天国的果园，正如果子之堕落一样。

已经好几次了，晚上当他和教士一块儿游戏的时候，如果他的养女坐在他的身边的话，他就发出许多和他的意见有关的问题，使沙普郎教士觉得有点莫名其妙，因为教士还不知道上帝给这个优美的良心的矫正所有的内部的工作。

“您相信显灵吗?”异瑞的大夫打断大家的游戏，问他的牧师。

“十六世纪的大哲学家葛尔当说曾经有过这事情。”教士回答说。

“我知道一切学者所记载的，我刚重新念过布罗丁[①]的书。我现在是以您的天主教徒的资格来问您的，我问您是不是想人死了之后可以再来看视活着的人。”

“可是耶稣死了之后不是给他的使徒显灵吗?”教士说，“教会应当相信我们的救主的显灵，至于神迹，我们却有的是，”沙普郎教士微笑的说，“您要知道最近的神迹吗？十八世纪有过神迹。”

“唔!”

“是的，有福气的李高里·玛利—阿尔方斯曾在离罗马极远的地方知道教皇的死亡。圣父将要断气的时候，发生有许多的神迹。神圣的主教坐忘的时候居然听到教皇的最后的话语，他给好多人叙述这些话。奉命报丧的信差三十个钟头之后才来……”

“您真是耶稣会的会徒!”老闵诺肋打趣说，“我并不问您什么证据，我只问您相信不相信。”

“我相信显灵是依据看见的人的。”教士说着，继续打趣异教徒。

① Plotin，第三世纪的新柏拉图派哲学家。

“朋友，我不是诱您上钩，您到底在这一方面相信什么呢?”

“我相信无限的上帝的力量。”教士说。

“我死的时候，如果我和上帝和解的话，我要请求他让我给您显灵。”大夫笑着说。

“这正是葛尔当和他的朋友所约定的。”教士回答说。

“雨儿胥，”闵诺肋说，“如果你有危险的话，请你叫我，我会来的。”

“您刚才是把陈匿埃·安得利的[①]《纳埃尔》的悲歌用一句话整个的说了出来，”教士回答说，“但是诗人之所以成为伟大，是因为他们能够把事实或永远活跃的印象所生的情感重新加以修饰。”

“亲爱的教父，您为什么说到您的死呢?”年青的小姑娘用惨痛的语调说，“我们不会死，我们这些基督徒，我们的坟墓就是我们的灵魂的摇篮。”

“总之，”大夫微笑的说，“我们总得离开这世界，当我不在的时候，你会被你的财富而觉得惊异。”

“您不在的时候，好朋友，我的唯一的安慰就是为您而献身。”

“为我？——当我死了之后?”

“是的，我所能够做的事情都要是用您的名字去排除您的错误。我要每天祈祷上帝，希望能够得到他的无限的宽恩，不要永远责罚一天所做的错误，希望他能够在那些快乐的灵魂中拉近一个像您这样美丽纯洁的灵魂。”

这回答是用天使一般的诚实，满充着确信的声调说出来的。他使错误发生慌乱，使闵诺肋·登尼斯和圣保罗一样的悔改。一

① André Chénier，法国革命时代的大诗人，生于君士坦丁堡，因为反对恐怖政策而上了断头台。

道内心的光辉使他茫然自失，这种甚至于可以传布到来生的柔情同时也给他带来眼泪。这温情的突如其来的效力有点像电气。教士握住双手，惊惶失措的站了起来。受这意外的站立的惊讶的小姑娘哭了起来。老年人也站了起来，好像有人呼唤他似的，他看着天空，好像看见一线曙光似的：然后他就颤抖的跪在靠椅上，握住双手，低下眼睛瞧着地下，好像是一个非常谦虚的人似的。

“我的上帝，”他仰起额头，感动的说，“如果有人能够得到我的谢恩而引我走向您的面前的话，这不是这位没有疤点的纯洁的小姑娘吗？请您赦宥这位光荣的孩子所给您介绍的这个悔改的老年人吧！”

他渐渐的提高了自己的精神，引导他的灵魂走到上帝的座前，请求上帝在他受到恩赐的克服之后还能够用他的科学来明了上帝；他转过身来，朝向教士，给教士伸出他的手，说：“亲爱的牧师，我返老还童了，我是属于您的，我把我的灵魂交给您。”

雨儿胥吻着她的教父的双手，用她的快乐的眼泪来盖蔽他们。老年人把这位女孩子抱在膝上，快乐的叫她做教母。大受感动的教士就背诵着《来吧，创世的主宰》，作为宗教的热情的流露。这首赞美诗就当做了当天晚上三个跪拜的基督徒的祷文。

“怎么回事呀?”惊愕的布基发尔妇人问。

“我的教父终于相信上帝了。”雨儿胥回答说。

“啊，我的天哪，太好啦；他就差了这么一点，现在算是完全了。”老布基发尔的妇人嚷着说，严肃而天真的跑了过来。

“亲爱的大夫，”良善的牧师说，“不久您就可以懂得宗教的伟大和教仪的必要了；您将要发现宗教。哲学与人文部分是在任何最大胆的精神之上。”

教士显得和小孩一样的快乐，他同意每星期来给这位老年人说两次教。所以雨儿胥的依皈和这位贪利的计算家的悔改都是自发的。已经十四年了，教士不敢触动这只心坎的伤痕，虽然他颇为之叹惜，现在却遇到大夫的固请，正如人家觉得伤势沉重而坚请外科医生的治疗似的。自从这一幕的变化之后，每天晚上，雨儿胥所念的祷文都成为大家所共念的。老人渐渐的觉得心中的激动被一种清静的平安所代替了。正如他自己所说的一样，把上帝当做一切不可解释的事物的负责编辑人之后，他的精神是清闲的。他的可爱的孩子回答他说他已经看得清楚他走上天国之路了。

今天，举行弥撒的时候，他刚刚念过祷文，作为他的了解的练习，因为在他和教士的第一次会谈时，他就有一个高贵的意思，要使一切的信徒互相交通声息。新入教的老年人懂得这种粮食的永远的象征，懂得当他深刻而完全了解这象征的意义，信仰要使他觉得这象征的必要。如果他好像急速的回家的样子的话，这是因为他要感谢他的养女把他引导到宗教的路上来，用一个过去的名词来说。所以，他就在客厅里把她抱在膝上，他就在那些用无名的恐惧来污秽神圣的影响的旁系承继人对雨儿胥大加凌辱的时候神圣的吻着她的额头。这位好好先生的急速回家、他对亲戚们的表面的轻蔑、他在教堂出口的刺人的回答，这一切的一切，都自然而然的使他的承继人们认为，是雨儿胥的挑拨让他对他们发出仇恨。

八、双方的咨询

当教女给她的教父演奏魏伯尔①的《最后的思想》的时候，闵诺肋—勒弗罗尔的饭厅中正在计划着一个阴谋。这阴谋的结果就是给这幕戏带来一个主要的角色。饭食带有外省的喧哗的色调，再由美酒来助兴，特别觉得热闹。酒是从布尔岗或是杜尔兰由运河运来的。这顿饭吃了两个钟头。齐丽弄到了一些贝介、一些海鱼和一些烹饪上所少见的珍馐，因而去庆祝得嗣来的还乡。

饭厅的中央有一张悦目的圆桌。这饭厅颇有客栈的饭厅的神气。齐丽满意她的家庭各部分的宽敞，她在广阔的庭院和满植菜蔬果树的菜园之间盖有一所楼房。在她家里，一切都只是清洁而结实的。勒弗罗尔—勒弗罗尔的例子已经成为地方的丑事，所以她禁止她的建筑师把她扔在同样的愚笨的情况里。这个大厅铺有油纸，饰有胡桃木的椅子，胡桃木的碗橱，一个瓦制的炉子，一只钟和一只晴雨表。如果碗碟是些平常的白瓷器的话，桌上的布单和丰富的银器却是可以发亮的。

齐丽就和一块铅在香槟酒中浮来浮去一般的走来走去，因为她满意当一位女厨。当她端出咖啡，当未来的律师得嗣来知道了

---

① Weber，十七世纪末、十八世纪初的德国浪漫派音乐家。

早晨的事变和这事变的结果之后，齐丽就关上了门，请地恩尼法律公证人说话。厅中的寂寞，每一个承继人对这威严的脸孔所加的注意可以使我们容易懂得这些人对于各家庭所有的影响的重大。

“亲爱的孩子们，”他说，“您们的叔叔是一七四六年生的，现在八十三岁了；因为老年人往往都有一点疯狂，而这位小……”

“小蝮蛇！”马山夫人喊道。

“坏孩子！”齐丽说。

“我们只好用她的名字来叫她。”地恩尼接着说。

“那么，她就是一个贼婆了。”克勒米埃夫人说。

“一个漂亮的女贼。”闵诺肋·得嗣来答辩说。

“这位小小的雨儿胥，”地恩尼接着说，“她是他所心爱的。您们是我的主顾，为着您们的利益起见，我并不是一直到今天晚上才来打听她的，我知道这位年青的……”

“抢匪！”收税官喊道。

“阴谋夺取遗产的女人！”法院的书记说。

“嘘！朋友们，”法律公证人说，“这样的话，我只好戴上帽子离开您们，跟您们说一声再见了。”

“来吧，来吧，老伯，”闵诺肋给他斟上一小杯罗姆酒，“喝吧！……这酒而且是从罗马来的。说下去吧，这酒还花了一百苏①的运费哩。”

“雨儿胥当然是闵诺肋·约翰的合法的女儿；但是她的父亲却是您们的叔叔的岳父米露埃·梵兰堂的私生子。所以雨儿胥是闵诺肋大夫的私生的侄女。因为是私生的侄女，所以大夫将来为她所写的有利于她的遗嘱也许可以加以打击；如果他把财产这样的留给她的话，您们可以跟她打官司，不过这官司对您们是相当不

① 苏（sou），法国币制名，一佛郎计二十苏。

利的，因为我们不能够坚持说在雨儿胥和大夫之间并没有任何的亲属关系。然而打官司可以恫吓没有防卫的女孩子，结果总得有个和解。”

“关于私生子的权利的法律是很严格的，”新得学士衔头的学生要显示他的学识，就这样的说，“依据一八一七年七月大理院的裁判，一位私生子不能够向他的祖父要求任何的东西，甚至于维持生活的物品。所以，您可以看出人家是把私生子的亲属关系一直算到他的合法的后代，因为人家认为孙辈所得的利益是以他们的父亲、祖父的私生子为媒介的。这是从《民法》第七五七、九〇八、九一二各条引伸出来的。所以巴黎的王家法庭会在去年十二月二十六日把祖父所给私生子的合法的儿女的遗赠减低了，因为用祖父的立场来说，他在血统上是这私生的孙辈的外人，正如用大夫当姑夫的立场来说，他在血统上也是雨儿胥的外人一样。”

“我觉得，”古比尔说，“这一切只是关于祖父给私生的孙子所留的遗赠的问题，并不涉及姑夫，我觉得姑夫对于他的私生内兄弟的合法的儿女并没有任何的亲属关系。雨儿胥是闵诺肋大夫的外人。我记得当念完法科的时候，就是说一八二五年，高尔马尔的王家法院曾经有过一个判例，认为私生子去世之后，他的子女就不能够再有什么媒介了。然而雨儿胥的父亲已经不在世上了。”

古比尔的议论就产生了新闻记者在立法会议的报告中所常用的一句注脚：大为冲动。

“这有什么关系呢?”地恩尼嚷着说，“就是姑夫给不合法的子女的遗赠从来没有告到官里去过，假使真的发生了这种官司的话，法兰西对于私生子的法律也就会严格的应用起来了，因为我们是生在宗教被人尊敬的时代里。所以我可以回答说，在这官司上，一定得有一个和解，特别是当人家知道您们要把雨儿胥的案件提到大理院去的时候。”

承继人们好像是找到了金堆，他们的快乐是由他们围绕桌边的微笑、跳跃和姿势表发出来的。他们没有看到古比尔的摇头。然后，接着这兴奋而来的就是法律公证人所说的第一句话所生的安静和忧虑，这是一句可怕的话：

“但是！……”

地恩尼立刻看到一切的眼睛都准对着他，一切的脸孔都聚成同一的姿态，好像他是一个挑傀儡戏的人挑动机关的线索而使傀儡走动似的。

“可是任何的法律都不禁止您们的叔叔或舅舅去继嗣雨儿胥或娶她为妻。”他接着说，“关于继嗣，这是可以争论的，我想您们可以胜诉，王家法院并不把继嗣的问题当做儿戏来办理，他们会来询问您们的。虽然大夫佩有圣米赤儿的勋带，他是十字勋级会的军官、大行皇帝的御医，他总会死的。但是，如果您们会知道他是不是要继嗣的话，您们怎么能够知道他娶不娶她呢？这位好好先生很狡猾，他可以到巴黎去住上一年，再娶她，在婚约上给她注明将来要送她一百万佛郎的嫁资。所以，能够使您们的承继发生危险的就是这位小姑娘和您们的叔叔或您们的舅舅的结婚。”

法律公证人休息一会儿。

“还有另外的一个危险，”古比尔用能干的神气说，“就是给第三者留遗嘱。比方说，班格兰老伯，他可以有一张和米露埃·雨儿胥小姐有关的秘密的遗赠遗嘱。”

“如果您们跟您们的叔叔或舅舅开玩笑，”地恩尼打断他的首席书记的话，接着说，“如果您们对雨儿胥的态度不好，您们不是逼着她结婚，就是逼着他去写秘密的遗嘱，好像古比尔所说的；但是我不相信他们能够用这危险的方法来写秘密遗嘱。至于结婚，这是容易防止的。只要得嗣来给小姑娘送些秋波，她一定要选择一位少年美男子，那穆尔的‘雄鸡’，而不会挑选老头儿。”

“妈妈，”驿站主人的儿子朝着齐丽的耳边说，他既被遗产的数目所诱惑，又被雨儿胥的美丽所眩迷，“如果我能够娶她的话，我们就可以得到一切了。”

“你疯了吗？你这个每日可以收入五万佛郎息金，你这个可以当议员的人！只要我还活着，你别想因为这笨婚姻而割断了你的头。七十万佛郎？……这算什么！市长的独生女可以有五万佛郎的息金，而且已经给我提过……”

这个回答是得嗣来平生所听的他的母亲对他所说的粗暴的言语，这句话使他熄灭了迎娶美丽的雨儿胥的一切的希望，因为他的父亲和他从来打不过写在齐丽的可怕的蓝色眼里头的决定。

“唉！可是，还是请地恩尼先生说吧，”克勒米埃嚷着说，因为他的妻子给他用肘推了一下，“如果这位好好先生正经的办事，把他的养女嫁给得嗣来，给她一切的财产的虚有权的话，承继就算是完了！如果他再活上五年的话，我们的舅舅还会有一百万哩。”

“不，绝不，”齐丽嚷着说，“我活着一天，我绝不要得嗣来娶这位私生子的女儿，这位受人施济、在市场上随便捡来的女人！以后怎么啦，我的天！在他的叔爷死的时候，我的儿子必定可以代表闵诺肋一家，闵诺肋家已经有五百年的中产阶级的地位了。这就等于是贵族。请您们别再胡扯，当我们知道他在众议院里干些什么的时候，得嗣来就可以结婚了。”

这高调的宣言就由古比尔来支持，他说：

“有八万佛郎的年息，得嗣来可以变成王家法院的院长或是检察官，这可以使他得到封爵；然而一个笨婚姻却会破坏他。”

于是，承继人们就彼此互相的谈论；但是他们却因为闵诺肋拍桌子请大家倾听法律公证人的话语而安静了下来。

“您们的叔叔或舅舅是一个勇敢有品德的人，”地恩尼接着说，

“他相信自己是死不了的；正如一切其他的聪明人一样，他一定会突然的死去而没有留下遗嘱。所以我的意见是，眼前最好想方法促他把资本存放起来，好像要不让您们染指的样子，然后您们的机会就来了。小波尔丹杜埃尔正在圣柏拉基，因为十多万佛郎的债务而被捕入狱。他的母亲知道他入狱，哭得什么似的，她请沙普郎教士吃饭，当然是要跟他谈论这桩惨痛的事情。好吧，我晚上要劝您们的叔叔或舅舅把他的百分之五的固结的资本卖了，就是十一万八千佛郎，拿来借给波尔丹杜埃尔夫人，用她的保尔地埃尔的田业和她的房子做抵押，因为这是营救她的浪子的必要的数目。我可以用他的法律公证人的立场告诉他这位波尔丹杜埃尔少爷的事情，我要他投资，这是很自然的；我可以从订立契约中，从售卖中，从办事的开销中得到利益。如果他听我的话，我一定要给他建议把剩余的资本投资在土地上。我的事务所里有许多出售的好土地。一旦把他的财产投资在土地上或用土地做抵押出贷的话，这财产就不容易飞掉了。人家总可以容易找出困难去阻止变卖资本，如果他要变卖的话。”

这论辩是比约斯先生①的论辩还有力量的，承继人们受到这论辩的正确性的打击，不禁啧啧称善。

“所以您们大家应当互相商议，”法律公证人结束着说，“想方法留您们的叔叔或舅舅在那穆尔，因为他已经习惯了，同时您们也可以监视他的举动。如果给小姑娘介绍一位爱人的话，您们就妨碍她的婚事……”

“可是，如果她就这么样的结了婚呢？”一道富有雄心的念头逼着古比尔开口。

“这也不至于太坏；您们的损失是可以计算的，您们可以知道

① Josse，莫里哀戏剧中的一个角色，以辩论著名。

这位好好先生到底送她多少嫁资，”法律公证人回答说，“可是，要是您们让得嗣来追她的话，他一定会拼命的追求，结果在老头儿没有死之前，就会跟她一块儿的松懈了下来。结了的婚姻又可以推翻。”

“最简单的法子，”古比尔说，“如果大夫还要活得很久的话，就是把她嫁给一个会带她到桑斯、孟泰尔基、奥黎昂去居住，只用十万佛郎的好孩子。”

地恩尼、马山、齐丽和古比尔是这会议中仅有的四位有脑筋的人，他们互相交换了富有深思的眼色。

“这就是所谓梨中之虫了。”齐丽朝着马山的耳朵说。

“为什么让他来呢？”法院的书记回答说。

“这正合你的适！”得嗣来嚷着对古比尔说，“但是你怎么能够装得相当高雅大方的样子去取悦老头儿和他的养女呢？”

“你真是癞皮狗想吃天鹅肉。”驿站主人说，他终于明白了古比尔的意思。

这句粗俗的笑话大为成功。首席书记用一个可怕的眼色给发笑的客人瞧了一瞧，大家又马上安静了下来。

“这年头，”齐丽朝着马山的耳朵说，“这些法律公证人只知道他们自己的利益；如果在订立契约的时候，地恩尼却跑到雨儿胥那一边去呢？”

“我相信他，”法院的书记回答说，给他的表妹投去一道狡猾的小眼睛所发出的目光。

他想再加上一句话：“我有法子让他损失！”可是又不说了。

“我完全同意地恩尼的话。”他高声的说。

“我也一样，”齐丽嚷着说，她已经猜想到法律公证人和法院的书记有利益上的联合。

“内子已经投票了！”驿站主人说着，啜了一小杯酒，虽然他的脸孔已经因为食物的消化和大量的喝酒而变成紫色的。

“这很好。”收税官说。

“我吃完饭就去吗?”地恩尼接着说。

“如果地恩尼先生说得对的话,”克勒米埃夫人对马山夫人说,“我们就得跟从前一样每星期日晚上到舅舅家里去,办办地恩尼先生刚才所说的一切的事。”

“是的,要让他和从前一样的接待我们!”齐丽嚷着说,“总之,我们的收入不只是四万佛郎的年金,然而他却拒绝我们的邀请;他不过跟我们一样。我不会开药方,可是我倒会驶我的船,我!”

“因为我的收入离开四万佛郎太远了,”受点刺激的马山夫人说,“我并不希望丢去一万佛郎!”

“我们都是他的侄媳、外甥女,我们可以看护他;我们可以在那里看得清楚。”克勒米埃夫人说,“有一天,表妹,您会满意我们的。”

“好好的对待雨儿胥,约尔地这老头儿会给她留下不少的钱!”法律公证人一边说,一边伸出他的右手食指,放在嘴唇上。

“我要十分整齐的穿上我的衣服去。”得嗣来嚷着说。

“您和巴黎最有名的法律代言人德斯罗慈原来是同样有本事的。”古比尔走出驿站的时候,对他的主人说。

“并且他们还在争论我们的报酬哩!”法律公证人苦笑的回答。

送地恩尼和他的首席书记回家的承继人们满脸带有酒气,刚刚好碰着晚祷的散场。不出法律公证人的预测,沙普朗教士给波尔丹杜埃尔夫人伸去手臂。

“她拉他去做晚祷哩。”马山夫人嚷着对克勒米埃夫人说,给她指着走出教堂的雨儿胥和她的教父。

“咱们跟他说说去。”克勒米埃夫人一边说,一边走向老年人。

这一次的会议使这些脸孔所生的变化颇叫闵诺肋大夫惊异。他脑中猜想这种友谊的来源，因为好奇的结果，他却促进了雨儿胥和两位女人的逢遇，她们都用过分的情热和勉强的微笑忙着给雨儿胥致敬。

“舅舅，您让我们今天晚上来看您吗?”克勒米埃夫人说，“我们想我们有时很打扰您；可是，我们的孩子好久都没有给您致敬去，哪，我们的女儿已经到了可以认识亲爱的雨儿胥的年岁了。”

“雨儿胥真是配得名做雨儿胥，”大夫答辩说，“她太野了。”

“让我们来驯养她，”马山夫人说，“并且，表叔爷，”谨慎的家庭主妇加上一句说，她把她的计划隐蔽在经济的问题之下，“我们听说您的养女有弹钢琴的天才，我们听了很高兴。克勒米埃夫人和我，我们很想请她的先生来教我们的孩子；因为如果他有七八个学生的话，他一定要依据我们的能力来要学费的……”

“赞成，”老年人说，“这正好，因为我正在想给雨儿胥请一位教她唱歌的先生哩。”

“好吧，晚上见，表叔爷；我们要带您的侄孙得嗣来来，他现在是律师啦。”

“晚上见。”闵诺肋回答说，他要细究这些小人物的心思。

两位外甥女拉着雨儿胥的手，用过分的热情对她说：“再见。”

“噢，教父！您真是懂得我的心吗?”雨儿胥一边喊，一边给老年人投去一道满充着感恩的目光。

“你有好嗓子，”他说，“我还要给您请一位图画先生和一位意大利语的先生哩。一个女人，”当他打开自己家门的时候，大夫瞧着雨儿胥接着说，“应当教养成可以站在婚姻所给她安放的一切的地位之上。”

雨儿胥脸色发红得和樱桃一样：她的保护人好像是想到她自己所想的一个人身上。她觉得自己几乎要向大夫承认她对沙维尼恩的爱慕的倾向，为他努力向上的冲动，她走到攀爬的树木丛下坐着，人家从远处看来，简直要把她看成一朵白中带蓝的花朵。

“您看得清楚，教父，您的外甥女们对我真不错；她们很客气。”她看见他走来就这样的说，使他改变思路，不要再谈到引她走进梦幻的事情上面来。

“可怜的小姑娘！”老年人喊道。

“您为什么说‘可怜的小姑娘’呢？”

“你没有看见她们怕你吗？”

“为什么呢？”

“我的承继人们这时候都因为我的皈依而忧愁；她们一定都认为这是你所给我的影响，都以为我要剥夺她们所要得到的遗产，拿来给您。”

“可是，这是不会的呀！”雨儿胥瞧着她的教父，天真的说。

“噢！这是我的晚年的神圣的安慰，”老年人说着，从地下抱起他的养女，吻着她的双颊，“上帝，刚才我诉求您让我活到能够替她找到可以安心立命的好孩子的那一天为止，这是为着她，不是为着我！我的小天使，你将来可以看到诸位闵诺肋、诸位克勒米埃、诸位马山怎么样的到这里来耍滑稽戏。你要使我的生命美化，使我的生命延续，你！可是他们呢？他们只想到我的死……”

“上帝不许我们憎恨；但是，如果这是……噢！我真讨厌他们！”雨儿胥说。

“饭得啦！”布基发尔妇人嚷着说，她站在花园那一边走廊的尽头的那只石阶的上面。

当承审员进来的时候，雨儿胥和她的保护人正在把勒弗罗尔一勒弗罗尔弄穷了的饰有模仿中国画的漆器的饭厅里吃饭后点心；大夫给他端上一杯好咖啡，渗有布尔崩和马尔丁尼克的咖啡的莫加的咖啡，由他自己炒，自己磨，盛在所谓沙布达尔的银制咖啡壶里的。这是亲热的表征。

“哎，”布基发尔的妇人脱下眼镜，用讥消的神气瞧着老年人说，“全城都轰动了，您在教堂出现却引起了您的亲戚们的革命！您把您的财产留给牧师们，留给穷人们！您激动了他们，他们也自己激动了起来，啊！我看见他们在广场上的初次的动乱，就好像被人取去卵巢的蚂蚁一样的混乱。”

“我跟你说些什么，雨儿胥？”老年人嚷着说，“这会使你忧伤，孩子，我不是还得教你认识世故，叫你提防不正当的仇怨吗？”

“关于这个，我要对您说一句话。”班格兰趁这机会要对他的老朋友谈到雨儿胥的将来，他就接着说。

大夫在他的白头上戴着他的黑色丝绒帽，承审员也没有脱下帽，因为要防止露水的侵袭，他们两个人都沿着土台散步，一面讨论给雨儿胥保证她的教父所要给她的财产的方法。

承审员知道地恩尼认为大夫给雨儿胥所写的遗嘱并无效力的意见，因为那穆尔人都太忙于讨论闵诺肋的继承权问题，这问题也就不免激动了全城的法学家。班格兰决定米露埃·雨儿胥和闵诺肋大夫有血统的关系，但是他觉得立法的精神并不承认不合法的子孙是家庭的一分子。《民法》的编纂人只看到私生子的父母的弱点，并没有想到叔婶和舅姑可以同情私生子而加惠他的后人。这当然是法律的一个缺点。

“在其他任何的国家里，”给大夫解释完古比尔、地恩尼和得嗣来刚刚对承继人们所说的法理之后，他就对大夫说，“雨儿胥就没有什么可怕的；她是合法的女儿，她的父亲只不能够继承米露埃·梵兰堂，您的岳父。可是，在法兰西，不幸法律的执行是注重精神和后果的，总是想法追求法律的精神。律师们将要说到道德，将要解说《民法》的缺点是因为立法者没有预先见到这情形，是因为立法者的宽仁，可是这些立法者却并不是没有建立一个原则。这官司要变成很长久的、很费钱的。跟这个齐丽打官司，恐怕非打到大理院去不可。我也不敢说这官司打起来的时候我是不是还活着。”

“最有理由的官司都不敢说有把握，”大夫喊道，“我已经读到关于这个问题的文献：在继承的问题中，打击私生子的律例要到什么程度呢？我也曾看过一个聪明的律师可以在没有希望的官司里得到胜诉。”

“真的，”班格兰说，“我不敢负责的肯定那些审判官不会引伸法律的意义，因而去扩张结婚所给予的保证，结婚是社会的永远的基础。”

老年人没有说明自己的意向，他反对写秘密遗嘱。但是，论到班格兰给他提议让他可以保证把财产赠给雨儿胥的婚姻的问题，他就嚷着说：

“可怜的小姑娘！我还能活上十五年，她将来会变成什么样子的呢？”

“那么，您想怎么办呢？”班格兰说。

“我们再想想吧……我再瞧瞧看。”老大夫回答说，他分明有点不知所对的样子。

正在这时候，雨儿胥走来告诉这两位朋友说地恩尼要跟大夫谈话。

“地恩尼已经来了！”闵诺肋瞧着承审员喊道。“——是的，”他回答雨儿胥说，“请他进来。”

“我要用我的眼镜去当一根火柴，他是您的承继人们的屏风；他们大伙都和他在驿站上一同吃饭，他们在那里计划什么阴谋。”

法律公证人跟在雨儿胥后面，一直走到花园的深处。彼此寒暄之后，地恩尼得到允许，要和大夫密谈一会儿。雨儿胥和班格兰退进客厅里去。

“我们再想想吧！我再瞧瞧看！”班格兰心里想着，重复了大夫所说的最后两句话，“这是聪明人所说的话；可是一旦盖上了棺材，他们却使他们所心爱的人受到穷窘！”

有才干的人所给熟识世故的人感觉的不可信任是很明显的：他不会承认大量包括小量。但是这种不信任也许是一种赞词。熟识世故的人看见那些有才干的人有最高的思想，他们却不相信这些“超人”能够平心下气的认识事物的细末，这些细末正如财政上的小利息和科学上必须有显微镜才能看出的现象一样，终于会等于大资本，会建造他们的世界。这是一个误解！有心人和有天才的人可以看到一切。班格兰颇为大夫的沉静所激刺，但是他也很关心雨儿胥的利益，他看见这利益要受到伤害，就决定要保卫雨儿胥和承继人们抗争。他不知道老年人和地恩尼的谈话的情形，很觉失望。

“无论雨儿胥如何的纯洁，”他瞧着她，心里想，“年青的小姐们都有一点可以做她们的根据去解释他们的法律和她们的道德。让我们来试一试！”——“闵诺肋—勒弗罗尔夫妇，”他带上他的眼镜对她说，“很可能为他们的儿子向您求婚。”

可怜的小姑娘脸色发白：她有优良的教养，她有知趣的感觉，她不能够走去倾听地恩尼和她的姑夫的谈话。但是短促的讨论之后，她觉得她应当走进去，认为如果这样的话，她一定会听到她的教父所说的话。大夫的书房就在有百叶窗的中国楼中，百叶窗同时可以当做门用，他是开着的。雨儿胥想到那里去把自己关在里头。她把承审员一个人留在客厅里，对他表示歉意，然而承审员却微笑的说：

“就这么办，就这么办。”

九、第一次的供认

雨儿胥走到从中国楼通连花园的石阶上，在那里停留了一些时候，慢慢的推动百叶窗，瞧着西沉的夕阳。她听见走向中国楼来的大夫所说的回答：

“我的承继人们一定很高兴看见我有许多的不动产，许多的抵押品；他们以为我的财产是更稳固的：我猜出他们的心话，也许您就是为他们而来的……先生，您得知道我的布置是不能改变的。我的承继人们可以得到我带这里来的资产。请他们放心，不要再来打搅我。如果他们之中有人来捣乱，来妨碍我对这个小姑娘所应当做的事情的话（他指着他的教女），我要从另一个世界来磨难他！所以，波尔丹杜埃尔·沙维尼恩先生可以留在监狱里，如果人们想从中在我头上打算盘的话，”大夫加上一句话，“我决不会售卖我的证券。”

听到这最后的一句零星的话语，雨儿胥心里感到打击她的唯一的第一次的苦痛；她把额头靠在百叶窗上，来支持自己的身体。

“哪！她怎么啦?”老医生嚷着说，“她的脸色怎么这样的苍白！吃完饭有这样的感觉，这简直会杀死她的!”

他伸出手臂去扶持几乎晕绝了的雨儿胥。

“再见，先生，让我来。”他对法律公证人说。

他把他的教女移送到书房里一张路易十五时代的大靠椅上，从他的药橱里取出了一瓶以太，让她吸。

“请您替我送客，朋友，”他对受惊的班格兰说，“我要一个人单独留在这里陪她。”

承审员陪着法律公证人走到门口，一边装出从容的样子问他：

“雨儿胥到底发生了什么事情呢?”

“我不知道，”地恩尼先生说，“她在阶梯上听我们说话，她的姑夫不答应借钱给负债入狱的年青波尔丹杜埃尔（因为他不像鲁弗尔先生那样的有一位替他辩护的班格兰先生)，她听了就脸色发白了，蹒跚起来了……她爱他吗？在他们之间有……”

“十五岁的年纪?”班格兰打断地恩尼的话，立刻答辩说。

“她是一八一四年二月生的，四个月之后她就十六岁了。”

“她从来没有看见过她的邻居，”承审员回答说，“不，这只是急病。”

“心病哩。”法律公证人立刻答辩说。

这发现颇使法律公证人畅快，因为这可以阻止大夫用以磨灭承继人们的最后一招的可怕的婚姻；然而班格兰却觉得自己的空中楼阁倒毁了：好久了，他总想要他的儿子娶雨儿胥。

“如果这可怜的孩子爱上了这孩子的话，这就是她的不幸了：波尔丹杜埃尔夫人是布列颠的女人，她要门户相对的贵族。”承审员休息一会儿之后回答说。

“幸而……为着波尔丹杜埃尔夫人。”几乎漏泄心思的法律公证人立刻的答辩说。

我们应当承认承审员是个忠厚的人，因为从门口回到客厅的时候，他已经放弃了久已蓄意想要呼唤雨儿胥做他的儿媳妇的希望，虽然他并不是没有为他的儿子而伤怀。他想儿子当检事的时候给他六千佛郎的息金；如果大夫要给雨儿胥陪嫁十万佛郎的话，这两口儿简直就是家中的珠宝了；他的幼桢是个忠实而漂亮的孩子。也许就是因为他过于吹嘘他的幼桢，老闵诺肋才不相信他。

“我还是降格来谋市长的女儿吧，”班格兰想，“但是没有分毫嫁资的雨儿胥都要比陪嫁一百万嫁资的勒弗罗尔—克勒米埃小姐强哩。现在得想方法让雨儿胥嫁给这位小波尔丹杜埃尔，要是她爱他的话。”

关上书房那一边和花园那一边的门之后，大夫就带了他的教女到朝向水岸的窗户上面来。

“你怎么啦，你这狠心的孩子？”他对她说，“你的生命就是我的生命。看不见你的微笑，我要变成什么样子的呢？”

“沙维尼恩下了监狱！”她回答说。

话刚说完，泪泉就涌出她的眼睛，继之就是她的呜咽。

“她有救了，”老年人用做父亲的人的忧虑摸着她的脉搏说。“啊！她正如他的可怜的妻子一样，她是神经质的，”他一边拿出一只听胸器，放在雨儿胥的心脏上面，靠上耳朵听，一边心里对自己说。“好，什么事也没有，”他心里说。“我的心肝，我不知道你已经这样的爱他，”他瞧着她，接着说，“可是，请你跟我一块儿想想，就像你跟你自己一块儿想想一样，请你告诉我你们之间所发生的一切的事情。”

“我没有爱他，教父，我们从来没有说过什么话，”她呜咽的说，“但是，知道这个可怜的青年下了监狱，知道您不肯营救他，您这么好的人！”

“雨儿胥，你这好好的小天使，如果你不爱他的话，为什么你在圣沙维尼恩的生日上画出一个红点，正如你在圣登尼斯的生日上画出一个红点一样呢？说吧，请你告诉我这件心事的一切的事情。”

雨儿胥脸红了，她忍住几点泪珠，在她和她的姑夫之间有一刻钟的岑寂。

“你怕你的父亲，你的朋友，你的母亲，你的医生，你的教父吗？这几天他的心已经变得比任何时候都柔软哩！”

“哎，亲爱的教父，”她接着说，“我来给你打开我的灵魂吧。五月的时节，沙维尼恩先生来瞧他的母亲。在这之前，我一点儿也没有注意过他。当他到巴黎去居住的时候，我只是一个小孩子，并且，我可以给您发誓，那时候我并不知道在您们和年青的男人之间有什么分别，除了爱您以外，我想不出我会更爱其他任何的人。沙维尼恩先生在他母亲生日的前一天坐邮船回来，可是我们却不知道。第二天清早七点钟，念完祷文之后，我打开窗户让空气流通到我的卧房里来，我看见沙维尼恩先生的窗户开着，沙维尼恩先生穿着室内便衣，忙着刮胡子，他的一举一动都是文雅的……总之，我觉得他可爱。他梳理他的黑色的上唇须，颔下的一撮胡髭，我看见他的脖子是白白的、圆圆的……要不要都告诉您呢？我觉得这新鲜的脖子，这脸孔，这黑色的美丽的头发都跟您刮胡髭的时候我所看见的不一样。我觉得有什么东西，我也不知道从什么地方冲出，就好像水蒸汽一样，冲到我的心坎、我的咽喉、我的脑袋，而且是非常剧烈的，我也没有法子抵抗。我不能够站住，我发抖了。但是我却非常想看他，我就站在脚尖上；后来他也看见了我，就给我开玩笑，吻了一下他的指尖，给我瞧。”

“后来呢？”

“后来，”她接着说，“我就又羞又喜的藏了起来，我也没有自己问明白为什么对这快乐却觉得羞愧。这种动作眩惑着我的灵魂，给他带来我也说不出的一种力量，每次当我心里想到这位年青人的时候，我都有这种动作。总之，不论这情感是如何的剧烈，我都喜欢再去寻求这情感，到教堂去做弥撒的时候，一种不可克服的力量就逼着我去瞧视给他母亲伸去手臂的沙维尼恩先生：他的举

“亲爱的小孩子，”大夫让雨儿胥坐在他的膝上，说，“你不久就要十六岁了，你的妇人的生活就要开始了。”

止，他的服装，一切的一切，甚至于他的半节靴在石子路上所做出的声音，都使我觉得非常的美丽。他身上所有的最微细的事物，他那只穿上那么好看的手套的手对我就好像有一种魔力似的。不过，我总还有力量抑制我自己在做弥撒的时候不想他。散会的时候，我留在教堂里，有意让波尔丹杜埃尔夫人走在前面，然后跟在她后面。我没有法子告诉您这些小小的措置是如何的使我感觉兴趣。回家的时候，当我回头去关门的时候……”

“那布基发尔的妇人呢?”大夫说。

“噢！我让她到厨房去，”雨儿胥天真的说，“这么一来，我就能够自然而然的看到沙维尼恩先生笔直的站着，瞧着我。噢！教父，我觉得非常的骄傲，我相信能够在他的眼睛里给他生出惊异和崇拜，我不知道我有什么法子可以给他机会来瞧我。我觉得从此之后，除了忙于使他快乐以外，我就没有别的责任了。现在他的视线是我的好意的动作的最温美的报酬。自从这一刻起，我不断的想着他，可是沙维尼恩先生却不顾我而于当天晚上回到巴黎去了；从此我就没有再看见过他，布尔乔亚街在我看来好像是空虚的，他好像把我的心一同带走了，虽然他并不知道。”

“都说完了吗?”大夫说。

“完了，教父。”她叹了一口气说，很抱歉没有什么其他可说的话，这歉意也就消失在一时的悲楚之中。

“亲爱的小孩子，”大夫让雨儿胥坐在他的膝上，说，“你不久就要十六岁了，你的妇人的生活就要开始了。你正好处在已经停止了的童年和爱情的激动的时期的中间。这爱情要使你的生存变成多风波的，因为你的神经系统太灵敏。你所发生的事情就是爱情，我的女儿，”老年人用一种深长的悲哀的表情说，“这是你的天真纯洁的性情的爱情，也就是爱情的本来性质：盲目的，快速的，好像贼一样的来，偷走了一切的东西……是的，一切的东西！

我就在等着。我对妇人们颇曾观察过，我知道如果大部分的爱情只在许多的证实、许多的感情奇迹之后才占据了她们的话，如果她们只在被征服之后才打断她们的寂寞，才放弃她们的立场的话，另一方面却也有不少的妇人就在现在可以用磁力学来解释的同情的压力之下立刻被征服。今天我可以告诉你：只要我看见和你有同样名字的好看的女人，我就觉得我很单纯而忠实的爱她，不论我们的性情是不是可以相投。爱情是不是有一种灼见呢？看见许多订有神圣的婚约而大加庆祝的结合终于破裂了，产生了许多几乎是永远的仇恨、绝对的厌恶之后，我们要怎么样的回答呢？肉体的感觉可以相合，然而思想却可以不一致，何况有的人也许多半是生活在思想之中，不是生活在肉体的感觉之上呢。相反的，往往两个人有相同的性格，然而却互相的厌恶。这两种现象很不相同，这是许多的不幸的原因，可以告诉我们法律所以规定父母有权过问子女的婚姻是有道理的，因为一个年青的女人往往是这二者之中的一个幻觉的牺牲品。所以，我并不是责备你。你所有的感觉，不知从何而来而走到你的心坎、你的智慧之上的觉性的动作，你想到沙维尼恩时所有的快乐，这一切的一切都是很自然的。可是，我的好孩子，正如我们的沙普朗教士所对你说的一样，社会要牺牲许多自然的倾向。男人的命运是一种，女人的命运又是一种。我能够选择米露埃·雨儿胥做我的妻子，走到她的面前，对她说我如何的爱她；但是一位煽惑爱她的男人的女人却是没有道德的。女人们不能够像我们这样的在青天白日之下追求她们的欲望的满足。所以，贞洁是属于你们的，特别是属于你的，这是防守你们的心中的秘密的一个不能超越的屏障。你之犹豫不把你的最初的感情作用告诉我就够得说明你要忍受最大的苦痛，而不敢在沙维尼恩面前承认你的一切……”

“啊，真的！”她说。

“但是，我的孩子，你还得多做一些事儿。你得抑制你的心灵活动，你得忘记他们。”

“为什么呢?”

“我的小天使，因为你只能爱上你的未婚夫；就算波尔丹杜埃尔·沙维尼恩先生爱你的话……”

“我还没有想到这个哩。”

“听我的……就算他爱上了你，就算他的母亲向我替他求婚，我也只能够在细细的研究沙维尼恩之后才可以赞同。他的行为刚刚好叫一切的家庭对他怀疑，给他和任何女人之间放上一个难于消灭的障碍。”

一道神圣的微笑带走了雨儿胥的眼泪，她说：

“对于某些事情，不幸是有用处的!”

大夫对于这句天真的话语并不加以回答。

“他做了什么事呢，教父?”她接着说。

“我的小天使，两年之中，他在巴黎短了十二万佛郎的债！他还做了一桩傻事，让人家关在圣柏拉基监狱里，这是这年头要使一位年青人永远让人轻视的大错。一个能够使他的母亲陷入穷苦途中的浪子会使他的妻子失望而死，正如你的父亲一样。”

“您相信他有法子补救吗?”她问。

“如果他的母亲替他还债的话，他就会变成一个一文莫名的穷光蛋。我不知道世界上有什么比一个钱也没有还要惨痛的责罚贵公子的法子。”

这回答使雨儿胥沉思。她拭干了自己的眼泪，对她的教父说：

“如果您能够救他的话，请您救他，教父；这恩典可以使您对他有劝告的权利；您可以给他许多的劝诫……”

“然后，”大夫学着雨儿胥的口气说，“他就可以到这里来了，他的母亲也可以来了，我们可以看见他们了；然后……”

“我这时候只想到他本人。”雨儿胥涨红着脸，说。

“不要再想到他，我的可怜的孩子；这是疯狂！”大夫惨痛的说，“波尔丹杜埃尔夫人是一位克尔迦路埃家的小姐，她每年只有三百佛郎生活费，她绝不会同意已故的王家海军少将波尔丹杜埃尔公爵的侄孙、舰长波尔丹杜埃尔子爵的儿子波尔丹杜埃尔·沙维尼恩子爵娶了一个——谁？没有钱的军乐家的女儿米露埃·雨儿胥，而且她的父亲，现在是告诉你实情的时候了，不幸她的父亲是一位风琴家（就是我的岳父）的私生子哩！”

“噢，教父，您说的对：我们只能够在上帝面前是平等的。我只要在我的祈祷中想到他！”这秘密的揭破使她啜泣，她就呜咽的说，“请您把您所想给我的都拿来给他吧。像我这样一个可怜的孩子有什么需要呢？……关在监狱里，他！”

“请你把你的苦行都放在上帝跟前，他也许会来帮助我们。”

寂寞统治了一些时刻。雨儿胥不敢看她的教父。当她仰起眼睛瞧他的时候，她的心不禁大受感动，因为她看见眼泪流满了他那憔悴的双颊。老年人的哭泣的可怕和小孩子的啼哭的自然是同样程度的。

“我的天哪，您怎么啦？”她说着，跪在他的脚边，吻着他的双手，“您不相信我吗？”

“我要满足你的一切欲望，但是我却不得不使你的生命受到第一次的大苦楚！我和你一样的苦痛。我只在死了我的孩子、死了雨儿胥的时候哭泣过……好，我要做你所要我做的一切！”他喊道。

雨儿胥从眼泪里给他投去一道闪电一般的眼色：她微笑了。

“咱们到客厅去吧，你得严守这些秘密，我的小姑娘。”大夫说着，留下他的教女一个人在书房里。

这位父亲觉得自己太柔弱，不能够抵抗这神圣的微笑，他就要去说一句有希望的话，这句话应当可以蛊惑他的教女。

十、波尔丹杜埃尔母子

这时刻，一个人单独和教士逗留在地面层冰冷的小厅里的波尔丹杜埃尔夫人已经把她的一切苦痛都告诉给她的唯一的朋友，这位善良的牧师。她手里拿着沙普朗教士看完之后又送还给她的许多信件。这些信件实在是她的愁苦的贮藏。老贵妇坐在方桌旁边一张靠椅上。桌上还可以看到狼藉的果点的残余。她瞧着缩在对面大椅中的教士。教士用戏院的听差、数学家、牧师们所特有的一种姿态抚摸着他的下颔，表露出对于一种难于解决的问题的思考。

这间小厅是两只朝街的窗户给他透进光线的，壁上装有漆成灰色的木板。这小厅是潮湿的，墙脚的雕板露出许多腐烂的木片所生的几何形的裂缝，如果没有油漆粘住的话，这些木片早就已经掉下来了。红色的地板是由贵妇的唯一的女仆给他擦光的。每个座位之前都需要一个小小的圆麻席。教士的脚就安放在其中的一个麻席之上。浅绿色的带有绿花的大马色布窗帘是拉开了的，百叶窗却是关上的。两支蜡烛照耀着桌上，房子里却是半亮不明的。我们还需要说在两只窗户之间有拉都尔[①]所画的胥夫兰[②]、克尔迦路埃、季苍、西莫斯的劲敌—这著名的波尔丹杜埃尔海军上将的五彩铅笔画像吗？壁炉对面的壁板上，人们可以看到波尔丹杜埃尔子爵和老贵妇的母亲、一位克尔迦路埃—波罗埃迦家的小姐的画像。

所以，沙维尼恩的舅舅是克尔迦路埃海军中将，他的堂兄是波尔丹杜埃尔公爵，海军上将的外孙，他们两个人都是很富有的。克尔迦路埃海军中将住在巴黎，波尔丹杜埃尔公爵则住在杜菲纳省的波尔丹杜埃尔别宫里。沙维尼恩的堂兄，公爵，代表了长房，沙维尼恩是波尔丹杜埃尔家的幼房的唯一的后裔。公爵已经四十多岁了，他娶一位富有的夫人，他们有三个孩子。他应当有好几份的遗产，人家说他的家产有六万佛郎的年息。他是伊西尔的议员，冬天都在巴黎过冬，他在巴黎用维勒尔的法规所允许的赔偿去买回了波尔丹杜埃尔公馆。克尔迦路埃海军中将最近娶了他的外甥女方登小姐，目的完全是在于给她保证她的财产。所以子爵的错误会使他失去这两个有力的靠山。

沙维尼恩是一位年青的美男子，如果他进了海军界的话，在他的家望，在一个将军、一个议员的支持之下，说不定二十三岁的年纪就已经当上海军大尉了。但是他的母亲不愿意她的独生子进入军界，她让沙普朗教士的一个助理在那穆尔来教导他，她很自傲能够把孩子留在身边，一直到死的时候为止。她很聪明的想给他和一位戴格曼家的小姐结婚，这位小姐有一万两千佛郎的年息，波尔丹杜埃尔的家望和保尔地埃尔的田产可以允许她有这愿望。这种计划并不大，然而却是谨慎的，可以使这一家的地位在

---

① Latour，十八世纪的法国著名五彩铅笔画家。

② Suffren，十八世纪的法国著名水兵，曾于印度光荣的战过英国人。

第二代中提高。不幸这计划却因为事情的变动而化为乌有了。那时候，戴格曼家已经衰落了，他们的长女吓莲失踪了，而她的家庭却解释不出这神秘的原因。

没有户外的空气，没有目的，没有活动，只有儿子对母亲的爱情的生活上的枯燥使沙维尼恩大为厌倦，他打断了生活上的锁链（不论他是如何的甘柔），而发誓不再生活在外省，因为后来他又懂得他的前途并不是在布尔乔亚街。二十一岁的时候，他就离开了他的母亲，到巴黎去认识他的亲戚，去追寻幸运。

在一个十分自由，没有逢到逆忤，贪求欢乐，而由家庭的资望和富庶的亲戚给他打开一切的客厅的二十一岁的青年看来，那穆尔的生活和巴黎的生活简直是天壤之别。沙维尼恩确信他的母亲一定把二十年来的节省存放在什么地方，他不久就把他母亲所给他来观光巴黎的六千佛郎花完了。这数目还不够他最初六个月的费用，他那时候已经短了旅馆，他的裁缝，他的鞋店，他的车马出租人，一个珠宝商，一切给年青人奔走奢侈品的商人一倍的数目。好容易才让人家知道有他这么一个人，才懂得说话，才懂得介绍自己，才懂得穿背心，选择背心，定制礼服，打结领带，他就已经负了三万佛郎的债务，这而且只是为着寻找一种精微的话语来宣布他对朗格罗尔侯爵的妹妹赛利西夫人的爱慕而已。夫人是漂亮的贵妇，年青时曾在帝国时代出过风头。

“您们其他的人，您们怎么会不发生困难呢?”有一天，当沙维尼恩和几位漂亮的朋友（正如现在因为共同的目标，一致认为是世上无比的年青人都联结在一起一样）吃完饭之后，他对他们说，“您们并不比我富，您们的生活没有任何的忧愁，您们能够支持自己，然而我，我却已经负了债!”

“我们的起始也都是那样的哩。”那时代的花花公子拉斯提额、吕崩柏礼·鲁先、特赖伊·马克西姆、布朗德·爱弥儿笑着对他说。

“马尔赛生来就是富有的，这完全是偶然的！”要跟这些年青人交好的主人，一位名做菲诺的暴发户说，“而且，如果他是别人的话，”他给马尔赛鞠了一个躬，加上一句话，“他的财产也就把他毁了。”

“话说对啦。”特赖伊·马克西姆说。

“意思也是对的。”拉斯提额立刻答辩说。

“亲爱的，”马尔赛严肃的对沙维尼恩说，“债务就是经验的资本。一个好的大学教育，有让人家喜欢和讨厌的教员的大学教育要花您六万佛郎，然而您却什么也学不到。如果社会的教育需要一倍的花费的话，他却使您学到了生活、做事、干政治、认识男人们，甚至于女人们。”

布朗德模仿了拉方登一句诗来完成这一段演讲：

社会要您付给极大的代价去获取您所想要他给您的东西！

沙维尼恩没有思考这些巴黎群岛中的舵师所给他说的含有深意的话语，他只把这些话当做嘲笑。

“当心娜，亲爱的，”马尔赛对他说，“您有个好姓名，如果您不能够得到您的姓名所要求的财富的话，您可以在骑兵营里当一个军需官来消磨您的晚年……”

我们曾经看见过比您更高贵的人头落在地下！

他朗诵高乃依这一句诗，加上说，一边拉住沙维尼恩的手臂。“——差不多有六年的光景了，”他接着说，“我们这里来了一个年青的德斯格里昂公爵，他在大社会的天国里还活不到两年！不幸得很，他的生活就好像是开花炮一样。他一直高到和马夫利额斯夫人一样的地位，然而他又重新跌到本乡去，在他那患伤风症的老父和每分两苏钱的魏斯特牌戏之间追悔他的错误。请您坦白的告诉赛利西夫人您的情况，不要害臊；她对您一定很有用处；如果您跟她要初恋的谜语的话，她就会端庄得和拉发埃尔·玛当纳一样，要一点儿纯洁的把戏，请您花大本钱去游历温柔乡。”

沙维尼恩年纪还轻，他有绅士的庄严，不敢把自己的经济状况告诉赛利西夫人。正当儿子不知如何是好的时候，波尔丹杜埃尔夫人给他寄去了她所有的两万佛郎，去回答她的儿子在朋友们劝告他用打击父母的小孩子的方法之下给她写的那封说明要付给欠款免得让人侮辱的信。这一个援助使他渡过了第一年的年关。

第二年的时候，他成为赛利西夫人的俘虏了——因为她对他颇有爱惜之心，而且给他施以教化。他用了危险的放高利的人的借款。一个姓吕博尔的议员是他的朋友，同时也是他的堂兄的朋友，在他困苦的时候，把他介绍给高布西克、基岗泥和巴尔马。这些人知道清楚他的母亲的财产的价值，就给他立下容易和轻薄的算利的办法。放高利的人用假装帮忙的续借的办法使他能够在十八个月中有个非常愉快的生活。可怜的孩子又发疯的爱上了克尔迦路埃公爵夫人，他不敢离开赛利西夫人，正如那些等待老朋友的死亡给第二次的结婚对象述说贞操的能干而谨慎的年青人一样。他不能够了解经过思考的德性是不可征服的，而以富人的服装去阿谀克尔迦路埃·爱弥利，他从来没有忘记出席她所去的跳舞场或戏院。

“我的小朋友，您没有相当的火药去开打这块石头。”一天晚上马尔赛笑着对他说。

这位年青的巴黎时装大王，为着怜悯沙维尼恩起见，曾经落空的给这个孩子解释过方登·爱弥儿的性格；只有穷困的惨淡的光线和监狱的阴影才能够使沙维尼恩觉悟。在朋友们的不知不觉之中，一张和放高利的人商议停当而误开给一位珠宝商的十一万七千佛郎的支票就把波尔丹杜埃尔·沙维尼恩下在圣柏拉基监狱里，因为这些放高利的人并不厌恶捕人。这消息一被拉斯提额、马尔赛、吕崩柏礼·鲁先知道，他们三个人就来探视沙维尼恩，每一个人都给他留下一张一千佛郎的钞票，可怜他一无所有。沙维尼恩的仆人在两位债权人的收买之下带他们到沙维尼恩所住的秘密的寓所里来，拿去了一切的东西，只剩下他的衣服和他所带的一点儿珠宝。三位年青人吃了一顿丰富的酒席，喝了马尔赛带来的西勒斯酒，大家都在询问沙维尼恩的情形，表面上是为他的前途设想，实在是要判断他。

“您名做波尔丹杜埃尔·沙维尼恩，”拉斯提额嚷着说，“您的堂兄是未来的法兰西世卿，您的舅祖是克尔迦路埃海军上将，在这种情形之下，如果您做了大错而被下在圣柏拉基监狱里的话，您却不能够老关在那儿，亲爱的！”

“您为什么都不告诉我呢？”马尔赛喊道，“您可以用我的旅行车，我的一万佛郎和我给德国人写的信。我们认识高布西克、基岗泥和其他的坏蛋，我们可以让他们投降。先说，哪一个糊涂虫带您去喝这死水呢？”马尔赛问。

“吕博尔。”

三位年青人互相瞧了一眼，交换一个共同的思想、共同的怀疑，但是却没有说出来。

“请您告诉我您的经济来源，请您告诉我您的把戏，好吗？”马尔赛问。

当沙维尼恩描写他的母亲和她的蛋壳帽的时候，当他叙述布尔乔亚街那所有三个窗户、只有天井和安置木料的厂屋而没有花园的小房子的时候，当他给这间用沙石盖成、用红色的灰泥粉刷的房子和保尔地埃尔田产的价值的时候，三位花花公子都互相的瞧了一眼，深刻的说了缪塞[1]的《火中甘栗》的教士所说的一句话（缪塞的《西班牙的故事》刚刚出版）：

“惨！”

“好好的写一封信，您母亲会给您付钱的。”拉斯提额说。

“是的，可是以后呢？”马尔赛嚷着说。

“如果您只是坐在马车里，”鲁先说，“王家政府一定会给您在外交界找个地位；但是圣柏拉基并不是大使馆的等待室。”

“您还不够资格在巴黎生活。”拉斯提额说。

“咱们瞧！”马尔赛接着说，他从头至脚的打量沙维尼恩，就像马贩打量马匹似的，“您有一双配置得宜的蓝色美眼，您有一只形状好看的白额，伟大的黑色的头发，披在您的苍白的颊上的小上唇髭和一个轻快的身躯；您有一只表示您的种族的贵脚，不太买办式而却结实的肩膀和胸脯。您是我所谓的一个黑美人。您的脸孔是路易十三的式样，没有什么颜色，鼻子很好看；您还有可以让女人们喜欢的成分，男人们自己所不觉得的我也说不出名目的成分，是在气度、步履、声调、眼光、姿势和其他女人们所看见的成百的小东西之中的。女人们对这些东西而且都觉得有某种意义，是我们所不知道的。您不知道您自己，我的亲爱的朋友。只要一些时髦的服装，六个月之中，您就可以使一位有十万佛郎的英吉利女郎欢心，特别是当您取了您有权利称谓的波尔丹杜埃尔子爵的衔头的时候。我的漂亮的干妈杜德利贵人最会串联两颗心坎，她可以给您在大不列颠找到一些冲积层的土地。但是您得想法子在九十天之内用高妙的财政手腕转写您的欠账。您为什么都不告诉我呢？在巴登，放高利贷的人也许还要尊敬您，给您当

① Alfred de Musset，十九世纪初年的法国文豪，与巴尔扎克同时。

差哩；但是，坐了监狱之后，他们却瞧不起您了。放高利贷的人就好像是社会、是民众，他们跪在有相当权力而能够利用他们的人的跟前，然而却对一只羔羊毫不留情。在某一个社会的眼睛里，圣柏拉基是一个可以焦毁青年灵魂的母夜叉。您要我的意见吗，亲爱的孩子？我要跟对小德斯格里昂一样的对您说：留心的还您的债务，留下三年生活费，在外省娶上一位可以给您三万佛郎年息的头富的女郎。三年之内，您一定可以找到一个喜欢让人家叫做波尔丹杜埃尔夫人的贤慧的女承继人。这就是聪明的办法。所以，咱们喝酒吧。我给您祝贺：为有钱的女人干杯吧！"

年青人只在规定的告别的时刻离开他们的朋友，他们都在门脚上对自己说：

"他并不强！——他被打倒了！——他还能翻身吗？"

第二天，沙维尼恩给他母亲写了一封二十二页的忏悔信。一天的哭泣之后，波尔丹杜埃尔夫人就先给她的儿子写信，答应想方法救他出狱，再给波尔丹杜埃尔公爵和克尔迦路埃公爵写信。

教士刚才所念过的，可怜的母亲手里所拿的这些潮湿着她的眼泪的信件就在这大早晨寄到，而刺破了她的心坎。

致波尔丹杜埃尔夫人书

夫人：

您绝不会怀疑海军上将和我，我们两个人对您的苦痛的关心。您所告诉克尔迦路埃先生的消息使我大为忧愁，因为我的家是您的儿子所自由出入的：我们颇以您的儿子为荣。如果沙维尼恩对上将有更大的信任的话，我们也许已经叫他跟我们在一块儿，他也说不定已经有一个好位置了；可是他什么也不告诉我们，这位不幸的孩子！上将没有法子付还这十万佛郎，他自己也短债，而且也受过我的累，因为我不晓得他的经济状况是这样的。他觉得非常的抱憾，因为目前的沙维尼恩已经让人逮捕，已经把我们的手捆住了。如果我的漂亮的外甥不是对我有一种用情人的骄傲来抹杀亲戚关系的愚笨的情感的话，我们说不定已经把他送到德意志去旅行，让他的事情自然而然的在这里办理清楚。克尔迦路埃先生说不定可以替他的外甥在海军部里找到一个事情。但是因为债务而入狱，这桩事无疑的会使上将的进行发生障碍。请您付清他的欠款，让他在海军界做事，他就可以走上真正的波尔丹杜埃尔的道路，他的美丽的眼睛里有他们的光焰，我们大家都要帮助他。

所以，请您不要失望，夫人，在您所有的朋友之中，我总要变成其中最诚恳的一个，我给您送去我的祝祷和我对您的尊敬，我这

您的忠实的女仆，

克尔迦路埃·爱弥利

致波尔丹杜埃尔夫人书

亲爱的婶婶，我因为沙维尼恩的无赖的行为而觉得烦恼和苦痛。我是结了婚的人，我是两个孩子和一位姑娘的父亲，以我的地位和我的希望来说，我的财产已经是太少了，我不能够因为替一位被野蛮人所逮捕的波尔丹杜埃尔还清十万佛郎的欠款而来减少我的财产，请您卖掉您的田产，请您还清这笔款，再请您到波尔丹杜埃尔来，您可以在这里找到我们所应有的欢迎，虽然我们的心并不一定是完全属于您的。您可以快乐的生活在这里，我们最后也可以给沙维尼恩成亲，我的妻子觉得他很漂亮。这种异想天开的行为并不算什么，请您不要发愁，在我们这一省里，这种行为并不算是异想天

开的，因为我们认识许多有钱的女人，她们都很高兴能够和我们结亲。

我的妻子和我合在一起给您道谢您所给我们的快乐，请求您接受她对这计划的实现的愿望和我们对您所有的尊敬。

陆克—沙维尼恩，波尔丹杜埃尔公爵

“给一位克尔迦路埃家的小姐写这样的信吗?”年老的布列颠夫人拭着眼泪，喊道。

“上将并不知道他的外甥进了监狱，”沙普郎教士最后说，“只有公爵夫人一个人看见这封信，而且也是她一个人回复的。但是我们得想出一个主意，”他歇了一会儿，又说，“这是我荣幸能够给您的劝慰。别卖掉您的田产。您的租约快满期了，这租约已经订了二十四年了；几个月之后，您可以提高您的租金到六千佛郎，您所涨的价钱可以等于两年的租金。请您向老实的人借钱去——别向城市干抵押买卖的人借钱。您的邻居是个有身份的人，他是社会上的人物，他认识革命之前的上流社会，他而且是由无神论者变成天主教徒的。今天晚上，请您来看他，别觉得不好意思。他一定会猜想出您的来意；请您忘记了您是一位克尔迦路埃家的小姐。”

“绝不!”年老的母亲用尖锐的声音说。

“至少是一位好说话的克尔迦路埃；等他一个人在家的时候来，他只会取您百分之三或三点五的利钱，说不定只取您百分之三，他会非常周到的给您帮助，您一定会觉得满意；他会亲身去设法释放沙维尼恩，因为他必得售卖一些证券，而给您把他带回。”

“您是说那位小闵诺肋吗?”

“这位小闵诺肋却有八十三岁的年纪啦，”沙普郎微笑的接着说，“亲爱的夫人，请您得有一些基督徒的怜悯，别伤刺他，他会帮您不少的忙。”

“怎么帮法呢?”

“他的身边不是有一个天使，一个最有天姿的小姑娘吗?”

“是的，那个小雨儿胥！……那么，以后呢?”

听了这句“那么，以后呢?”之后，可怜的教士不敢再说下去了，因为这句话的辣涩预先切断了他所想提出的主意。

“我相信非常有钱的闵诺肋大夫……”

“这对他倒很好。”

“您不给您的儿子打开一条出路，您已经是他的不幸的间接原因了。请您担心您的将来!”教士严厉的说，“要不要我告诉您的邻居您来看他呢?”

“可是，知道我需要他，他为什么不来看我呢?”

“啊！太太，到他家里去，您只用付三分利，要他到您这里来，您就得付五分利。”教士说，他终于找到这个巧妙的理由来使这老太太立下决心。“并且，如果您是受地恩尼法律公证人或是马山法院书记的压迫而售卖您的田产的话，您就会损失保尔地埃尔田产的一半的价钱，因为他们会拒绝不给您钱，希望能够从您的不幸中得到利益，我不能影响地恩尼、马山、勒弗罗尔这些人，他们都是当地的财主，他们都想吞没您的田产，并且都知道您的儿子进了监狱。”

“他们知道！他们知道!”她挥起双臂，嚷着说，“——噢！可怜的教士，您让您的咖啡凉了……——黛茵纳特！黛茵纳特!”

黛茵纳特是一位年老的布列颠妇人，她穿着一件披肩，戴着一顶布列颠的帽子。她有六十岁的模样。她轻捷的走来，取了教士的咖啡，拿去温。

“等一会儿，教士先生，”她看见教士要喝咖啡就这样的说，

"我要把他放在炖罐里温一温，他不会变坏的。"

"好吧，"教士婉转的说，"我去通知大夫您要看他去，请您一定来。"

一小时的讨论之后，老太太才算是答应了。在这讨论里，教士曾重复的说了十遍他的理由，然而自傲的克尔迦路埃家的小姐却只在听完最后一句话之后才算投降：

"沙维尼恩要自己去哩！"

"那么，还不如我自己去好哩。"她说。

十一、沙维尼恩得救了

大门中间的小户在教士背后关了起来的时候，正好打了九点钟。教士用力按着大夫的门铃。沙普郎教士逃出了黛茵纳特的追问又碰到布基发尔妇人的冷眼，因为这位老乳母对他说："您来晚了，教士先生。"正如黛茵纳特刚才对他说："太太心里很愁闷，您为什么这么快就走了呢？"

教士看见在大夫的绿棕相间的客厅里有许多的客人，因为地恩尼已经走去安慰承继人们，路过马山家里给他报告表叔爷所说的话。

"雨儿胥，"他说，"我想雨儿胥心里已经有了爱情，这爱情只会给她苦恼和忧愁；她似乎是很浪漫的（这是法律公证人们用来称呼过度的感觉性的一个名词），我们一定会看她嫁不出去。所以，请您不必多疑：请您好好的看顾她，好好的听您表叔爷的话，因为他要比古比尔精细上一百倍。"法律公证人加上一句话说，他不知道古比尔是拉丁文所谓的劣种的 Vulpes（狐狸）。

所以，马山夫人、克勒米埃夫人和她们的丈夫、驿站主人和得嗣来就和那穆尔的医生跟班格兰等人在大夫家里凑成了一个非常热闹的集会。沙普郎教士进来的时候听见钢琴的声音。可怜的雨儿胥正在奏完贝多芬的合奏曲。这位被教父所启发，被承继人们所厌恶的孩子，她有天真烂漫的技巧，她选择了这个必须加以研究才能够懂得的高尚的音乐，使那些想来听奏的女人们觉得无味。音乐越是优美，无知的人越不能够寻味。所以，当门开了，沙普郎教士探进他的可敬的脑袋的时候，承继人们都大声的叫："啊！教士先生来了！"他们都因为能够借这机会站立起来，不再受罪而觉得快乐。

这一喊叫回响到牌桌上面来。班格兰、那穆尔的大夫和老年人正在那里碰到一个无理的要求：为着逢迎大夫起见，收税官提议要凑成第四位的魏斯特牌手。雨儿胥离开了钢琴。大夫站了起来，好像去致敬教士似的，其实是解散牌会。给他们的叔叔或舅舅大为吹嘘这位教女的天才之后，这些承继人就给他行礼了。

"晚上好，朋友们。"大门关上的时候，大夫嚷着说。

"啊，就是这个费了这么多钱吗？"走了几步之后，克勒米埃夫人对马山夫人说。

"但愿上帝阻止我，不让我花了钱叫我的小阿铃在家里弄出同样的声音！"马山夫人回答说。

"她说这是贝多芬的乐曲，贝多芬倒是一个大音乐家，"收税官说，"他颇有名望。"

"听我的！他不是在那穆尔，"克勒米埃夫人接着说，"他的名字的确是必大瘟。"

"我相信我们的表叔爷是有意让她那样，叫我们不再来的，"马山说，"因为他闪眼给她的小妖妇暗示那本绿乐谱。"

"如果他们就用这种乱七八糟的声音来消遣的话，"驿站主人接着说，"他们最好是各自休静。"

"承审员一定喜欢打牌，来听听这怪难听的乐调。"克勒米埃夫人说。

"我永远不会在不懂音乐的人前面演奏。"雨儿胥说着，走到牌桌旁边坐下。

“在健全的人方面，情感只能够在友谊的环境里发展。”那穆尔的教士说，“同样的，牧师只能够在恶劣的精神之前施行祝福。栗子树死在肥沃的土地中；如果天才的音乐家的旁边都是些没有知识的人的话，他就觉得精神衰疲。在艺术里，我们应当从那些媒介我们的灵魂的心灵中取到我们所能给他们交通的同样大的力量。这是规定人类感情生活的规律，可以引申这一句格言：‘应当和狼一同的咆哮——物以类聚。’但是，您所要经历的苦痛只能够打击天性柔弱的人。”

“所以，朋友们，”大夫说，“只能够给女人苦头吃的东西能够杀害我的小雨儿胥了。啊！我死了之后，请您在这颗美丽的花朵和社会的中间筑起一道防卫她的墙篱，正如卡杜尔的诗所说的一样：Ut flos……”

“这些太太们很逢迎您哩，雨儿胥。”承审员笑着说。

“这逢迎未免太粗俗了。”那穆尔的医生说。

“我常常看出不诚恳的逢迎的粗俗，”老闵诺肋回答说，“并且，为什么呢？”

“诚实的思想是有风韵的。”教士说。

“您在波尔丹杜埃尔夫人家里吃饭吗？”雨儿胥说着，给沙普郎教士投去一道满充着忧惧的好奇的眼色，去询问他。

“是的；可怜的贵妇太愁苦了，也许她今天晚上还要来看您哩，闵诺肋先生。”

“如果她有什么忧愁，如果她需要我的话，让我到她家里去好了。”大夫喊道，“咱们打完这一个 rubber 吧。”

雨儿胥从桌下推着姑夫的手。

“她的儿子未免太单纯了。”承审员说，“没有一个好顾问他是不容易居住在巴黎的，我知道法律公证人在这里问到她的田产，我猜想人家希望她死。”

“您相信这是可能的吗?”雨儿胥给班格兰先生投去一道可怕的眼色，说。班格兰正在自言自语的说:“嘿！对的，她爱他。”

“也可以说是可能的，也可以说是不可能的，”那穆尔的大夫说，“沙维尼恩还是一个好孩子，坐监狱就是一个证明。狡猾的骗子绝不会到那里去的。”

“朋友们，”老闵诺肋喊道，“今天晚上已经够了，当我们能够拭干她的眼泪的时候，我们不要让一位可怜的母亲多哭上一分钟。”

四位朋友站了起来，出去了。雨儿胥一直送他们走到大门，瞧着教父和教士敲对面的门；当黛茵纳特让他们进去的时候，她就坐在户外的一只石堤上，布基发尔的妇人就站在她的身边。

“子爵夫人，”第一个走进小厅的教士说，“闵诺肋大夫不敢让您劳驾到他那里去……”

“我是旧式的人，”大夫接着说，“我知道一个男人对您这样有地位的人应当如何的恭敬，依据教士先生所说的，我真高兴能够给您帮一点儿忙。”

这举动颇使波尔丹杜埃尔夫人不安，所以自从沙普郎教士离开她之后，她甚至于都想到那穆尔的法律公证人那里去请求变卖她的田产。现在看到闵诺肋的雅致，她却不觉大为惊讶，就立刻站了起来，给他回敬，同时给他指着一张靠椅。

“请坐，先生。”她用端庄的神气说，“我们的亲爱的教士已经告诉过您子爵因为短了一些年青人的胡闹的债务坐了监狱；大约是十万佛郎吧……如果您能够借他的话，我可以拿我的保尔地埃尔田产来担保。”

“如果您允许我在这桩事情里当您的代表的话，子爵夫人，等我能够把令郎带回来的时候，我们再谈这个吧。”

“好极啦，大夫。”老贵妇低下头回答说，同时瞧了瞧教士，好像是说：“您说得对，他真是上流社会的人。”

“您可以看得出来，太太，”教士说，“我的朋友大夫对于您们这一家是很忠实的。”

“我们要非常的感谢您，先生，”波尔丹杜埃尔夫人颇为费劲的说，“因为像您这样的年纪到巴黎去为一个无赖汉的胡闹而冒险……”

“太太，一七六五那一年，我很荣幸能够在善良的马尔西布先生和步风公爵家里看见到伟大的波尔丹杜埃尔海军上将。他们都愿意问他关于他在旅行时所看到的怪事。也许您的先生，已故的波尔丹杜埃尔先生也在座。那时候的法兰西海军是最光荣的，比英吉利的海军还要强；舰长也给这勇敢的事业贡献他的能力。在一七八三和一七八四这两年里，人家等着圣罗哈战役的消息真是等得好焦急啊！我几乎要用王家军医的资格出发。您的叔爷，现在还活着的克尔迦路埃海军上将就在这时候支持他的著名的战功，因为他是在美鸡号舰上的。”

“啊！如果他知道他的外孙入了监狱！”

“子爵先生两天之内就可以出狱。”老闵诺肋说着，站了起来。

他伸出手去拉老妇人的手，她也让他拉着，让他在上面接了一个恭敬的吻。他给她致敬，就出去了；但是他又回来对教士说：

“亲爱的教士，请您给我预定明天早晨的公共马车的座位，好吗?”

教士逗留了一个半钟头左右，给她歌颂闵诺肋大夫。大夫要克服老贵妇，他算是成功了。

“他这年纪实在是太难得了，”她说，“他说要到巴黎去给我的儿子办事，好像他只有二十五岁似的。他看见过上流社会。”

“最好这样，太太。现在的情形，许多法兰西的穷世卿都会因为娶上他的教女，他这带有一百万嫁资的教女而得到幸福。啊！如果沙维尼恩心里也有这念头的话。时代已经改变了，最大的困难并不在您这一方面，尤其在令郎有这种行为之后。”

“您糊涂啦，亲爱的沙普朗教士。”

“您将来会想到这个的，太太，但望上帝会使令郎今后的行径能够得到这位老年人的尊敬！”

“如果这不是您的话，教士先生，”波尔丹杜埃尔夫人说，“如果是别人说这句话的话……”

“您就不会再看见他了，”沙普朗教士笑着说，“但望令郎会告诉您他在巴黎所干的恋爱的把戏。请您替沙维尼恩想想，您已经害了他的前途，您千万不要再阻止他去发展他的地位。”

“原来就是您跟我说这些话吗？”

“不是我对您说这些话，谁会对您说呢？”教士说着，站了起来，立刻退了回去。

教士看见雨儿胥和她的教父在院子里徘徊。虚弱的大夫耐烦不了教女的纠缠，终于屈服了：她要到巴黎去，给他说出成千的理由。大夫呼唤刚刚进来的教士，请他当天夜里就替他雇上一辆轿式马车，要是公共马车的办公室还开着的话。

第二天晚上六点半钟，老年人和他的小姑娘一同到达了巴黎。当天晚上大夫就去请教他的法律公证人。政局正在紧张着。前一夜，那穆尔的承审员已经好几次告诉过大夫：只要新闻界和宫廷的纷争没有解决，就连在不动产里面保留一个苏的息金也都是一桩傻事。闵诺肋的法律公证人同意承审员的间接的劝告。大夫就利用他的旅行去变卖商业股票和公债（这两种证券的价格正好涨到最高峰），再把现款存在银行里。法律公证人还劝老主顾变卖约尔地所留给雨儿胥的资金，他曾用家长的资格拿这资金去投资过。他开始活动，派了一个精明的代理人去和沙维尼恩的债权人交涉；

但是，为着成功起见，青年人还得有勇气留在监狱里几天。

“这些事儿一焦急至少就得有百分之十五的损失，”法律公证人对大夫说，“并且无论如何，您在七八日之前也得不到您的钱。”

雨儿胥听说沙维尼恩还得在监狱里坐上一星期，她就请求她的保护人陪她去探一次监。老闵诺肋拒绝这要求。姑夫和外甥女两个人住在古瓦—得—柏提—苍街的一间旅馆里，租了一个舒服的寓所。他知道教女的教规，他叫她答应在他出去办事的时候不要离开这寓所。好好先生带雨儿胥去逛巴黎，让她参观街道、店铺和马路；可是，什么东西都不能够让她快乐、让她感觉兴趣。

“你要什么呢?”老年人对她说。

“瞧瞧圣柏拉基监狱去。”她执拗的说。

于是乎，闵诺肋就雇了一辆马车，带她到锁铃街去。车就停留在监狱的卑劣的正面楼前头。这监狱是由古庙改建的。看到这布满铁窗的灰色高墙，看到这只能够低头进去的小门（可怕的教训!），看到这满充着穷苦、满布着荒凉的街道的悲惨的地区所有的这阴惨的房屋，这一切的凄凉的景物都使雨儿胥伤感，都使她流出几颗泪珠。

“怎么，”她说，“人家就因为钱的问题把年青人关在监狱里吗？一位放高利贷的人怎么能够有国王自己所没有的这么大的权力呢？他原来就在这里!”她喊道，“可是，在哪一间房子里呢，教父?”她加上一句话说，一个窗户一个窗户的挨着看。

“雨儿胥，”老年人说，“你让我做了好些傻事。这不是忘记了他，这。”

“但是，”她接着说，“答应您不再想到他，难道就不能够对他表示一点关心吗？我能够爱他，我能够不跟任何其他的人结婚。”

“啊!”好好先生叫了起来，“你的胡说都有许多的理由，我只好懊悔不该带你来。”

三天之后，老年人偿清了许多的债务，办理了一切释放沙维尼恩的应办的手续。这一笔开销，包括办事人的报酬，一共费去了八万佛郎，大夫还剩下八十万佛郎，他就听法律公证人的话把这笔款放在国库里，免得损失过多的利息。他给沙维尼恩留下两万佛郎的现钞。星期六下午两点钟，大夫亲身到监狱去释放他。年青的子爵已经从母亲的信里知道了这桩事，他就用诚恳的心情来感谢他的解放人。

“您得赶紧看您母亲去。”老闵诺肋对他说。

沙维尼恩不好意思的回答他说：就是在监狱里，他也还向人家借过一笔信用的借款。他又述了朋友们的探狱的情形。

“我疑惑您还有一些个人的债务，”大夫笑着说，“您母亲借了十万佛郎，我已经给您还了不只八万佛郎的债；这是剩下的两万，拿去好好的用吧，先生，您应当把他看做财运绿毡上的赌金。”

最后一星期，沙维尼恩曾经思索过时代的现实。各方面的竞争都使那些想要致富的人需要许多的工作。不合理的方法更需要才干和地下工作，不大需要公开的追求。社交的成功不但不能够得到地位，并且反而荒废时间，浪费大量的金钱。他的母亲告诉他波尔丹杜埃尔的家望是全能的，然而这在巴黎却毫无作用。他的堂兄议员，波尔丹杜埃尔公爵，和世卿跟宫廷相比较，只在议院里扮演一个渺小的角色，除了保持自己的地位之外，并没有更多的力量。克尔迦路埃海军上将只依靠裙带而存在。他看见过演说家，看见过从下层阶级爬到贵族阶级的人众，看见过小绅士而变成极有权力的人物。总之，金钱是枢纽，他是唯一的工具，路易十八所要仿效英吉利的社会的唯一的发动机。从锁铊街走到古瓦一得一柏提一苍街的路上，绅士就把他的思索的大意和马尔赛的劝告和盘的托出，告诉了老医生。

“我得在三四年内忘记了我自己，”他说，“我得做出一番事业。也许我可以著一部关于外交政策或是道德统计的书，写一篇讨论现实大问题的论文去出出名。总之，我一方面得和一位可以让我获选的年青女郎结婚，一方面得偷偷的静悄悄的工作。”

大夫细察年青人的脸孔，他看出那里有受伤者的报仇的欲望的严肃的表情。他大为赞同这计划。

“我的街坊，”他结束着，对他说，“如果您能够剥下这已经不成为服装的贵族皮而谨慎着实的生活上三四年的话，我就可以负责给您找到一位美丽的、可爱的、敬虔的，富有七八十万佛郎的超等的女郎。她可以使您快乐，使您光荣，但是只有她的心带有贵族的性质。”

“啊！大夫，”年青人喊道，“现在已经没有什么贵族了，现在只有权势。”

“请您先把您的信用借款还清了，再到这里来；我要到公共马车公司去接洽轿车，因为我的被后见人也跟我一块儿来。”老年人说。

晚上六点钟，三位旅客在杜菲纳街坐着杜客礼动身了。戴有一条面帕的雨儿胥一句话也没有说。自从沙维尼恩用超卓的动作给雨儿胥送去一道比较阅读爱情书籍还要让她发狂的接吻之后，他已经在巴黎的债务的监狱里整个的忘记了她了，何况他对克尔迦路埃·爱弥利的无望的爱恋也不许他想起他和那穆尔一位小姑娘所交换的几个秋波呢。所以，当大夫让雨儿胥第一个人上车，坐在自己的身边，和年青的子爵分开的时候，他甚至于都认不得她了。

“我得跟您算算账，”大夫对年青人说，“我给您带来一切的单据。”

“我几乎走不了，”沙维尼恩说，“因为我得定制一些衣服和衬衫；这些菲力斯丁人都把我的东西抢去了，我就好像浪子一般的到来。”

无论年青人和老年人的谈话如何有兴趣，无论沙维尼恩的回答如何有意思，一直到东方既白的时刻为止，年青的少女总是噤若寒蝉的。绿色的面帕垂了下来，她的双手叉放在披肩的上面。

“小姐好像不大喜欢巴黎似的。”沙维尼恩终于开口说话，他显得有点拘泥的样子。

“我很高兴回到那穆尔来，”她激奋的回答，拿开了她的面帕。

不论车里如何的黑暗，沙维尼恩终于认识了她那又粗又肥的发辫、她那晶亮的蓝眼睛。

“我，我并不抱憾离开巴黎，回到那穆尔来老死在故乡，因为我可以在这里找到一位美丽的街坊。”他说。

“我希望您能够让我到您家里去，大夫，我喜欢音乐，我记得我曾听见过雨儿胥小姐奏钢琴。”

“先生，”大夫沉痛的说，“我不知道令慈是不是喜欢看见您到这位好像一个母亲一般的看护小姑娘的老年人的家里来。”

听了这句有分寸的回答，沙维尼恩不禁沉思起来了。他回忆到前次给她送去的轻佻的接吻。夜幕降落了，热气闷压着，沙维尼恩和大夫先睡了。心里上下的打算而睡不着觉的雨儿胥等到半夜才进入梦乡。她脱下她的小草帽，戴上绣花的夜帽，把头靠在教父的肩上。天色微亮的时分，车到了布浪；沙维尼恩第一个醒来。他看见雨儿胥因为车辆的颤动而生的头部的混乱：帽子揉皱了，掀起来了；紊乱的发辫垂在车中热气熏红的脸部的两旁边。这种情形是需要装饰的妇女们所难堪的，然而少女的美丽却在这里胜利了，天真的酣睡往往是可爱的。半启半闪的嘴唇让人家看到里边的牙齿，凌乱的披肩使人家看到隐在洋纱花布衫底下的胸脯的韵致（这并不是要凌辱雨儿胥）。总之，这位处女的贞洁的灵魂就在这姿势里发出了光辉；这最显露的贞洁，是因为没有掺杂

沙维尼恩看见雨儿胥靠在老闵诺肋的肩上睡觉。

着任何其他的表情。老闵诺肋也醒来了。他把女儿的头移靠在车角上，使她更为舒适。她就让人家这样的安排她，一点儿也不知道，因为她整夜的思想沙维尼恩的不幸，她已经太疲乏，睡得太昏沉了。

“可怜的小姑娘!”他对他的女邻说，“她真是睡得和小姑娘似的。”

“她真是您的光荣，”沙维尼恩接着说，“因为她似乎不只是漂亮，而且是同样的善良!”

“啊！这是家庭的快乐的源泉。如果她是我的亲生女的话，我也不外是这样的爱她。二月初五她就十六岁了。上帝要我多活几年，让我把她嫁给一个可以使她幸福的男人！我曾经想把她带到巴黎的戏院去，因为她第一次到巴黎；但是她却不肯去，因为那穆尔的教士禁止她看戏。我对她说：‘可是，你结了婚之后，你丈夫要你去呢?’她就回答我说：‘我丈夫要我做什么我就做什么。如果他要我做些坏事，我也没有力量不服从的话，他得在上帝面前负责这些罪恶；但是我得用我的力量来抵抗——这当然是为他的好处着想的。’”

清晨五点钟进入那穆尔的时候，雨儿胥才醒了过来。她发现自己的凌乱和沙维尼恩对她的钦慕的注视，不禁觉得有点难为情。马车在布浪停了几分钟，再到那穆尔来，在这一个钟头里，这位年青人简直发疯的爱上了雨儿胥。他研究这灵魂的诚实，这身姿的美丽，这颜色的白皙，这脸纹的精致，这声调的迷人。可怜的小姑娘的话语都是短促而含蓄的；她说话，然而却不愿意说出什么具体的话。总之，我也不知道是哪一种的感觉使他看出雨儿胥就是大夫给他暗示过的妻室，就是大夫用“七八十万佛郎!”这句话来给她包金的妻室。

“三四年之后，她就二十岁了，我也二十七岁了；这老头儿说应当努力，应当工作，应当有好品行！不管他如何的精明，他总算把秘密漏泄给我了。”

三位邻居在各自的房前分别了，沙维尼恩特别用情的说了告别的客套，他给雨儿胥投去一道满充着情意的秋波。波尔丹杜埃尔夫人让她的儿子一直睡到中午。无论旅程是如何的辛苦，大夫和雨儿胥都到教堂去做弥撒。沙维尼恩的释放和他跟大夫一同回家的消息可以给城里的政治家和那些跟两星期前一样到广场上来聚会的承继人们解释他的离家的目的。

走出教堂的时候，在人群的极大惊愕之下，波尔丹杜埃尔夫人挽住了给她伸过手臂要陪她走路的老闵诺肋。老贵妇请他和他的女儿当日就到她家里去吃饭，说是教士先生也在被请之列。

“他要让雨儿胥观光巴黎。”闵诺肋—勒弗罗尔说。

“该死！这老头子就连走上一步路也要带他的小丫头。”克勒米埃喊道。

“良善的波尔丹杜埃尔夫人居然让他挽她的手臂，他们当中一定发生有什么亲密的事儿。”马山说。

“您们都没有想到他已经卖了他的股票，救了小波尔丹杜埃尔！”古比尔喊道，“他拒绝了我的主人，可是他拒绝不了他的女主人……啊！您们算是上了锅了。子爵一定要提议订立婚约，不是提议还债，大夫也要让大夫承认他所要给教女遗留的财产，作为这结缡的条件。”

“把雨儿胥嫁给沙维尼恩恐怕已经不是不可能的事了，”屠夫说，“老贵妇今天请闵诺肋吃饭哩，五点钟过后黛恩纳特就叫我给她留一块牛脊哩。”

“哎，地恩尼，真是做得好事！”马山跑到走进广场的法律公证人的前面说。

“哪，怎么啦？一切都不错，”法律公证人立刻的答辩，“您们的叔叔或舅舅已经卖了股票了。波尔丹杜埃尔夫人请我到她家里去签订用不动产做抵押的十万佛郎的借据，就是您们的叔叔或舅舅借给她的。”

“是的，可是，如果这两位年青男女结了婚呢?”

“这就好像您们告诉我说古比尔就是我的继业人一样。”法律公证人回答说。

“这两桩事都不是不可能的。”古比尔说。

从教堂回来的时候，老贵妇就命令黛恩纳特叫她的儿子到她的房子里来。

这小房子的第二层楼有三间卧室。波尔丹杜埃尔夫人的卧室和她的已故的丈夫的卧室是在一边的，其中隔着一间没有阳光的大更衣室，朝梯的小等待室就把这两间卧室接连在一起。

沙维尼恩所住的另外一间卧室的窗户是朝街的，正如他的父亲的卧室的窗户一样。楼梯在后面盘旋着，凑出一间小小的更衣室，其中的朝院的小窗洞可以透进阳光。

波尔丹杜埃尔夫人的卧室是全屋中最悲惨的一间，这卧室是朝院的；不过这寡妇平日都在地面楼的厅中过活。小厅和盖在院子深处的厨房是用一条过道来交通的；这小厅既是客厅，又是饭厅。

已故的波尔丹杜埃尔先生的卧房还保留着去世时状态，只是死者已经不存在了。波尔丹杜埃尔夫人亲手铺床，把舰长的服装和丈夫的宝剑、红带、命令跟帽子都安放在床上。子爵先生最后一次所闻的鼻烟匣就放在夜几上面，那里还有他的祈祷书、他的表和他的所喝过的杯子。装在框子里的白头发就卷成一个盘旋形，挂在床上的苦像和圣水杯的上头。其他他所用过的玩意儿，报纸，家具，荷兰痰盂，挂在壁炉上的望远镜，这一切的一切也都没有缺少。寡妇曾在丈夫死的时候停止老钟的指针，这指针就永远的指在这地方。人家还可以在这里闻到死者的烟灰和鼻烟的气味。房里还是他所留下的原来的样子。来到房里就好像是再看见到他一样，因为那里可以找到一切说明他的习惯的事物。他那金色苹果头的大手杖还搁在他所放的地方，他的大鹿皮手套也就在手杖的旁边。壁架上面发亮着一只粗糙的雕刻的金杯，然而却值得一千厄古[①]。这是哈凡纳海港所送给他的礼物，因为美国独立战争时，他曾保护过这海港，抵抗过数目多的英国军队的袭击，居然能够把他所护送的船只开了进去。为着报酬他起见，西班牙国王就封他为西班牙的荣誉骑士。因为这个缘故，他就高升为小舰队的司令官，佩上红带。第一个官缺确定了之后，他就取了富有二十万佛郎的妻室。可是，革命阻止了他的飞黄腾达，波尔丹杜埃尔先生也就被迫而迁移了。

“我母亲在哪儿?”沙维尼恩对黛恩纳特说。

“她在您父亲的房子里等着您哩。”布列颠的老女仆回答说。

沙维尼恩忍不住他的颤抖。他认识他的母亲的家规。她要体面，她要忠实，她要保守贵族的信誉。他预先看到这幕戏景的降临。所以，他就和上战场冲锋一般的走去，心脏忐忑的跳动，脸色几乎是死白的。从百叶窗的孔洞里他看见他的母亲的黑色的衣服，严肃而笔直的神气，正和这死人的遗室相配合。

“子爵先生。”她看见他，就站了起来，对他说，拉住他的手，带他到父亲的床前，“您的父亲是个体面人，他就在这里断了气，没有留下任何可以让人责骂的污点。他的英灵就在这上面。当然，他应当因为看见他的儿子失去体面，欠债被捕入狱而在这上面叹息。以前老君主的时代，人家可以请求上谕，饶了您，把您关在天牢里几天，就算了事。但是，好，您现在就在您父亲的面前，

① 厄古是法国的古货币，约合三佛郎。

他在听您说话。您知道清楚您在坐监狱之前所做的事情，您能够在这英灵和全知的上帝面前给我发誓您没有做过任何有失体面的举动吗？您的债务是年青的疯狂的结果吗？您的体面并没有损失吗？如果您那无可诟病的父亲还活着，坐在这靠椅里的话，如果他听您说完话给您清算您的行为的话，您要抱着他，吻他吗？”

“是的，妈妈。”年青人用尊敬的沉重的神气说。

于是，她就伸开手臂，把儿子抱在怀里，留下几点清泪。

“咱们忘记了一切吧。”她说，“这只是损失金钱的问题；我要祈求上帝让我们再找回这些金钱并且因为你并没有污损家声，请你吻我吧，我太苦痛了！”

“我发誓，亲爱的妈妈，”他说着，伸手床上，“从此之后，我再也不会让您受到这一类的苦恼，我要努力补偿我第一次所犯的罪过。”

“来吃饭吧，孩子。”她说着，走出了这间卧室。

如果这故事的叙述应当应用舞台的定律的话，这幕小戏剧所还没有提到的唯一的角色之被引到那穆尔的场景里来，可以在这里结束了这幕戏剧的楔子。

十二、好事多磨

这舞台的动作是以文学（无论新的或旧的）难于奔命的幕景开始的，没有人相信他会在一八二九年生出后果，如果这故事的主角不是一位年老的布列颠妇人、一个克尔迦路埃家的小姐、一位被迫迁移的贵妇的话！但是，我们应当立刻明白：贵妇曾在一八二九年的社会里得到他们在政治上所失去的地位。并且，就是门户相对的婚姻发生了问题，统制世家父母的感觉也并没有消失；这感情和文明社会的存在有紧密的联系，他是以家庭的精神为基础的。这种精神在日内瓦、在维也纳、在那穆尔都同样的流行着。那穆尔的勒弗罗尔·齐丽就拒绝过她的儿子去迎娶一位私生子的女儿。不过，一切的社会定律也都有例外。所以，沙维尼恩就想叫他的母亲在雨儿胥的高贵的心灵之前挫折她的傲气。争斗立刻发生了。沙维尼恩坐上桌子之后，他的母亲就给他谈到克尔迦路埃夫妇和波尔丹杜埃尔公爵夫妇所给她写的信，她认为这些信是万分讨厌的。

“这年头已经没有什么家族了，妈妈，”沙维尼恩回答她说，“这年头只有个人！贵族已经不团结了。这年头，人家并不问您是不是波尔丹杜埃尔家的人，是不是勇敢的斗士，是不是政府的要人；一切的人都只问您：‘您纳了多少税呀？’”

“那么国王呢?”老贵妇问道。

“他夹在两个议院的中间，就好像一个男人夹在元配和姘头的中间似的。所以，我得和一位有钱的女人结婚，不论她属于什么家庭。如果一位农家女有一百万的嫁资的话，如果她受有相当的教育，从教会学校里出来的话，我就要她。”

“这是另外的事情哪!”老贵妇说。

听了这句话，沙维尼恩不禁蹙着眉头。他认识这所谓的布列颠的顽固，这铁石心肠，他的母亲的特性；他要立刻明白她对这桩事情的意见。

“所以，”他说，“如果我爱上一个年青的女郎，比方说，您的邻居的被后见人小雨儿胥的话，您就要反对我的婚事了!”

“只要我活着，”她说，“至于我死了之后，那就只有您一个人来负责保持波尔丹杜埃尔家和克尔迦路埃家的声望和血统了。”

“那么，您就要让我为一种偏见而饿死、而悲惨吗?在现社会里，只有金钱的光辉使这偏见变成实在的。”

“你得效忠法兰西，你得信托上帝!”

“您要等到您死了之后才让我有这幸福吗?”

“这在你方面会变成非常的可怕，没有别的。”

“路易十四差点儿娶了暴发户马萨林的外甥女。”

“连马萨林本人都反对这桩事儿哩。”

“那么，施迦郎寡妇呢?”

“她是一位乌比额家的小姐!何况路易十四和她的婚姻也是秘密的呢。我已经很老了，我的儿子，”她说着，抬高了头，“我死了之后，您可以随意结婚。”

沙维尼恩爱他的母亲，他也尊敬她；他当场反抗她，然而却是悄悄的反抗。他也用同样的顽固去抵抗老克尔迦路埃家的小姐。他决定非雨儿胥不娶。这种抵抗可以使雨儿胥生出一种违禁的快乐——同样的情形，往往也有这同样的结果。

晚祷之后，闵诺肋大夫和雨儿胥，一个穿白色的衣服，一个穿粉色的袍衫，到这厅里来。女孩子忽然神经紧张起来，好像在法兰西王后的面前，恳求王后的恩典似的。自从老贵妇和大夫那一次的攀谈之后，这所小房子就变成王宫似的，老贵妇的社会价值也就有了中世纪的公爵夫人在平民女郎眼里所表现的重要性了。雨儿胥从来没有比这一次更为失望的衡量波尔丹杜埃尔子爵和一位音乐队长、意大利音乐厅的歌咏家、风琴演奏家的私生子的女儿的距离。何况这女儿的存在还是一位医生的恩惠的结果呢。

"您怎么啦，孩子?"老贵妇让她坐在身边对她说。

"太太，我有点受宠若惊……"

"哎！小孩子，"波尔丹杜埃尔夫人立刻的辩答，她的声音非常的酸涩，"我知道您的保护人爱您，我对他客气，因为他给我带回我的浪子。"

"可是，妈妈，"沙维尼恩看见雨儿胥满面的通红，又看见她那忍住眼泪的可怕的样子，他心里非常的难过，就这样的说，"虽然您对闵诺肋骑士先生没有什么义务，但是我觉得我们应当因为雨儿胥小姐接受我们的邀请所给我们的快乐而觉得荣幸。"

年青人用富有意义的态度给大夫握手。然后，他就加上一句说：

"先生，您佩着圣米赤儿的骑士勋章，这是法兰西最有历史的勋章，这就等于贵族。"

几天以来，无望的爱情曾给雨儿胥的美丽加上大画家在画像上面所表现的灵魂的表情。这美丽忽然使波尔丹杜埃尔夫人想到大夫的慷慨是有野心的计算的。同样的，沙维尼恩所说的含有意义的回答也伤刺了老年人的心，不过他还不能不勉强的笑着听沙维尼恩叫他做"骑士"。这过分的举动让他认识了不怕做出任何可笑的举止的情人的胆量。

“圣米赤儿的骑士勋章是从前的人所要发疯追求的，现在却不成了，子爵先生，”前任的国王御医回答说，“就像许多的特权都被取消了一样！现在，人家只把这种勋章送给医生和穷苦的艺术家。所以，诸位国王都把他和圣拉萨尔连在一起。拉萨尔是一个圣人。我相信他是一个因为神迹而后生的可怜的不幸者！在这一方面，圣米赤儿和圣拉萨尔都是我们的象征。”

说了这句带有讽刺的庄严的回答之后，大家就都不作声了。没有人愿意打破这岑寂。听见有人敲门的时候，大家都已经变成非常拘束的样子了。

“亲爱的教士来啦，”老贵妇一边说，一边站了起来。她把雨儿胥留下，走到沙普朗教士面前去迎接他——这是她没有给雨儿胥和大夫表示的敬礼。

老年人微笑的瞧着他的被后见人和沙维尼恩。向波尔丹杜埃尔夫人表示怨恨的态度或是攻击她，这是缺乏智慧的人所要触到的暗礁；然而饱经世故的老年人，他不会不知道避免。他开始跟子爵谈到查尔十世把政权交给波里额克亲王的危险。他没有报复的神色，他只谈论事情。过了相当的时间之后，他就开玩笑似的给老贵妇递过索债的文卷和他的法律代言人所代付的款项的收据。

“我的儿子都承认了吗？”她一边说，一边给沙维尼恩瞧了一眼，沙维尼恩就用点头来回答。“这些可以转给地恩尼。”她一边加上一句话说，一边推开纸据，用鄙视金钱的态度来处理这事情。

在波尔丹杜埃尔夫人的思想里，轻视财富就是提高贵族的血统，就是取消中产阶级的重要性。

几分钟之后，古比尔也来了。他奉主人的命令来询问沙维尼恩和闵诺肋之间的账目。

“为什么呢？”老贵妇说。

“要拿来做契约的根据；这里头并没有直接付钱的必要。”首席书记回答说，厚颜的瞧了瞧周围的人。

雨儿胥和沙维尼恩第一次跟这可怕的人物交换眼色。他们都有摸触癞蛤蟆时所生的感觉，甚至于还加上一个可怕的惨痛的情绪。他们两个人都有这种说不出的关于将来的不可定义的、模糊的预知。这种预知可以用瑞登堡派磁力学家对闵诺肋大夫所说的内心的冲动来解释。雨儿胥确信这位狠毒的古比尔一定是他们的致命的原动力，她不禁发起抖来；但是，当她看见沙维尼恩和她有同感的时候，她又从战栗中恢复了原状，感觉到说不出的愉快。

“他并不美，这位地恩尼先生的书记！”当古比尔关上门的时候，沙维尼恩说。

“这些人美不美跟你有什么相干呢？”波尔丹杜埃尔夫人说。

“我并不反对他丑，”教士接着说，“但是，我却反对他坏，他的坏心眼简直没有限制：他还在那儿加上大罪恶哩。”

无论大夫想如何的装做一个可爱的人，他却变得庄严而冷淡的。两位情人觉得很别扭。如果不是沙普朗教士的慈祥，如果不是他的甘美的快乐给宴席一些生气的话，大夫和他的被后见人的地位一定要变成不能容忍的。吃饭后点心的时候，他看见雨儿胥脸色发白，就对她说：

“如果你有点不舒服的话，孩子，你就穿过街回家去好啦。”

“您怎么啦，我的心肝？”老贵妇对少女说。

“嗨！太太，”大夫严肃的接着说，“她的灵魂冰冷了，因为这灵魂只有对付微笑的习惯，跟她自己一样。”

“教养太坏了，大夫，”波尔丹杜埃尔夫人说，“——不是吗，教士先生？”

“是的，太太。”闵诺肋回答说，给答不出话来的教士送去一道眼色。“我知道，我曾把这天使本性的姑娘弄得不知道如何生活，如果这天使必得下凡的话；但是，没有让她躲避冷酷、轻蔑和仇恨之前，我绝不甘心瞑目。”

“教父！……请您别说啦……您说够啦。我在这里并不觉得不快乐。”她说着，准备去迎接波尔丹杜埃尔夫人的眼色。她没有费多大的力量去使她的话语含有意义，而瞧着沙维尼恩。

“我不知道，太太，”沙维尼恩就对他的母亲说，“到底雨儿胥小姐是不是觉得不快乐，但是我知道您在让我受罪。”

听见这位豪侠的青年因为母亲的举动而发出的这句话，雨儿胥不禁脸色发白了。她请求波尔丹杜埃尔夫人原谅她先行退席；她站了起来，拉着保护人的手臂，鞠了一个躬，走了出去，回到家里，立刻步进教父的厅里，坐在钢琴的旁边，双手抱着脑袋，嚎啕大哭起来了。

“你为什么不让我的老经验来指导你的感情呢，狠心的孩子？”失望的大夫喊道，“贵族们从来没有想到对我们这些中产阶级有什么义务。给他们帮忙，这是我们的责任，一句话说完。何况老贵妇看见沙维尼恩快乐的瞧着你，她怕他爱上你呢。”

“无论如何，他是得救了。”她说，“但是，侮辱像您这样的人……”

“你在家等我好啦，小孩子。”

当大夫再到波尔丹杜埃尔夫人家里来的时候，地恩尼已经在那儿了。陪着他来的还有班格兰和勒弗罗尔市长；他们都是订立契约的必要的证人，因为依据法律的规定，只有一个法律公证人的县份必须叫承审员和市长来当证人。闵诺肋把地恩尼先生拉开一边，对他的耳朵说了一句话，法律公证人就宣读契约的内容；波尔丹杜埃尔夫人用所有的不动产做抵押，一直到还清大夫借给子爵的十万佛郎，再加上五分的复利为止。宣读到这一款项的时候，教士瞧了瞧闵诺肋，闵诺肋给教士回报一个表示赞同的轻微的点头。可怜的牧师跑去对他的女忏悔人的耳朵说了几句话，他就用半听得见的声音回答说：

“我不愿意短这些人什么东西。”

“先生，”沙维尼恩对大夫说，“我的母亲给我留下最痛快的责任；她一定会还您一切的钱，她叫我来感谢您。”

“但是因为加上订立契约的费用，第一年您得找到一万两千佛郎哩。”教士接着说。

“先生，”闵诺肋对地恩尼说，“因为先生和波尔丹杜埃尔夫人都不能够付还登记契约的费用，请您把订定契约的费用都加在本钱上面，我会付清这笔款。”

地恩尼计算了一会儿，就把本钱的数目规定为十万七千佛郎。一切都签了字之后，闵诺肋就说身体疲倦，乘机和法律公证人跟证人们一同出去了。

“太太，”和子爵一同留下的教士说，“闵诺肋先生至少给您少费了到巴黎去的两万五千佛郎。他想得周到，还给令郎留下两万佛郎去还清他的信用借款。您为什么刺激这个好人呢？”

“您的闵诺肋是个阴险的人，”她一边说，一边取出一撮鼻烟，“他知道他所做的事情。”

“我家母以为他要逼我娶他的被后见人，来吞没我们的田产，好像人家可以强迫一个波尔丹杜埃尔家的子爵、克尔迦路埃家的小姐的儿子，逼他娶一位他所不愿意娶的女人似的。”

一个钟头之后，沙维尼恩到大夫家里来。承继人们都已经在好奇心的驱使之下到这里来聚合了。年青子爵的出现使大家大为冲动，因为每一个人身内都激起一种各不相同的情感。克勒米埃小姐和马山小姐瞧着红了脸的雨儿胥吹口叫子。两位母亲对得嗣来说古比尔对这婚事的意见是有道理的。一切到场的人的眼睛都转到大夫身上，因为大夫并没有站起来去迎接绅士，只给他点头致意，没有放下他的骰子筒。大夫正和班格兰先生玩骰子戏。他的冷淡的神色颇令全体的人惊讶。

“雨儿胥，孩子，”他说，“给我们奏些音乐吧。”

少女高兴能够有事情做。看见她跳上钢琴，翻开绿皮的乐谱，承继人们就快乐的迎接着这种责罚他们的苦恼和寂寞。他们都非常希望知道老头儿和波尔丹杜埃尔母子之间到底发生了什么事情。

一段贫乏的乐曲由一位心境不宁的少女奏来，往往会产生出一种比精练的乐队的壮丽的演奏还要深刻的印象。在一切的音乐里，除了制曲家的思想之外，都存在有演奏者的灵魂。演奏家学习了这艺术之后能够给没有多大价值的曲句增加意义和诗思。今天的楚朋已经在这无情的乐器（钢琴）里证明了这真理，正如当年的巴迦尼尼在提琴里也这样的证明一样。这伟大的天才不但是一位音乐家，并且是一个灵魂。这灵魂可以由任何的音乐表现出来，互相交通，甚至于是单弦的乐器。雨儿胥有精致而危险的神经组织，她属于稀有的天才这一派；但是她的老师施木客（就是雨儿胥在巴黎时每天来教课，现在每星期六来一次的老师），却把他的高足的才能发展到最高峰。

雨儿胥所选择的《卢梭之梦》是青年制曲家吓罗尔所编制的乐曲。这乐曲包含有演奏时可以发挥出来的深刻的意义。她把激动她的情绪都投放在这音乐上面，而证实了人家给这一段乐曲所加的“偏情曲”的衔头。由这一段既柔和又幻化的演奏，她的灵魂就给年青人的灵魂谈话了，就用她那几乎看得见的情思像云雾一样的包裹了年青人的灵魂。沙维尼恩坐在钢琴的尽头；他的肘子就靠在琴盖上，他的头就倾倒在他的左手中；他钦慕雨儿胥。雨儿胥的眼睛呆呆的盯在装板壁上，好像要向一个神秘的世界发问似的。一个男子至少会堕入情海。真挚的情绪有他的磁力，雨儿胥好像要表现她的灵魂，正如一个娇艳的女工要用脂粉来表现她的美丽似的。沙维尼恩就这样的被心灵的引导而进入了柔美的王国里。这心灵是借用不必有语言、不必有颜色、不必有形式而能够跟思想本身谈话的术艺来解释自己的。和童年的天真一样，诚实对男子也有影响，也有同样的不可抵抗的吸引力。雨儿胥从来没有这一刻钟的诚实，这一刻钟是她的新生命的开始。

教士走过来把绅士从幻梦里拉回，请他凑上第四脚打魏斯特牌。雨儿胥继续演奏；一切的承继人都走了，只有得嗣来一个人留下，因为他要研究他的叔祖、子爵和雨儿胥的意向。

“您既有天才，又有灵魂，小姐。”当少女关上钢琴，走来坐在教父身边的时候，沙维尼恩就说，“谁是您的老师呢?”

“一位刚刚好住在冈地堤岸的杜菲纳街附近的德国人，”大夫说，“虽然他不是我们在巴黎时那样的每天给雨儿胥教一课，今天早上，他却会到这里来。”

“他不但是一位伟大的音乐家，”雨儿胥说，“而且是一个可敬的天真的人物。”

“这些功课一定费钱不少吧!”得嗣来喊道。

牌友们互相交换一个讽刺的微笑。牌戏结束的时候，整夜忧思的大夫就给沙维尼恩投去一道必须还债的人所有的愁闷的视线。

“先生，您立刻到我这里来拜访我，我对您这种心情是很感谢的；但是令慈却以为我有许多不大正当的目的。无论您的访问给我如何的面子，无论我如何快乐的愿意培植您的社会，要是我还让您到我这里来看我的话，我就是给令慈权利来相信她对我的狐疑。我有我的庄严，我需要安静，我得和您断绝一切的邻居关系。请您告诉令慈，如果我不请她下星期日到我这里来吃饭的话，这是因为我知道她那一天一定会生病的。”

老年人给年青的子爵伸出他的手，子爵恭敬的握住这手，对他说：

“您有道理，先生！”

于是，他就退了出去，并没有忘记给雨儿胥行一个表示失望，更表示悲哀的敬礼。

得嗣来和绅士同时走；但是他没有法子和绅士说一句话，因为沙维尼恩快步的走回家里去。

波尔丹杜埃尔母子和闵诺肋大夫的纠纷就成为这两天承继人们的话柄。他们钦佩地恩尼的聪明，认为他们的承继可以保住了。

所以，在阶级平等，在平等狂把一切的个人都放在同一立场上面威胁一切，甚至于法兰西的权贵的最后的屏障（军人阶级）的时代里，在只有个人的嫌怨和财富的不平衡可以阻碍爱情的时代里，正如昔日一样，老布列颠贵妇的顽固和闵诺肋大夫的庄严就在这两位爱人当中筑起许多妨碍物，然而结果只是加强他们的爱情，不是减弱他们的钦慕。在一个多情郎看来，女人总值得她所使他牺牲的代价。沙维尼恩已经看到可以使这少女变成他的爱人的斗争、努力和危机，他决定要得到她。也许我们的情感也得顺从支配一切造物寿命的自然律：长的生命有长的童年！

十三、心灵的结缡

第二天早晨起床的时候，雨儿胥和沙维尼恩都有同样的思想。这种情意的交通可以使爱情萌芽，如果他还不是爱情的甘美的实证的话。当少女轻轻的启开窗帘使她的眼睛能够穿过必要的空间去看视沙维尼恩的房屋时，她在对面的开闭窗户的铁梗上看见她的情人。当人家想到窗户对于情人们所有的大贡献的时候，要对窗户加以课税似乎是很自然的事。抗衡教父的矫情之后，雨儿胥就把窗帘放了下来，开了窗户，闭上百叶窗，使她从此之后能够从中窥视，而不会被人发现。她一天走上卧室七八回，总发现年青的子爵在那里写字，撕破纸张，重新再写，这一定是给她写信！

第二天早晨，雨儿胥醒来的时候，布基发尔的妇人就给她带上下面的一封信：

致雨儿胥小姐书

小姐，

我并不误解人家对于像我这样的地位而需要您的保护人的援助才能出狱的年青人的怀疑。从此之后，我得比任何其他的人都需要拿出更多的保证。所以，小姐，我只得用最谦卑的态度跪在您的脚前来供述我的爱慕。这供状并不是由一时的冲动给我口授的，而是从包裹全生命的确信新生而来的。我对于我的年青的舅母克尔迦路埃夫人的疯狂把我投进监狱里去；您难道不会在我完全的忘记她，您的印象在我心中拭去了她的印象之中找到我的诚恳的爱情吗？自从我在布浪看见您睡在您的童年的酣梦中起，您就好像是全力的王后一样的占据了我的心坎。除您之外，我绝不愿意娶其他的女人。我已经在您身上找到一切配得我的家望的女人的优点。您所受的教育和您的心灵的高贵把您放置在最高的环境的最高的地方。但是我太怀疑我自己，我不能够依照您的本相来描绘您，我只能够爱您。昨天听了您奏乐之后，我记起了似乎是为您而写的这些话："生来是为吸引人们的心灵，是为眩惑人们的眼睛，既温和，又智慧，既有精神，又有理性，好像她曾生活在宫廷中的那样的修润，好像从来不认识社会的孤独者的那样的简朴，她的灵魂的火焰是由圣洁的谦让而软化在人们的眼睛中。"

我感觉到表现在您的最微末的举动之中的美丽的灵魂的价值。如果您还没有爱上别人的话，这就是我所以有勇气来要求您让我用我的细心，用我那不至于凌辱您的行为来给您证明我的爱慕的缘由。这是我的生命的问题，您绝不能够怀疑我的一切力量不但是用来使您高兴，同时也是用来实现您对于我的估计，您的估计实在是等于其他的一切的人的估计。有了这个希望之后，雨儿胥，如果您允许我在我心里管您叫做我的偶像的话，那穆尔简直就是我的天堂了，而最困难的事业也只能够给我产生许多的快乐，是我应当放在您的脚前，正如我们把一切都放在上帝的座前一样的。告诉我，我是不是可以自称为

您的沙维尼恩

雨儿胥吻着这封信；然后，重新再念一遍，用无意义的动作拿在手中一会儿之后，她就穿上衣服，想到教父那里去给他看这封信。

“我的天哪！我几乎忘记了祈祷就出来了。”她说着，走了回来，跪在祈祷的跪凳上。

几分钟之后，她下楼到花园里去，她看见教父在那里，就让他念这封沙维尼恩所写的信。两个人都坐在中国楼对面的攀爬的草丛之下的木凳上。雨儿胥等着老年人的一句话，而老年人却长久的思索着，颇使年青的女郎觉得不耐烦。最终，在他们的秘密商议之后，结果就写了下面一封信，其中的一部分无疑的是大夫的口授：

先生，

您向我求爱的那一封信只能够使我觉得非常的荣幸；但是，在我的年纪，依据我的教育的规律，我不得不把他拿给我的保护人看，他是我的整个的家庭，我像爱父亲一样的爱他，又像爱朋友一样的爱他。这就是他所给我留下的残暴的反对，也就是我所得回答您的话。

先生，我是一个可怜的女儿，我的将来的财产不但是完全依赖于我的教父的好心，同时还得依赖他所要拿来躲避他的承继人们对我所怀的恶意的侥幸的措置。我虽然是我的保护人的私生内弟步兵第四十五联队的军乐队长闵诺肋·约瑟的合法的女儿，人家可以不顾一切情理的和一个没有防卫的少女打官司。您看得出，先生，我之缺乏财产并不是一桩大不幸。我有许多的理由应当谦卑。这些情形往往是爱人们和献身的情侣们所常忽视的，我之所以要您注意这些问题，这

两个人都坐在木凳上。雨儿胥等着老年人的一句话，而老年人却长久的思索着。

完全是为您，而不是为我着想。但是，先生，也请您考虑，如果我不请您注意这些问题的话，人家一定会责难我，说我是要勉强您的柔情穿过社会，尤其是您的母亲所认为绝不可通的障碍物之上。四个月之后我就十六岁了。您也许会认识到我们两个人都年纪太轻，经验太少，没有法子和只以已故的约尔地先生所给我的财产来开始的生活的困苦的斗争。并且，我的保护人也不让我在二十岁之前结婚。谁知道在这四年之中，您的生命的黄金时代之中，命运要如何的保留您呢？所以，您千万不要为一个可怜的女孩子而毁坏您的生命。

先生，我的保护人绝不反对我的幸福，他要为我的幸福贡献他的一切力量，而愿意看着一个和他同样温存的保护来代替他那将要无从继续的保护。在我给您解释我的保护人的理由之后，我还得告诉您我是如何的被您的建议和伴着您的建议而来的多情的慰语所感动。口授这封复信的是一位认识人生的谨慎的老年人。但是我所给您表达的谢意则是出诸一位灵魂中没有任何其他的情念的少女。

所以，先生，我可以千真万确的自称为

您的女仆，

米露埃·雨儿胥

沙维尼恩没有回复。他是不是从母亲方面进攻呢？这封信是不是熄灭了他的爱火呢？这一类无从解决的成千的问题大大的苦恼了雨儿胥，间接的也苦恼了会因为亲爱的孩子的最微小的激动而感觉苦痛的大夫。雨儿胥常常登上自己的卧室，看着沙维尼恩的房子。她看见他沉思的坐在桌前，常常转过眼睛来看她的窗户。一直等到星期末她才收到沙维尼恩所给她的下面一封信，这回信的迟慢正是因为爱情的增强：

致米露埃·雨儿胥小姐书

亲爱的雨儿胥，

我有点布列颠人的脾气，一旦我决定了我的主意，我无论如何也不会改变。上帝还要长时期的保留您的保护人，他是有道理的；但是我爱您难道是爱错了吗？所以，我只要知道您到底是不是爱我。告诉我吧，只要给我一个暗示也就够了，那么，这四年的光阴也就要变成我的生命的最美丽的年华了！

我有一位朋友替我给我的舅爷克尔迦路埃海军中将递去一封信，请求他帮我忙进入海军界。这位善良的老年人颇为我的不幸而感动，他回答我说国王的好意将要为定律所打击，如果我要一个级位的话。然而，在土伦念了三个月之后，部长就要派我当舵工长；然后，做了一次对抗我们的战争敌人阿尔及尔人的巡洋之后，我就能够参加考试，而变成一个水师学生。总之，如果我能够在对抗阿尔及尔的远征军中显露头角的话，我一定可以当海军中尉。然而，得多少时候呢？没有人说得出来。不过，人家总可以在可能的范围使规则可以变成有伸缩性的因而能够把波尔丹杜埃尔的姓氏重新列入海军界里。我只能够从您的教父处得到您，我知道，您对他的尊敬更使我爱慕您。在回复您之前，我得跟他谈论一次：我的将来都是依赖他的答复的。无论结果如何，您都得知道，不管是富是贫，是军乐队队长的女儿，或是国王的公主，您总是我的心声所选择的。亲爱的雨儿胥，在我们的时代里，当日曾使我们隔离的偏见并没有相当的力量来阻止我们的婚姻。我的心灵的一切的感觉都是属于您的，我要给您的姑夫保证我能够给您幸福！他不知道在这几分钟之内我之爱您是在他于十五年之中对您的爱护之上的……晚上见。

“拿去瞧吧，教父。”雨儿胥骄傲的给他递过这封信，对他说。

“啊！我的孩子，”大夫念完信后，嚷着说，“我比你还要高兴哩。这位小绅士已经在这一决定之中弥补了他的一切的错过。”

晚饭之后，沙维尼恩到大夫家里来，大夫正和雨儿胥沿着河岸上的土台的栏杆散步。子爵收到了从巴黎寄来的衣服，这位钟情的年青人没有忘记用他以前所拿来取悦美丽而骄傲的克尔迦路埃公爵夫人的同样齐整、同样漂亮的服装来提高他的天然的仪表。看见他从石阶上走向他们这一边来，可怜的小姑娘就拉着姑夫的手臂，完全跟止住自己怕要堕入深渊的情形一样，大夫也听到使他颤抖的深长而细声的心悸。

“离开我们吧，我的孩子。”他对他那位让沙维尼恩拉手给她接一个尊敬的吻礼之后就坐在中国楼的阶梯上的被后见人说。

“先生，您要把这位可爱的人儿嫁给一位军舰舰长吗？”年青的子爵低声对大夫说。

“不，”闵诺肋微笑的说，“我们可以等得很久很久；但是……嫁给一位海军大尉。”

快乐的泪珠润湿了年青人的眼睛，他热情的握住老年人的手。

“那么，我就得去了，”他回答说，“我得去读书，我得在六个月内学会了海军学校的学生们在六年中所学到的一切。”

“去吗？”雨儿胥说着，飞也似的从石阶跑向他们这边来。

“是的，小姐，这是为着配得上您而去的。所以，我越忙于成功，我就越给您证明我的情意。”

“今天是十月三日，”她说着，用无限的温情瞧着她，“请您过了十月十九日再走吧。”

“是的，”老年人说，“我们要庆祝圣沙维尼恩的诞辰哩。”

“那么，再见吧！”年青人叫了起来，“我得到巴黎去过这一个星期，到那里去运动运动，去预备一切，去购买书籍、数学的仪器，我得想方法得到部长的宠爱，因而能够获到最有利的条件。”

雨儿胥和她的姑夫一同送沙维尼恩到大门口。看见他走进他的母亲的房里之后，他们又看见他在黛恩纳特的陪伴之下出来了，黛恩纳特给他提出箱子。

“您这么有钱，您为什么要逼着他到海军界去服务去呢？”雨儿胥对她的教父说。

“我想不久你一定以为是我使他短了许多债，”大夫微笑的说，“我一点儿也没有逼他；但是，亲爱的孩子，军装和战功所得到的十字勋级会的骑士勋章可以洗刷许多的斑点。四年之后，他可能当一位舰长，只有这才是我所要求于他的。”

“可是，他说不定打死了哩。”她说着，给大夫显露出一只惨白的脸孔。

“正如醉汉一样，情人们也有他们的神明来保护他们。”大夫开玩笑的回答说。

可怜的小姑娘瞒着她的教父，在布基发尔妇人的帮助之下，当天夜里从她那柔美的金栗发中剪下了相当的分量，预备编成一条发链。第三天，她又说服了她的琴师老施木客答应给她察视不让人家换了头发，下一星期日就要把发链编好。

沙维尼恩回来的时候，他告诉大夫和他的被后见人他已经签订了合同。他得于二十五号到勃勒斯特去。大夫请他十八号到大夫家里吃晚饭，他在大夫家里差不多玩了两整天；无论人家劝告他们要如何的谨慎，这两位情人都不能够自制的在教士、承审员、那穆尔的医生和布基发尔的妇人眼睛里显露出他们的传情。

“孩子们，”老年人对他们说，“您们不严守您们的秘密，您们是把您们的幸福当作儿戏。”

最后，在他生日的那一天，在举行弥撒的时候交换了一些秋波之后，雨儿胥所等候的沙维尼恩就穿过了街道，到这小小的花园里来，那里除了他们之外，几乎没有别的人。好好先生在中国楼里阅读报章，有意的给他们开恩。

“亲爱的雨儿胥，”沙维尼恩说，“您要不要比我的母亲（如果他能够给我第二次的生命的话）还要繁盛的庆祝我的生日呢？”

“我懂得您所问的意思，”雨儿胥插口说，“拿着去吧，这就是我的回答。”她加上一句说，从蔽膝布的口袋里取出了她的头发所编成的发链，献给了他，因为无限的快乐而显露出神经的战抖。“请您为着我的情爱，”她说，“把这个带在身边。让我的礼物能够使您记起我的生命和您的生命连在一起，给您摈除一切的危险！”

“啊！小小的护身符，她给他送了一个由她自己的头发所编成的发链。”大夫对自己说，“她怎么能做这桩事情呢？剪了她的美丽的金栗色的发辫！……可是，这不就是把我的血送给他吗？”

“在我未走之前，我请求您正式的允许我，绝不嫁给其他的丈夫，您觉得这太不好吗？”沙维尼恩说着，吻着发链，瞧着雨儿胥，连一颗泪珠都忍不住的流下来。

“如果我不是已经说得太多的话，我这位当您关在监狱里的时候来到圣柏拉基去看您的人，”她红了脸，回答说，“我现在又给您再说一遍，沙维尼恩：除了您之外，我绝不爱别人；除了您之外，我绝不嫁给别人。”

看见雨儿胥半隐在草丛之中，年青人禁不住在快乐的驱使之下把她抱在胸怀里，吻着她的额头；但是她却低声的喊叫，脱手坐在木凳上。当沙维尼恩走到她旁边向她请罪的时候，他看见大夫站在他们的面前。

“朋友，”他说，“雨儿胥是个神经质的孩子，一句难听的话就可以杀死她。为她的好处着想，您对她的爱情的宣告应该温和一点儿。啊！如果您爱她爱了十五年的话，您一定会满意她所说的话。”他加上一句说，去报复沙维尼恩在信里所说的最后一句话。

两天之后，沙维尼恩走了。无论他如何的给雨儿胥写信，雨儿胥总觉得害了一种说不出原因的病。一种思念咬碎了她的心，正如美丽的果子受到树虫的咬嚼一般。她损失了她的食欲和她的颜色。当她的教父第一次问她到底是怎么一回事的时候，她说：

“我要瞧瞧大海去。”

“十二月的天气，很不容易带您去看海港。”老年人回答她说。

“那么，我去呢？”她说。

一起大风，雨儿胥就大为恐惶，无论她的教父、教士、承审员给她如何的解释海洋风和陆地风的不同，她总以为沙维尼恩是在飓风中挣扎。承审员给她看一张代表一位戎装的水师学生的图像，使她有几天的快乐。她阅读报章，希望能够得到关于沙维尼恩所参加的巡逻队的消息。她遍读顾柏所写的水兵生活的小说，要认识一切关于海上生活的术语。这种对于一个固定的思想的证明是其他的女人所常有的，而在雨儿胥身上特别的觉得自然，她在梦中预先念读沙维尼恩的每一封信，从来没有不在叙述预先的梦境的第二天早晨收到这信件。

“现在，”这事情发生了第四次而不再使教士和大夫惊异的时候，她对大夫说，“现在我放心了：无论沙维尼恩在多远，如果他受伤的话，我总可以当时感觉到。”

老医生还是堕在深远的思索中。承审员和教士看见他的脸部的表情，认为他的思索是苦痛的。

“您怎么回事呀？”当雨儿胥走开的时候，他们问他说。

“她能活下去吗？”老医生回答说，“这样脆弱、这样柔嫩的一朵花，她能抵抗心中的苦楚吗？”

然而，这教士所谓的小梦人却努力的工作；她懂得上流社会的妇女所有的高等教育的重要，只要她不在唱歌、不在研究调音和制谱的时候，她都阅读着沙普郎教士在她教父的书房里所给她选择的书籍。一边在渡着这忙碌的生活，一边在苦痛着，然而她却并不埋怨。有的时候，她好几个钟头的看着沙维尼恩的窗户。星期日做完弥撒走出教堂的时候，她总跟着波尔丹杜埃尔夫人的背后，温和的欣赏她，因为不论她是如何的残酷，雨儿胥总爱她是沙维尼恩的母亲。她的信心加强了，她每天早晨到教堂去做弥撒，因为确切的相信她的梦境是上帝的恩赐。

雨儿胥的教父颇为她的相思的疯狂而担忧，他就在雨儿胥的生日那一天答应带她到土伦去参观瞒着沙维尼恩而把他一并送到阿尔及尔去远征的舰队的出发。承审员和教士给大夫严守这次旅行的目的的秘密，这似乎是为雨儿胥的康健着想的，同时也可以使多数的闵诺肋承继人莫名其妙。看到了穿着水兵军服的沙维尼恩之后，登上了海军上将的旗舰之后（部长就是把年青的波尔丹杜埃尔介绍给这位上将的），在她的朋友的请求之下，雨儿胥就到尼斯去呼吸新鲜的空气，遍游了地中海沿岸，一直到热内亚为止。她在热内亚得到了舰队到达阿尔及尔港前和幸运的登陆的消息。

大夫本来想继续在意大利旅行，一方面想使雨儿胥愉快，一方面想借此而完成雨儿胥的教育，因为在风俗、野景和这存在有艺术的杰作、照耀着文化的光辉的国度的眩惑的比较中可以扩大思想的范围。但是著名的一八三〇年的议院选举人之反对国王的消息却把大夫召回法兰西来，他带着他那身体非常康健而拥有一只沙维尼恩所坐乘的兵舰的模型的快乐的被后见人回到法兰西来。

十四、雨儿胥又是一次的孤女

一八三〇年的选举使承继人们得到团结的联络的机会。在得嗣来和古比尔的努力之下，他们就在那穆尔组织了一个委员会，其效果就是在方登布鲁提名自由党的候选人。马山的效力给乡间的选举人一个极大的影响。驿站主人的五个佃农都是选举人。地恩尼不只代表十一票。大家在法律公证人家里集会，克勒米埃、马山、驿站主人和他们的附从终于养成了在这里见面的习惯。大夫回来的时候，地恩尼的客厅正成了承继人们的营幕。那时候联合一起抵抗那穆尔的自由党的承审员和市长却被反对派打倒了，不论周围的别宫是如何的努力帮忙；他们也因为共同的失败而紧密的团结起来。正当班格兰和沙普郎教士告诉大夫这第一次在那穆尔分成两派而使闵诺肋承继人变成重要的对立的结果的时候，查尔十世刚刚好从杭培伊埃到哲尔堡去。同意巴黎律师公会的见解的闵诺肋·得嗣来居然能够从那穆尔叫到十五个朋友来。这些人受古比尔的指挥，驿站主人也给他们派了马匹，使他们能够奔驰到巴黎去。他们就在二十八日那一天夜晚到达了得嗣来的家。得嗣来和古比尔就在这一群人的合作之下夺取了市政厅。闵诺肋·得嗣来得到了勋级会的佩带，被委为方登布鲁的检事。古比尔得到了七月的十字宝星。地恩尼被选为那穆尔市长，代替勒弗罗尔老爷，而市政府的工部局就由副市长闵诺肋·勒弗罗尔、马山、克勒米埃和附从地恩尼客厅的一切的人物来组织。班格兰只靠他的儿子的力量而保留他的位置，他的儿子是麦龙的检察官，他和勒弗罗尔小姐的结婚那时候似乎是很可能的。

看到存款利率的变动，大夫就坐邮车到巴黎去，在给持票人签写公债票的方式之下存放了五十四万佛郎。其余差不多二十七万佛郎的财产也同样的在他自己的名下存放了，可以给他每年产生一万五千佛郎的利息。他也同样的存放了老教授所给雨儿胥遗赠的本钱和九年来所生的八千佛郎的利息，他再用自己的小数的钱给他加上一个整数，使他的被后见人每年得到一千四百佛郎的利息。在主人的劝告之下，年老的布基发尔妇人也把她所积蓄的五千多佛郎同样的存放着，给她每年生了三百五十佛郎的利息。这些聪明的举动是大夫和承审员所想出来的，都在最大的秘密下利用政局的混乱而完成了。

差不多要恢复和平的时候，大夫购买了一所和他的房子相接连的房产，把他拆了下来，同时也拆毁了他的院墙，因而能够在那里盖上一间车房和一间马厩。费去了这可以产生一千佛郎的利息的本钱，这在一切的闵诺肋承继人看来，简直是发了疯。这所谓的发疯就在大夫的生活之中开始了一个新的纪元；在车马都差不多要送给人的时候，大夫却从巴黎带回了三匹良马和一辆四轮轻车。

一八三〇年十一月初，老年人第一次下雨天坐着四轮轻车到教堂去做弥撒。下车给雨儿胥伸出手的时候，全城的居民都奔到广场上来，一方面来看大夫的车，来问他的车夫，一方面来指摘他的被后见人，因为马山、克勒米埃、驿站主人和他们的妻室都认为老年人的疯狂是雨儿胥的过度的虚荣的结果。

“四轮轻车！嘿，马山！”古比尔喊道，“您们的承继没有问题吧？”

“你得要求好薪水，不是吗，葛毕络尔？”驿站主人对站在马匹旁边的一位他的从前的管理人的儿子说，“因为你得希望你给八十岁老人干活的时候不要把马铁蹄用得太费了。这些马匹花了多少钱啊？”

“四千佛郎。四轮轻车虽然是拍卖货，却费了他两千佛郎；但是这车倒很美，轮子是有轴柜的。”

“你管他叫做什么啊，葛毕络尔？”克勒米埃夫人问。

“他说是‘有族姑’的，”古比尔回答说，“这是英国人的主意，他们发明了这些轮子。瞧！你瞧，人家什么也看不见，这是装在里头的，这真好，人家抓不到什么，没有突出车轴的难看的方铁栓。”

“那么，为什么叫做‘族姑’呢？”克勒米埃夫人就天真的说。

“怎么！”古比尔说，“这就不会苦您吗？”

“啊！我懂得了。”她说。

“噢，不，您太老实了，”古比尔说，“我们不应该骗你，正当的字眼是‘轴柜’，因为轴子是藏在里边的。”

“是的，太太，”葛毕络尔说，他也让古比尔的解释弄得糊涂了，因为这位书记是煞有介事的说着。

“无论如何，这是一辆好车，”克勒米埃嚷着说，“得有钱才能够买这样的车子哩。”

“她走在前面，这小姑娘，”古比尔说，“但是她有道理，她会教您如何的享受生活。您为什么没有好马和四轮轻车呢，您，闵诺肋伯伯？要是我的话，我一定有一辆王子所坐的车！”

“咱们瞧，葛毕络尔，”马山说，“到底是不是这小东西让我们的表叔爷这样的奢侈呢？”

“我不知道，”葛毕络尔回答说，“但是她几乎是家里的主妇。教师一个一个的从巴黎来，据人家说，她要学画哩。”

“我倒想趁这机会叫人家给我做一张小照哩。”克勒米埃夫人说。

外省人还说做小照，不说画小照。

“可是人家还没有辞退老德国人啊。”马山夫人说。

“不，他今天还在那儿哩。”葛毕络尔说。

“狗多不妨事。”克勒米埃夫人说，她让大家都哈哈的笑了起来。

“现在，”古比尔喊道，“您们别再希望承继了。雨儿胥不久就十七岁了，她比任何时候都更美；旅行使人年青，这个女妖怪知道控制老头儿。现在每星期都由车上给她带六七包东西来，裁缝哪，做帽子的人哪，都到这里来给她试衣服、试东西。所以，我说我的主妇很生气。您们无妨在教堂门口等着雨儿胥，看她的小颈巾，那真是价值六百佛郎的毛围巾哩。”

半天的霹雳落在承继人的一群之中，这霹雳从来不会产生比摩拳擦掌的古比尔所说的话更大的效果。

巴黎的地毡商来给大夫的绿色客厅加以重新的布置。看到他的费用的奢华，有的人就认为他是瞒着他的家产的实数，他实在有六万佛郎的年息，有的人就认为他已经为着取悦雨儿胥而动用了他的本钱。人家忽而说他是富翁，忽而说他是浪子。“这是一位老疯子!”这句话可以概括本地人的意见。小城市的错误的批判也有他的好处，因为他可以蒙骗承继人们，他们一点儿也没有狐疑到沙维尼恩对于雨儿胥的爱情，没有狐疑到大夫的奢侈的真正的原因是喜欢把雨儿胥装饰得像个子爵夫人，富有五万多佛郎的年息的大夫喜欢修饰他的偶像。

一八三二年二月，雨儿胥十七岁生日的那一天清早，起床的时候，她看见沙维尼恩穿着海军中尉的军服，站在他的窗前。

“我怎么一点儿也不晓得呢?”她对自己说。

沙维尼恩在阿尔及尔战役中的出众的勇敢使他得到了十字勋章。自从攻克阿尔及尔之后，沙维尼恩所服役的小军舰一直留在海上好几个月，他没有法子给大夫写信，他也不愿意没有询问大夫的意见之前就离开军舰。新的政府要把这有声望的家姓放在海军官佐的名录上，就利用七月的动乱高升了沙维尼恩。请得两星期假之后，新任海军中尉就由土伦坐邮船回来，给雨儿胥贺生日，同时要得到大夫的意旨。

“他来了！”教女喊着，快步的跑到她的教父的卧室来。

“好极啦，”他回答说，“我猜想出他所以离职的动机，他现在能够留在那穆尔。”

“啊！今天是我的生日：一切都在这一句话里。”她一边说，一边吻着大夫。

她去给绅士做了一个手势，沙维尼恩就马上过来。她要崇拜他，因为他似乎变得更好了。事实上，军队的生活给人们的态度、举止、神气都印上一种杂有沉着的坚毅的色彩，一种我也说不出名字的可以使最肤浅的观察家一看就认得在平常的衣服之内的这个军人的痕迹：任何东西都不能够更清楚的证明这个人是训练好去指挥人家的。雨儿胥因此更敬爱沙维尼恩。她觉得她有一种儿童所感觉的快乐去给他伸过手臂，让他用学生军的资格告诉她他所有的遭遇和攻克阿尔及尔的情况，而在小花园里散步。当然，攻克阿尔及尔的就是沙维尼恩。她说，当她看见沙维尼恩的勋饰的时候，她觉得一切都是红颜色的。

从卧室里一边穿衣服，一边瞧着他们的大夫就出来寻找他们。他并没有把整个的心思对子爵说，只对他说如果波尔丹杜埃尔夫人同意他娶雨儿胥的话，他的教女的财产就会使他所能够得到的任何官级的薪金变成无用的。

“嗨！”沙维尼恩说，“要克服我母亲的反对得有相当长的时间。在我动身之前，她颇为犹豫，到底要让我娶了雨儿胥留在她的身边呢，还是只要从远处看我，让我在事业中遇到危险，她终于决定让我走了……”

“可是，沙维尼恩，我们要生活在一起。”雨儿胥说着，拉了他的手，用一种不能忍耐的动作来动摇这只手。

两人见面，而不能再离开，这在她看来就是整个的爱情；她看不出在此之外还有什么；她的优雅的姿态，她的声调的倔强表露出她的天真，使沙维尼恩和大夫都大为感动。

辞职书送去了，雨儿胥的生日因为她的未婚夫的出席而收到最美满的光荣。几个月之后，五月初旬，闵诺肋大夫的家庭生活又恢复了从前的平静，只是多了一个恒定的串门客而已。年青子爵的殷勤立刻被人看出是一位未来夫婿的殷勤；并且，无论是在教堂里也好，是在散步中也好，不管他们的举止是如何的保守，都可以显露出他们彼此的心心相印。地恩尼特别叫承继人们注意：好好先生并没有向波尔丹杜埃尔夫人讨过任何的利息，老贵妇已经欠了他三年的息金。

“她一定要被迫去投降，去赞同她的儿子这门户不对的婚姻，”法律公证人说，“如果这不幸到来的话，令叔或令舅的大半财产，正如巴西尔所说的，也许会证明一个不可答辩的论据。”

承继人们猜到老头儿对雨儿胥的偏爱使他不得不牺牲他们来保证她的幸福。他们的愤怒变成含蓄而深沉的。七月革命之后，他们每天晚上都到地恩尼家里来聚会，在那里诅咒这一对情侣；没有一次的夜会不是在想尽抵抗老年人的方法之后才结束的，虽然还是毫无办法。无疑的，齐丽也曾跟大夫一样的利用公债票的落价有利的投放了她的大资本，她却最悲愤填胸的反对孤女和波尔丹杜埃尔母子。一天晚上，当不愿意夜会不热闹的古比尔来报告一些大家在那里所讨论的城中的事故的真相的时候，齐丽的妒火又燃烧了：她那天早上曾经看见大夫、雨儿胥和沙维尼恩坐着四轮轻车从郊外游玩回来，对她显出含有一切意义的敌忾的态度。

“在这位波尔丹杜埃尔和这位妖妇结婚之前，我要花三万佛郎使上帝召走我们的叔叔。”她说。

古比尔领着闵诺肋先生和闵诺肋夫人走到他们的大院中来，一边瞧着四周是不是有人，一边对他们说：

“如果我能破坏波尔丹杜埃尔先生和雨儿胥的婚事的话，您们愿意给我钱，让我购买地恩尼先生的事务所吗？”

“您有什么法子呀？”巨人说。

“您以为我是一个傻子会告诉您我的法子吗？”首席书记回答说。

“好吧，我的孩子，您就破坏他们去吧，我们再瞧瞧看。”齐丽说。

“只是一个‘我们再瞧瞧看’，我却不在这泥里滚啦！这位青年人是很果敢的，他会杀死我，我得钉上铁蹄预备好，和他一样的会用剑，会开手枪。请您让我的生活能够建立起来，我绝不会食言。”

“请您设法阻碍这婚姻，我会使您建立生活。”驿站主人回答说。

“已经九个月了，您在那儿思想是不是要借我那讨厌的一万五千个佛郎，让我来买执达吏勒隔尔的事务所，您要我相信您的话吗？算了吧，让您丢掉您的叔叔的承继吧，这倒是应当的！”

“如果只是一万五千佛郎和勒隔尔的事务所的问题，我一句话也不说，”齐丽回答说，“但是，给您担保五万厄古……”

“可是我会还呀。”古比尔说着，给齐丽投去一道传情的眼色，和驿站女主人的倨傲的目光正好相接触。

这正像毒液流在钢铁之上。

“我们再等等吧。”齐丽说。

“真是附了恶魔！”古比尔心里想。“如果有一天我抓住他们这两个的话，”他一边出去，一边对自己说，“我一定要把他们跟柠檬一般的榨。”

和大夫、承审员、教士的会社交际时，沙维尼恩特别给他们显露出自己的超越的性格。这位年青人对于雨儿胥的爱情没有任何的实利的问题，他是这样持久的、这样强烈的引起了三位朋友的注意，他们甚至于不会在思想之中把这两位孩子分开。这淳朴的、单调的生活和情人们对于他们的将来的确信，不久就给他们的情谊加上了弟兄相亲的表发。大夫常常让雨儿胥和沙维尼恩单独在一起。他对这位可爱的年青人有个正当的判断，因为沙维尼恩只在到来的时候吻着雨儿胥的手，从来没有背地里要求过这事情，他太尊敬这位小姑娘的贞洁和她的诚实，她的过度的神经质让他知道一句难堪的话语、一团冷淡的神色，或是忽而温和忽而粗暴的变化都可以杀死她。晚上，两个情侣就在诸位老年人之前放胆的谈情。

两个月的光阴就这样的在满充着秘密的快乐中消逝了；除了年青人无用的企图获得他的母亲赞同他娶雨儿胥之外，没有其他的事故。有的时候，他甚至于说了一整个早晨，他的母亲倾听着，而没有对他的理由和他的恳求加以回答，除了给他回敬了一个布列颠的缄默和一些干脆的拒绝以外。十九岁的时候，娴雅的、超越的音乐家雨儿胥已经教养成熟了，她不需要再学得什么，她是完全的。所以，远近的人都听到关于她的美丽、她的温存、她的教养的名声。有一天，大夫拒绝了想给长子迎娶雨儿胥的戴格曼侯爵的要求。六个月之后，无论雨儿胥、大夫和戴格曼小姐如何的严守这个秘密，沙维尼恩终于在无意中听到这事情。受了这贤慧的行为的感动，他想以此作为说服他的顽固的母亲的理由，然而他的母亲却回答他说：

"如果戴格曼一家要跟人家结成一个门户不相对的婚姻的话，这难道就是我们的理由吗?"

一八三四年十二月，敬虔而良善的老年人已经显得衰萎了。看见他脸色黄瘦、眼睛发白的走出教堂，全城的人都在谈论这位八十八高龄的好好先生的死期的接近。

"现在您要知道您站在什么地方了。"人家对承继人们说。

事实上，老年人的死已经是引起注意的问题了。可是大夫自己并不知道生病，他有许多的幻想；可怜的雨儿胥、沙维尼恩、承审员、教士，为着慎重起见，谁也不愿意给他说明他的情状；每天晚上来看他的那穆尔的大夫也一点儿不敢给他警戒。老闵诺肋并不觉得有什么苦痛，他的生命是慢慢的熄灭的。在他身上，理性还是坚定的、清楚的、强旺的。在这种老年人身上，灵魂统治着肉体，而给肉体力量去站着死。为着延长这悲痛的时刻起见，教士劝告他的教区住民不要到教堂来听弥撒，答应给他在家里念读祷文；因为大夫很小心的尽他的宗教的责任：他越走近坟墓，他就越爱上帝。永远的光明渐渐的给他解释一切种类的困难。新年开始的时候，雨儿胥劝他卖掉他的马匹和车辆，辞退葛毕络尔。承审员对于雨儿胥的将来的忧愁并不因为老年人对他的一半的信任而平静，他开始给大夫谈到这微妙的承继问题，一天晚上就给他的老朋友指示有给雨儿胥宣布独立门户、免除父权的必要。这样一来，被后见人就可以收到保护的款项，而占有财产；这可以使他给她留下好处。虽然开了口，已经请教过承审员的老年人一点儿也不告诉承审员他自己对于雨儿胥的问题的措置；但是他却采取了宣布独立门户、免除父权的办法。承审员越要知道他的老朋友到底用什么方法使雨儿胥富庶，大夫就越怀疑他。总之，闵诺肋肯切的害怕，不敢告诉承审员他那签给持票人的三万六千佛郎的年息的公债票的秘密。

“为什么，”班格兰说，“您要错过机会呢？”

“在两个机会之中，”大夫回答说，“我们得免除比较偶然的一个。”

班格兰很圆满的办理宣布独立门户、免除父权的事情，使他能够在米露埃小姐二十岁生日的那一天完结了事。这生日应当是老大夫的最后一次的节日；无疑的，这是因为他预先见到自己的末日的接近，他特别豪华的庆祝这一天，给他开了一个跳舞会，请了地恩尼、克勒米埃、闵诺肋和马山四个家庭的年青人和孩子们来参加。沙维尼恩、班格兰、教士、教士的两个助理、那穆尔的医生、闵诺肋·齐丽夫人、马山夫人、克勒米埃夫人和施本客则是跳舞会之前的大宴的贵宾。

“我觉得我快要离开您们了，”夜会将要结束的时候，老年人对法律公证人说，“所以，我请您明天来给我起草、给我计算我所应当交给雨儿胥的保护费，免得我死之后有许多的纠纷。上帝可怜见！我并没有浪用过我承继人们的一个子儿，我只费用我自己的收入。克勒米埃先生、马山先生和舍侄闵诺肋先生，他们都应当是专为雨儿胥而召集的家庭会议的议员，请他们出席来参观这账目的清查。”

这些话被马山听见了，他就在跳舞会中传播着，使三个家庭的人都大大的快乐。四年了，他们都是生活在不断的心境的变迁中，忽而觉得发了财，忽而觉得损失了承继。

“这是一句即将听不见的话语。”克勒米埃夫人说。

清晨两点钟左右，客厅里只剩下沙维尼恩、班格兰和沙普朗教士，老大夫指着穿跳舞衣来给年青的克勒米埃小姐和马山小姐说声再见的可爱的雨儿胥对他们说：

“朋友们，我要把她托孤给您们！几天之后，我恐怕就不能够活着在那里来保护她了：请您们站在她和社会之中，一直等到她结了婚的时候为止……我很替她害怕！”

这些话给大家产生了一个悲痛的印象。几天之后在家庭会议中宣读的清算证明闵诺肋大夫短了雨儿胥一万零六百佛郎的债，一部分是由每年产生一千四百佛郎的年息的约尔地的遗赠的拖欠而来的，一部分是由十五年来大夫所给雨儿胥的节费或他们的生日的礼金而生的小小的五千佛郎的资金而来的。

这正式的清算是承审员的主意。承审员很疑惧闵诺肋大夫的死所生的影响，不幸他的疑惧是有道理的。这清算使雨儿胥变成一位富有一万零六百佛郎和一千四百佛郎年息的女人。通过清算的第二天，大夫忽然得到虚弱病，而躺卧在床上。无论大夫家里如何的谨慎，关于他的死亡的消息却传遍了全城，承继人们就像是断了线的念珠一般的在城里满街的奔跑。来打听消息的马山从雨儿胥本人口中探得好好先生躺在床上。不幸得很，那穆尔的医生曾经宣布过闵诺肋躺卧的时候就是他的死期。从此之后，不论天气如何的寒冷，承继人们都站立在街中，聚集在广场上或是站在门限上谈论着这久已等待的事故，伺候着教士给老年人举行外省的习惯所常有的最后的圣礼的时刻。所以，两天之后，当沙普朗教士在助理和歌童队的陪伴之下，跟在手持十字架的司仪生之后，穿过大街的时候，承继人们就参加进去，占据了这所房子，防止一切的物件的移动，在他们所幻想的宝库上伸出他们的贪婪的手。当大夫看见在僧侣的旁边有他的承继人们跪在地下，不是祷告，而是用烛光一样活跃的眼睛瞧着他的时候，他不能够忍住一个会心的微笑。教士转过身来，看了看他们，再慢慢的念读祷文。驿站主人第一个离开他那拘泥的姿势，他的妻子跟在他后面；马山只怕齐丽和她的丈夫要去拿走什么东西，他就到客厅里来寻找他们，一会儿的工夫，一切的承继人也都聚集在这里。

“他太老实，他不会偷走临终典礼所用的油，”克勒米埃说，

“所以，我们倒可以放心了。”

“是的，我们每一个人都快要有差不多两万佛郎的年息了。”马山夫人回答说。

“我想，”齐丽说，“三年以来，他并没有放过款；他喜欢积蓄……”

“这财宝一定是积蓄在他的地窖里，是吗？”马山对克勒米埃说。

“如果我们能够找到一些东西的话。”闵诺肋—勒弗罗尔说。

“但是，他在跳舞会里已经宣布过了，”马山夫人喊道，“这已经没有疑问了。”

“无论如何，”克勒米埃说，“我们要怎么办呢？我们要大家分一分吗？我们要拍卖吗？或是抽签分配呢？因为我们大家都是同样的成年人。”

于是就立刻激起一种关于如何进行分产的争辩。半点钟之后，一阵紊乱的声音就穿过院子，一直传到街中去，其中杂有齐丽的尖锐的声响。

“他一定死了。”街中成群结队的好奇人都这样的说。

这喧噪终于传到大夫的耳鼓里来，他听见人家说：“可是这所房子，这所房子值三万佛郎！我要这房子，我，就算三万佛郎吧！”这是克勒米埃的叫唤，不如说是他的牛鸣。

“那么，他能卖多少钱，我们就给多少钱好了。”齐丽高声的回答说。

“教士先生，”老年人对于他举行临终典礼之后还留在他身边的沙普朗教士说，“请您想方法让我平静的死去。我的承继人们正像西麦纳斯[①]的承继人一样，他们能够在我未死之前打劫我的家，

① Ximenes，西班牙的红衣主教兼丞相，是个残暴的政治家。

然而我却没有猴给我来恢复。请您告诉他们谁也不让在我家里。”

教士和那穆尔的大夫下了楼，传达临死的人的命令，因为万分的愤怒，就加上几句激烈的责备的话语。

“布基发尔夫人，”那穆尔的医生说，“请您关上大门，不让任何人进来；人家好像没有法子安静的归天。请您预备一点儿芥子粉，来给先生的脚涂上芥子药膏。”

“令叔令舅并没有死，他还能够活得很久。”沙普朗教士说着，赶走了携带儿女而来的承继人们。“他要绝对的安静；他只要他的被后见人在他身边。这位小姑娘的行为和您们的行径怎么差得这么远啊！”

“假君子！”克勒米埃嚷着，“我来巡逻，他们很可能正在准备什么阴谋来破坏我们的利益哩。”

驿站主人已经溜到花园里去了，他想跟雨儿胥一块儿在家里伺候他的叔叔，同时希望能够得到允许让他在家里帮忙她。他蹑手蹑脚的回来，没有让他的长靴生出任何的声音，因为在回廊和楼梯上都铺有地毡。他居然能够一直走到叔叔的卧室门口，而没有让人知觉。教士和那穆尔的医生已经走了，布基发尔的妇人去预备芥子药膏。

“没有别人吗？”老年人对他的被后见人说。

雨儿胥跷起脚尖，瞧了瞧院子。

“没有别人了，”她说，“教士先生自己关着大门出去了。”

“疼人的孩子，”临死的人说，“我只有几小时、几分钟的生命了。我不是空当了一辈子的大夫：我知道医生所用的芥子药膏不能够使我的生命延长到今天晚上。别哭，雨儿胥，”他看见被后见人的啼哭打断了他的话语，就这样的说，“你得好好的听我的话：这就是和沙维尼恩结婚的问题。布基发尔的妇人带芥子药膏上来的时候，你就得马上到中国楼去，这是钥匙；请你打开布尔碗橱的云母石，你就可以找到一封我写给你的密封信：请你拿这一封信来给我看，因为不是亲眼看见你手里拿着这一封信，我是不放心死去的。我死的时候，你别马上就说；你得请波尔丹杜埃尔先生来，跟你一块儿念这封信，再请你用他的名义和你自己的名字发誓要实行我的最后的意欲。当他答应服从我的时候，你们就可以发丧了，那时候承继人们就要开始扮演滑稽剧了。但望上帝别让这些怪物来虐待你。”

“是的，教父。”

驿站主人不再听以下的话；他蹑手蹑脚的逃去，记得书房的门锁是在书架那一边。当建筑家和锁匠争论的时候，他正在场；锁匠曾经坚持说，如果从朝河的窗户有路子进入房里的话，为着谨慎起见，得在书架那一边安上一个门锁，书房是一种夏季避暑的凉亭。闵诺肋被利欲之心和耳里所充满的血液昏迷了，他以小偷的敏捷用一把刀打开了门锁的螺丝钉。他走进书房，从那儿取走了一包纸，没有闲情开封，就把门锁的螺丝钉安上，把一切东西恢复原样，走到饭厅里坐下，等着布基发尔的妇人端上芥子药膏时再离开房子。这逃走是很容易的，因为雨儿胥认为把芥子药膏敷在教父的脚上要比听从他的命令更为重要。

“信！信！”老年人用临死的微弱的声音叫着，“听我的话，这是钥匙！我要亲眼看见你手里拿着这一封信！”

说这些话时，同时又给她投来这样花迷的眼色，布基发尔的妇人就对雨儿胥说：

“你还是做他所要您做的事情吧。不然的话，您就要急死他了。”

她吻了他的额头，取了钥匙，下楼去了；但是听到布基发尔妇人的刺心的叫喊，她又立刻跑回来了。老年人瞧着她，看见她手里空着，就在床褥中坐起，想要说话，然而就这样的吐了一口最

“信！信！”老年人用临死的微弱的声音叫着，“听我的话，这是钥匙！我要亲眼看见你手里拿着这一封信！”

后的可怕的喘息死去了，眼睛里满充着骇人的忿怒的神色。第一次看见死人的小姑娘不由得跪了下来，满面流泪。布基发尔妇人给闭上了老年人的眼睛，把他躺卧在床上。当她修饰了死人之后（这是她自己所说的），年老的乳母就跑去通知沙维尼恩；但是在好奇人的包围中而站在街头的承继人们却正像是等着死马下土而用脚爪和嘴啄来挖土的一群乌鸦一般，他们就用食肉鸟的轻捷飞跑过来。

十五、大夫的遗嘱

正当这些事情发生的时候，驿站主人跑到自己家里来看看这神秘的纸包所有的是什么东西。

这是他所发现的：

给我的亲爱的米露埃·雨儿胥

——我的私生的内弟米露埃·约瑟和葛落蔓·丁纳的女儿

我的小天使，你已经体验清楚我的父道的恩情，原则上不但是因为我答应过你的父亲代替他来保护你，同时也因为你十分肖似我的妻子米露埃·雨儿胥，你常常使我回忆到她的温存、她的精神、她的诚实和她的美丽。你是我的岳父的私生子的女儿，这资格能够使我为你的利益所立的遗嘱作为人家的争论的据点……

“这个老混蛋！”驿站主人嚷着。

我可以过继你，但是这过继会成为打官司的对象。还有，我总不敢想娶你，来把我的财产传给你，因为我还能够活得很久，而破坏了你的将来的幸福，这幸福之所以迟迟未得实现乃是波尔丹杜埃尔夫人还活着的结果。看到了这些困难，要给你留下一笔可以使你生活快乐的正确的财产……

“这个老无耻，他什么都想到！”

而不妨碍我的承继人们……

“这个假君子！好像我们对他的财产没有任何的权利似的！”

我已经把十八年来我所节省的总数，在我的法律公证人的帮助下而常定存放的总数给你放在一边，希望能够使你享受金钱所能够给你的幸福。没有金钱的话，你的教育和你的高尚的思想只有使你苦痛。并且，你得给爱你的那位可爱的年青人带去一笔丰富的嫁资。所以，你可以在朝向客厅那一边的最后一个书橱上面的第一排书里的最后一册书，就是第三册的《判例汇刊》里找到三张支付持票人的三分利的公债票，每张都是一万两千佛郎……

“无耻到这个程度啊！”驿站主人喊道，“啊！上帝绝不允许我这样的受骗。”

请你马上就拿走他们和我死的时候所给你留下的一些我放在前一册书里的积蓄。请你想，我所崇拜的孩子，你得盲从那个使我一生快乐的欲望，如果你不听从我的话，这欲望会使我请求上帝的援助的。但是，我揣测你有一个纯洁的良心，我知道这良心是天生会使你苦楚的，你还可以在这一封信里找到一张附件，是我为波尔丹杜埃尔·沙维尼恩先生的好处而给这三张公债票所写的正式的遗嘱。所以，无论你要自己占有也好，或者是要从你所爱的人送给你也好，这些公债票都是你的合法的财产。

你的教父，

闵诺肋·登尼斯

一八三〇年正月十五日于那穆尔

附在这封信上的是一段写在贴有印花的纸上的文献：

余之遗嘱

立遗嘱人那穆尔住民医学博士闵诺肋·登尼斯于心身健康之日（立嘱之日期可作证明）愿将心灵交与上帝，恳其以立遗嘱人之真诚之悔疚赦免立遗嘱人之长期罪过。立遗嘱人复以波尔丹杜埃尔·沙维尼恩子爵先生对彼之真情，愿于其遗产中先为提出每年常定三分利之资金所得之三万六千佛郎永远遗赠之。

一八三一年正月十一日亲笔立于那穆尔

闵诺肋·登尼斯

驿站主人不加犹疑的把自己关在房子里（因为他要确信不让人知道），在那里寻找火种盒，而于两根火柴之不愿意燃烧而灭熄之中得到上天的两次的警戒。第三根的火柴燃着了。他在壁炉里烧毁了信和遗嘱。为着不必要的谨慎起见，他又把纸灰和火漆埋在炭烬里。然后，他就舐着嘴唇，以为是瞒着他的妻子而占有三万六千年息，在独一的思想的催促之下，快步的跑回叔叔的家里来，这是他的笨脑袋可以统制的简单而清楚的思想。看见叔叔的房子侵入了终于成了主人的三个家庭的人物，他又发起抖来，因为他觉得他只想到障碍，而没有时间来细想一个计划，因此没有方法来完成这计划了。

“您们在这里干什么呀?”他对马山和克勒米埃说，“您们以为我们得让人家来抢劫房子和值钱的东西吗？我们是三位承继人，我们不能够死留在这里！——您，克勒米埃，请您跑到地恩尼家里去，请他来证明大夫的死。我虽然是副市长，我不能够起草证明书，证明我叔叔的死……——您,马山，请你叫班格兰老伯来贴封皮。——您们，您们就陪着雨儿胥吧，太太们，”他对他的妻子、马山夫人和克勒米埃夫人说，“这么一来，什么东西也丢不了。特别得把大门关上，谁也不许出去!”

太太们觉得这句话颇有道理，她们就跑到雨儿胥的卧室来，发现这个已经这样被人狐疑的高贵的女郎跪在地下，祈祷上帝，满脸的眼泪。闵诺肋猜想这三位女人不会不久留在雨儿胥房里，又怕他的共同承继人对他的不信任，他就到书房里来，看见那本书，翻开书，取走了三张公债票，又在另外一本书中找到了差不多三十张的银行钞票。无论他的性格是如何的残暴，这位巨人的耳朵里总以为听到一声杂乱的喧哗，血液吹涨了他的鬓角，陪着他完成了这偷窃的行动。无论天气如何的严寒，他的衬衣的背部却潮湿了；坐在客厅的靠椅中的时候，接触靠椅的腿部不禁战栗着，好像头部受到一个不测的灾祸一般。

“啊！这承继居然打开了大个子闵诺肋的话匣子!”马山在街中一边跑，一边说。“您听见吗?”他对克勒米埃说，“‘请您到那里去!’‘请您到这里去!’好像他懂得怎么要把戏似的!”

“是的，像他这么一个大傻子，他倒有某种神气……”

“我说，”惊惶的马山说，“他的太太在那儿，他们两个人都在那儿未免太多了！您办您的事去吧，我要回去看看。”

所以，驿站主人刚坐下，他就在大门上看见法院书记的火热的脸孔，书记用黄鼠狼的速度回到死人的家里来。

“哪，什么事呀?”驿站主人一面问，一边走去给他的共同承继人开门。

“没有什么，我来看贴封皮。”马山回答说，给大个子投去一道野猫一般的目光。

“我也希望已经贴上，那么，我们大家就可以回到我们家里去了。”闵诺肋接着说。

“那么，我们就可以派一个人来看守，”法院书记说，“布基发尔妇人可能做一切的事来给妖精保护利益。我可以派古比尔在这里。”

“他吗?”驿站主人说，“他会把钱拿去，我们也只能够看到一团火了。”

“咱们瞧，”马山接着说，“今天晚上，人家得守灵，我们也就可以在一点钟之中贴好封皮；所以我们的女人可以亲身看守他们。明天中午，我们就可以把他下葬了。一星期之后，人家才能够把财产清单开好。”

“可是，”巨人微笑的说，“我们得想方法让这位小妖精离开这家里，我们得请市政府的鼓队到这里来看守财产。”

“好!”法院书记喊道，“请您负责办这一桩事，您是闵诺肋家的家长。”

“太太们，太太们，”闵诺肋说，“请您们大家都留在客厅里；现在不是吃饭的时候，现在是进行贴封皮的时候，我们得保守一切的利益。”

然后，他就把他的妻子拉在一边，告诉她马山所说的关于雨儿胥的意见。满腔怀恨而希望对妖精报复的太太们就同情而欢迎驱逐雨儿胥的计划。

班格兰来了，听到齐丽和马山夫人请求他以死者的朋友的资格劝告雨儿胥离家的提议之后，他非常的忿怒。

“请您们自己赶她离开她的父亲、她的教父、她的姑夫、她的恩人、她的保护人的家吧！您们自己去吧，您们这些只靠她的高贵的灵魂而能够得到承继的人们；请您们自己去抓住她的肩膀，在全城的人面前，把她扔出街中吧！您们相信她能够偷您们的东西吗？好，请您们派一个监视封皮的人来吧，您们有您们的权利。我先请您们知道我不会在她的卧室门上贴上封条；那里是她自己的家，那里所有的一切都是她的财产；我要告诉她把她所有的东西都搬到那里去……噢！就当着您们的面。”听见承继人们的怨声，他就加上这一句话说。

“哼!”收税官听见班格兰这一段悲愤的话，不觉愣住了，他对驿站主人和太太们哼出了这一声。

“这原来是一种官腔!”驿站主人说。

雨尔胥半晕绝的坐在长椅上，头部偏垂着，发辫全乱了，不时不时的唏嘘着。她的眼睛很沉重，她的眼睑肿胀着，她受到一种精神上和肉体上的悲哀的侵袭，这种悲哀可以柔和最凶恶的物类，除了这些承继人以外。

“啊！班格兰先生，刚做了我的生日就来了丧事，挂孝!”她用善良的灵魂所有的诗意说，“您，您知道他是怎么样的人：二十年中，没有对我说过一句不耐烦的话！我以为他可以活到一百岁！他其实就是我的母亲，”她喊道，“而且是一个好母亲哩!”

这些零星的思想给她带来了两行眼泪，杂着唏嘘，她又半昏半醒的躺在椅上。

“我的孩子，”承审员听见承继人们在楼梯上，就接着说，“您有一辈子的时间去哭他，可是您却只有一刻钟来办理您的事情：把家里所有的您的东西都集中到您的卧室里来。承继人们逼着我贴封皮……”

“啊！他的承继人们可以把一切都拿走，”雨儿胥叫了起来，她的暴怒使她奋激，“我的一切的宝贝都在这儿。”她拍着胸脯说。

“怎么回事啊？”和马山同时露出可怕的脸孔的驿站主人问道。

“回忆他的品行，他的生活，他的一切的话语，他的天神一般的心灵……”她说着，她的面目发亮着，她用一个优越的动作举起她的手。

“原来您这里也有一把钥匙！”马山喊着，像猫一样的跑去抢着因为雨儿胥的动作而从胸衣兜里落下的钥匙。

“这是他的书房的钥匙，”她红着脸说，“他断气的时候交给我的。”

交换了狰狞的微笑之后，两位承继人瞧着承审员，给他表示他们对于他的怀疑，而侮辱他。这目光在驿站主人方面是有数目的，在马山方面却是无意的。雨儿胥猜透这目光的含意，她呆呆的立着，好像没有血液一般的变成苍白的；她的眼睛发出一道只有在牺牲生命的条件之后可以迸出的闪电，她用扼吭的声调说。

“啊！班格兰先生，”她说，“这间卧室里所有的东西都是我教父的恩惠所给我的，人家可以都拿去，我只有身上所穿的衣服，我要走了，我绝不再回来。”

她走到她的保护人的卧室里来，任何的恳求都不能够叫她出来，因为承继人们对他们自己的行为颇有一些惭愧。她告诉布基发尔妇人给她到老栈房旅馆去留下两间房子，等到她在城里找妥住房能够两个人住在一起的时候为止。她又回到自己卧室来取了她的祈祷书，整夜的跟教士、助理和沙维尼恩留在那里，一边祈祷，一边哭泣。绅士是在母亲睡了之后才来的，他一句话也没有的跪到雨儿胥身边。她给他投去一道最为悲凉的苦笑，感谢他忠实的来分担她的苦痛。

“我的孩子，”班格兰先生给雨尔胥带来一个大包袱，对她说，

“您姑夫的一个承继人从您的衣橱里给您拿来了一切您所必要的东西，因为几天之后才可以开封，那时候您才可以找回您所有的东西。为着您的利益起见，我给您的卧室贴上封条了。”

“谢谢您，先生，”她说着，走向他面前，拉着他的手，“请您再看他一眼吧，人家不能够说他是在睡觉吗？”

此时老年人的脸正显出一道暂时的美丽的光彩，是没有苦痛而归天的人脸上所常见到的：好像在发亮。

“他死之前，没有秘密给您任何的东西吗？”承审员朝着雨儿胥的耳朵里轻声的问。

“没有，”她回答说，“他只给我说到一封信……”

“好，我们以后能够找到这封信，”班格兰接着说，“幸亏他们要贴封皮。”

天色微亮的时刻，雨儿胥对她的房屋告别了。她就在这里消磨过她的快乐的童年，特别是她开始讲爱情的卧室是她所最亲切的，所以，在这悲哀的时刻里，她却为这平静而温柔的寓所流下惋惜的眼泪。最后一次的反复欣赏沙维尼恩的窗户之后，她就在布基发尔妇人、承审员和沙维尼恩的陪伴之下离开了家，到旅馆里去。布基发尔妇人给她提包袱，承审员给她伸过手臂让她拉着走，沙维尼恩是她的温存的保护者。所以，不论如何的聪明的谨慎，可怀疑的律师却是有道理的：雨儿胥将要变成没有财产的，而且得和承继人们斗争。

第二天，全城的人都来给闵诺肋大夫送殡。人家知道承继人们对于大夫的养女所有的行为，大部分的人都认为是自然而必然的：这是承继的问题，好好先生是个贪财鬼，雨儿胥可以自信有权利，承继人们可以防卫他们的财产，而且当她姑夫活着的时候，她曾相当不客气的凌辱过他们，她的姑夫就把他们当做狗在九柱戏中一般的接待。没有什么大事情做的闵诺肋·得嗣来（嫉妒驿站主人的人这样的说他）也来参加葬礼。雨儿胥不能够出席，她躺在床上，因为承继人们所给她的侮辱和她的深长的哀痛使她发烧生病。

“您瞧这个假君子，他还在哭哩!”承继人之中的几个指着因为大夫的死而大感悲痛的沙维尼恩说。

“问题是在于他到底有哭的理由没有，”古比尔说，“您们别忙着笑，还没有打开封条哩。”

“哧!”知道更清楚的闵诺肋说，“您老是用不相干的话来吓我们。”

送殡的仪仗离开教堂到墓园里去的时候，古比尔忽然觉得有个苦痛的恨事；他要拉住得嗣来的手臂，然而检事却拒绝了他，在全那穆尔城之前，否认了他们的朋友关系。

“生气是没有用的，我没有法子报复了。”首席书记心里想，他那干枯的心脏就像海绵一般的在他的胸中发胀。

十六、两个对头

在启封和进行清理账目之前，他们得等候检察官（一切孤儿的合法保护人）指派班格兰为代表的委托书。十天以来人家所谈论的闵诺肋承继问题就实现了，而且是依据严格的法律手续办理的。地恩尼从中要他的好把戏，古比尔总是相当喜欢给人家伤害；因为是一桩有利的事情，就有好几次的拍卖。自从第一次拍卖起，大家差不多都是大吃特吃的。法律公证人、书记、承继人们和证人们都喝着地窖里所藏的上好的美酒。

在外省，特别是在每一个人都有自己的房子的小城市里，住宿实在是相当困难的问题。所以，当人家在这里购买一个什么产业的话，房子往往是售卖的物品之中的一部分。检察官委托承审员注意孤女的利益，承审员看不出有什么其他的方法来叫孤女离开旅馆，除非叫她在大街罗恩运河桥头的转角处领到一所小房子之外。这房子有通向走廊的暗门，地面层上只有一间装有两只朝向街道的十字窗的小厅，在这小厅的后面有一间厨房，厨房的玻璃门是朝向一块三十尺见方的内院的。阴沉的光线从河岸那边照着一只小扶梯，从扶梯可以登上有三间房子的第二层楼上，在这第二层楼之上则有两间房顶楼。承审员从布基发尔妇人处取到了她所节省的两千佛郎来付给这房子的第一笔价钱；房子价值六千佛郎，他再商量好迟交其余部分的办法。

为着安置雨儿胥所要买回的书籍起见，班格兰叫人家拆了第二层楼的两间房子之中的隔板，因为他发觉房子的深度可以应付书架的长度。沙维尼恩和承审员督促打扫、油漆、刷新这小房子的工人，所以在三月下旬的时候，孤女就能够离开旅馆，在这所小房子里找到和承继人们所驱逐她出去的旧房子相同的一间卧室，因为这卧室是用启封时承审员给她领回的家具来排设的。住在上面的布基发尔妇人可以听见年青的女主人在床头所给她按的铃声而下楼。留做书房用的房子、地面楼的小厅和厨房还是空着的，只是加上颜色而已，都铺有新鲜的纸张，漆上油漆，等着教女给她教父拍卖家具时所要得到的东西来布置。

虽然雨儿胥的性格是他们所知道的，承审员和教士却替她担心这突然的生活上的变化，因为大夫所给她养成习惯的珍异的奢侈的生活已经没有了。至于沙维尼恩呢，他颇为之哭泣。所以，他曾偷偷的给工人和地毡商送过不只一次的津贴，希望雨儿胥至少在房里不会找到和当日的旧房子有什么不同的地方。但是从沙维尼恩眼中吸取一切的幸福的少女，她却显得最为温存的容忍。在这种情形之下，她使她的两位老朋友大为快乐，而给他们表示一千次只有心灵上的苦痛才能够使她烦恼。教父的死亡的哀痛未免太深了，她感觉不到给她的婚事带来新的障碍的损失财产的苦味。沙维尼恩看见她的生活的穷苦，深为忧愁；这使她甚觉苦恼，使她不得不于回到新居的那一天的早晨走出教堂的时候，朝着他的耳朵，对他说：

“爱情需要忍耐，我们等着吧！”

自从清单的草案拟就了之后，在古比尔的劝告之下，马山要求波尔丹杜埃尔夫人和波尔丹杜埃尔先生履行契约，因为她的借债的日期已经满了。古比尔跑到马山这边来，因为他的心里颇为暗恨闵诺肋，希望能够从发放高利贷的人的自私心上得到比齐丽的吝啬还要多的东西。老贵妇不知所措了，因为她得在二十四小时之内还给承继人们十二万九千五百十七佛郎五十五参丁和自借款的日子起所应付的利息，不然的话，就得受没收不动产的处罚。借钱来还债是不可能的事。沙维尼恩只好到方登布鲁去请教一位法律代言人。

“您的对手刚刚好是些坏人，他们绝不会跟您和解的：他们要穷追穷究到得到保尔地埃尔的田产为止，”法律代言人说，“最好的办法是自动的售卖，免得有许多的花费。”

这悲惨的消息是对老布列颠贵妇的当头棒喝，她的儿子告诉她如果她在闵诺肋活着的时候答应他的婚姻的话，大夫一定要把他的产业送给雨儿胥的丈夫。今天他们家里一定是豪富，而不是穷困了。虽然没有责难，这句辩论之打击老贵妇和她想到不久将要被没收的时候所受的打击是有同等的程度的。听到这个惨剧，刚从承继人们所给她的打击而生的热病恢复过来的雨儿胥不禁惊惶失措。爱恋而不能够救援被她所爱的人，这是可以使高贵而雅致的女人的心灵发疯的一个最为可怕的苦痛。

“我想买回我姑夫的房子，现在我就买您母亲的房子好了。”她说。

“这是可能的吗？”沙维尼恩说，“您是未成年的女人，您不能够在没有和检察官办理手续之前售卖您的证券。何况我们也不想反抗呢。全城的人都要快乐的瞧着一个贵族家庭的破产。这些中产阶级都是贪婪的狗。幸亏我还有一万佛郎，我可以用这一点儿钱来养活我的母亲，一直到这些可怜的事情结束了的时候为止。无论如何，清算的手续还没有完结：班格兰先生还在希望能够给您找到一点儿东西。他和我都一样奇怪您会一点儿产业也没有。大夫这么常对他说过，也对我说过他是如何的布置着您的美丽的将来，我们现在实在是一点儿也不懂得。”

“噢!”她说，“只要我能够买回我的教父的藏书和家具，免得分散或是落在别人手里，我对我的遭遇就觉得很满意了。”

“但是，天晓得这些无耻的承继人们要给您所要买回的东西定下多少的价钱呢?”

从孟泰尔基到方登布鲁，人家没有别的谈论，只说到闵诺肋的承继人们和他们所追求的百万家财；但是，自从启封以来他们在家里所进行的最细密的搜索并没有得到任何的发现。波尔丹杜埃尔所借的十二万九千佛郎，三分利的一万五千佛郎的年息，房屋和家具所估计的四万佛郎，一共有差不多六十万佛郎的总数，在大家看来好像是相当可喜的数目了。那时候，闵诺肋颇有一些难堪的不安。跟承审员一样，老是相信有遗嘱的存在的布基发尔妇人和沙维尼恩每次拍卖的时候总过来问问班格兰关于搜查的结果。有的时候，办事人和承继人们出去了，老年人的朋友就自己写了这几个字：“我真是一点儿也不懂得!”因为在许多肤浅的人看来，二十万佛郎就可以使每一个承继人在外省享受优美的财产，谁也没有追问大夫怎么能够只用一万五千佛郎来应付家中的开销，因为他没有动用过波尔丹杜埃尔所借的那一笔款的利息。只有班格兰、沙维尼恩和教士才为雨儿胥的利益而问到这问题，并且在表达这意见的时候，他们也使驿站主人脸色发白不只一次。

“他们什么地方都翻掘过，他们的目的是在搜索金钱，我的目的是在寻找对波尔丹杜埃尔先生有利的遗嘱。”账目清查完毕的那一天，承审员说，“人家拨散了烟灰，翻开了云母石，摸索着拖鞋，钻裂了床木，挖空了卧褥，刺透了被窝和盖脚毯子，倒翻了鸟毛覆足被，一张一张的查看过一切的纸张，一切的抽屉，倾覆了地窖的土地，我也鼓励他们去进行这些破坏的工作!”

“您到底想怎么样呢?”教士说。

“遗嘱一定是被一位承继人灭迹了。”

“那么，钱哪儿去了呢?”

“所以，您得追问！请您猜想看那些像马山夫妇、克勒米埃夫妇一样阴险、一样狡猾、一样吝啬的人会有怎么样的行为！请您想一想闵诺肋的财产能做些什么；他得到二十万佛郎的承继，人家说，他要出卖他的执照、他的房子和他的利息给转运公司，卖了三十五万佛郎哩……好大的数目！还没有算到他的地产每年所给他产生的三万多佛郎……可怜的大夫！”

“遗嘱也许是藏在书房的什么地方吧。”沙维尼恩说。

“所以我并不阻止小姑娘购买这书房！不然的话，让她把唯一的现款来购买她从来不会打开的书，那不是发疯了吗?”

全城的人都相信大夫的教女占有寻找不到的资金；但是，当人家证明她的全部财产只有一千四百佛郎的年息和她的小数的体己的时候，大夫的房屋和他的家具就引起了一般的好奇。有的人想一定有许多银行的钞票藏在家具里边，有的人想老年人一定是把钞票夹在书中。所以，承继人们对于拍卖就采取了极大的谨慎的态度。负责拍卖的地恩尼对每一件喊过价格的物品都特别的声明说，所卖的只是家具，并不是可能混在里面的金钱，然后，在取货之前，他们都把这些货详细的检查，敲着他，探着他；总之，他们是用父亲瞧着独生子到印度诸地去时所有的眼色来瞧着这些货物的出门。

“啊！小姐，”第一次拍卖回来的时候，惊惶的布基发尔妇人说，“我不再去了。班格兰先生有道理，您受不了这样的景象。一切的东西都是倒放着。人家到处的穿来穿去，好像是在街里似的，最好的家具却拿来满足任何的欲望，他们就站在上边，这是一团糟，连母鸡都找不到他的小鸡！您一定以为是那里着了火。一切的东西都堆在院子里，衣橱都打开了，里头什么也没有了！噢，可怜的好人，幸亏他已经死了，不然的话，这拍卖会把他活活的杀死。”

要替雨儿胥买回死者所心爱而可以装饰她的小房子的家具的班格兰在拍卖书籍的时候并没有出席。承继人们的贪婪会使他多花钱，他比他们还要精细，就把这桩事情委托给麦龙的一位旧书摊的主人，书商特别为此而来，已经得到了好几份东西。因为承继人们的狐疑，书是一本一本的卖。他们一共检查了二千册，一本一本的搜索，提出两边的书皮，拚命的抖动，希望藏在里头的钞票会这样的抖了出来。然后，又详细的检查书皮的装订和包皮纸。雨儿胥所得到的东西给她花去了差不多六千五百佛郎的总数，就是她所宣告的产业的一半。书架是在一位巴黎请来以熟识秘密的著名的乌木器匠加以精密的检查之后才让人家取走的。当承审员下令将书架和书籍运到米露埃小姐家里去的时候，承继人们颇有一些空泛的恐惧；可是当人家看见她还是和从前一样的穷苦的时候，这恐惧后来也就消失了。闵诺肋买了他的叔叔的房子，因为共同承继人的抬价，他一直花了五万佛郎，因为他们想驿站主人希望在墙里找到一些藏宝。所以契据上对于这一点就特别保留几条附款。清理遗产之后的两星期，把驿站和企业让给一位富有的佃农的闵诺肋就搬到叔叔家里来居住，他在这里花了相当的数目来布置家具和恢复旧观。闵诺肋就这样的自己责罚自己，因为他就住在离雨儿胥只有几步的地方。

“我希望，”请求沙维尼恩和他的母亲还清欠款的那一天，闵诺肋在地恩尼家里说，“我们能够扫除这些什么贵族！我们以后再驱逐其他的。”

“这位占有十四间派宿所的老贵妇，”古比尔回答说，“她不会留在这里来看这惨剧，她要到布列颠去死在那里，她一定可以在那里给她的儿子找到一个媳妇。”

“我不相信，”法律公证人说，那天早上，他曾给班格兰拟了班格兰所买到的东西的契约，“雨儿胥刚从李查尔寡妇处买到房子。”

“这个该死的畜生不知道下一步要发明什么东西来麻烦我们！”驿站主人疏忽的叫了起来。

“她住在那穆尔跟您有什么相干呢？”颇为傻头傻脑的大个子的窘迫的动作所惊愕的古比尔问。

“您不知道，”脸部发红得和红罂粟一般的闵诺肋说，“我的孩子做了一桩傻事，爱她。所以，我愿意花一百厄古让雨儿胥离开那穆尔。”

只就这第一个动作看来，每一个人都懂得穷苦而容忍的雨儿胥要如何的妨碍富有的闵诺肋。清理承继的忙碌，企业的出让和异常的事件所必要的奔跑，关于最小的枝节和购获叔叔的房子的事情而和他的妻子的辩论（齐丽要以中产阶级的风度为她的儿子的利益而生活在这所房子里）；这些和平日的安静的生活相反的喧嚣阻碍了大个子闵诺肋去计算他的牺牲者。但是，安居在布尔乔亚街之后的几天，五月的中旬，第一次散步回来的时候，他就听见了钢琴的声音，看见布基发尔妇人好像守库的青龙一样的坐在窗户之下，而忽然听见自己心中有啰唆的声音。

来解释为什么这位果敢的当日的驿站主人一看到根本没有狐疑有损她的利益的偷窃的雨儿胥就变成不能忍受的，为什么看见她在不幸的情况下还是这样的高贵就使他生起要把这位小姑娘驱出城中的欲望，为什么这欲望带有仇恨和癖嗜的性质，这可以写成一部关于道德问题的大书。也许他自己并不相信有权来占有三万六千佛郎的年息，因为这一笔款的真正的主人就在离他不过两步的地方。也许他泛泛的相信会有偶然的事故让人家发现他的偷窃，因为被他所剥夺的人们都在那里。也许这位一向只做合法的事情的人的几乎可以说是粗鲁的幼稚的性格会因为雨儿胥的出现而引起他的悔疚。也许这些悔疚是最刺心的，因为他本来有更多的合法得来的财富。无疑的，他把这些扰搅良心的动作都归咎到雨儿胥的出现，认为只要这位年青的女郎离开这里，这些恼人的烦扰也就会随之而消灭。还有，也许罪恶也有他的完善的教条。恶行的开端需要他的结尾，第一个给人伤痛的打击需要使人死亡的第二锤。也许偷窃的结果必得引人走上杀人的路上。闵诺肋已经没有加以思考而抢夺过，因为事情是太快的接续而来的：思考是事后才有的。噢，如果您懂得这个人的身姿和他的外貌，您就会明白他的思想所会产生的不可思议的效果。悔疚不只是一个思想而已，悔疚是从和爱情一样盲目的一种情感来的，他有他的暴虐。但是，正如闵诺肋不假思索的占据了雨儿胥所有的财产一样，当他看见这位受欺的天真小姑娘就觉得伤痛的时候，他也同样机械的想要驱逐雨儿胥离开那穆尔。他是天性愚笨的人，他没有想到结果，他只在贪欲的驱策之下一步一步的走上危险的路途，正如不知道猎夫的狡猾，只依靠自己的速度和力量的野兽一般。没有多少时候，在地恩尼家里聚会的富有的中产阶级们就觉出这位当日毫无忧虑的人物在举止态度上的变化。

"我不知道闵诺肋有什么事情，他神色不对！"他的妻子说，他决定瞒着她这一次他所做的事情。

大家都在解释闵诺肋的烦恼，因为这个脸孔上所表现的思想很像是烦恼，认为他是因为停止业务，由活动的生活突然改入中产阶级的乡绅生活的结果。正当闵诺肋筹划粉碎雨儿胥的生活的时候，布基发尔的妇人却没有一天不对她的乳女说到她所应当有的财产，比较这穷苦的命运和已故的先生给她保留的命运有如何的不同，因为先生曾经对她说过，她，布基发尔的妇人！

"总之，"她说，"这不是为利益，我所说的话。但是先生是这么样的一个好人，他难道不会给我留下一些小东西吗?”

“我不是在这里吗?”雨儿胥回答说，防止布基发尔妇人说出任何关于这问题的一句话。

她不愿意用利益的思想来污点陪着老大夫的高贵的脸孔而来的多情、悲痛而柔美的回忆，这脸孔是由她的画师用黑白的铅笔给她绘出，而用来装饰她的小厅的。为着引起她的新鲜的优美的幻想起见，瞧了这图像一眼就够得使她永远重见她的教父，她不断的想着他，尤其当她被围绕在他所心爱的这些东西之中的时候：他的大靠椅，他的书房的家具和骰子戏的用具，还有他所给她的钢琴。沙普郎教士和班格兰先生是她所留下的两位老朋友，是她所愿意接待的唯一的人物，在这些因她的抱憾而引起激动的事件中，他们就好像是她的过去生活的活史料一样。她是用教父所祝福的爱情来把目前的生活和过去的生活连在一起。不久，这些渐渐美化的愁思就给她的时日染上了一种色彩，而用一种说不出来的调和把这些东西连结在一起：这是最为甘美的清洁！最为正确的家具的布置。沙维尼恩每日所给她送来的花朵，漂亮精致的物品，少女的习惯所给事物交通而使她的房屋变成幽雅的平静。

吃饭或是做完弥撒之后，她就继续读书，继续唱歌；然后她就坐在朝街的窗沿刺绣。四点钟的时候，从每日的散步回来的沙维尼恩就找到一只半开的窗户，坐在窗户的外边和她谈了半个钟头。夜晚的时候，教士或是承审员来看她，但是她从来不愿意沙维尼恩陪着他们。她并且不接受波尔丹杜埃尔夫人的建议，夫人的儿子游说夫人接雨儿胥到家里一同居住。年青的少女和布基发尔妇人非常节俭的生活着：她的一切的花费每月并没有超过六十佛郎。老乳母是不会疲备的：她洗衣服，熨衣服，每星期只做两次饭，女主人和女仆都是吃凉的；因为雨儿胥每年要省下七百佛郎来付清她所欠的房价。

这严紧的行为，这俭朴的生活，这享尽奢华而适意的生活之后的穷苦却在一些人面前得到成功的效果。雨儿胥得到人家的尊敬，而不再受人家的批评。一旦满足了欲望，承继人们也就讲公道话了。沙维尼恩崇拜这位这样年青的女郎所有的品格的力量。不时不时的，走出教堂的时候，波尔丹杜埃尔夫人也给雨儿胥说了一些客气的话。她请她两次去吃饭，而且是亲身来请她的。如果这不是幸福的话，这至少是安宁。但是，承审员用以显示他的老法律公证人的学科的一个成功却引起了一个尚在秘密的愿望状态之中的闵诺肋所想加在雨儿胥身上的迫害的暴发。

自从一切关于承继的事情都完结了的时候起，在雨儿胥的恳求之下，承审员就负责来办理波尔丹杜埃尔母子的事情，答应她想法子使他们跳出苦境；但是走到老贵妇家里的时候，老贵妇之反抗雨儿胥的幸福使他甚为气愤，他让老贵妇知道他之所以关心她的利益完全是因为要取悦米露埃小姐。他在方登布鲁选择了他的一位旧书记当波尔丹杜埃尔母子的法律代言人，亲身指挥，请求追索的无效。他利用取消追索和马山提起上诉之中的时间来续订田产的租约，每年加租到六千佛郎，从佃农处弄到一些贿赂和先期付给的一年租金。从此之后，他就在波尔丹杜埃尔夫人家里组织了他和教士、沙维尼恩、雨儿胥四个人之间的一场魏斯特牌会，是班格兰和沙普郎教士每天晚上所要游玩的。

六月里，班格兰宣告了马山对于波尔丹杜埃尔的追索的无效。他立刻签了新租约，从佃农处得到三万两千佛郎，和每年六千佛郎租金的十八年的契约；然后，当天晚上，在这些事情还没有传出去之前，他就跑到齐丽家里来，他知道齐丽颇以安置资金为苦，就给她提议用二十二万佛郎去购得保尔地埃尔的田产。

“我要立刻接洽这事情，”闵诺肋说，“只要知道波尔丹杜埃尔母子要到那穆尔以外的地方去生活。”

“但是，”承审员回答说，“为什么呢?”

“我们要贵族们离开那穆尔。”

“我相信我曾听见老贵妇对我说，如果她的事情办理好了的话，她只能够用她所余下的东西生活在布列颠。她说要卖房子。”

“那么，就卖给我吧。”闵诺肋说。

“你好像是主人一样的说法，”齐丽说，“你要两所房子干什么呀?”

“如果我今天晚上不能够跟您解决保尔地埃尔的田产的话，”承审员说，“我们的租约就要让人家知道了，三天之内人家一定又要重新跟我们打官司了，我也就没有法子解决我这心里所悬挂的事情了。所以，我要立刻到麦龙去，那里有我所认识的佃农，他们会闭着眼睛来购买保尔地埃尔的。您也就这样的损失了在鲁夫尔地区投资三分利的地资的机会了。”

“那么，您为什么来找我们来呢?”齐丽说。

“因为您有钱，而我的老主顾们却需要有几天的工夫给我吐出十二万九千佛郎。我不愿意有许多的困难。”

“得让她离开那穆尔，那么，我就给您这些钱!”闵诺肋还这样的说。

“您知道我不能强制波尔丹杜埃尔母子的意向，”班格兰答道，“但我确信他们不会再住在那穆尔。”

在这保证之下，齐丽就给闵诺肋触肘示意，闵诺肋也就答应拿出钱来给波尔丹杜埃尔母子还清大夫的遗产中的欠款。售卖的契约在地恩尼家里签订，快乐的承审员使闵诺肋接受了新租约的条件。闵诺肋和齐丽后来才知道损失了一年的预交的租金。

六月末，班格兰给波尔丹杜埃尔夫人带来收据和她的财产的剩余十二万九千佛郎，劝她存放在国库里，和沙维尼恩的一万佛郎凑在一起，可以得到五分利所生的六千佛郎的年金。所以，老贵妇不但没有损失她的收入，而且还从这一次的清账中多得了两千佛郎的年息。波尔丹杜埃尔一家于是又住在那穆尔。

正如承审员所知道的，雨儿胥的出现是闵诺肋所不能忍受的，闵诺肋认为自己是受了骗了，他心里怀着剧烈的嫌怨，增强了他对于他的牺牲者的仇恨。

于是，就开始了两个情感的斗争的秘密而有可怕的结果的悲剧：催促闵诺肋驱逐雨儿胥离开那穆尔的情感和给雨儿胥力量去忍受在相当时间之中无从知道原因的迫害的情感。这是奇异而怪诞的幕景，一切过去的事故都是朝向这里走来的，都是预备这幕景而作为他的序幕的。

十七、外省的奸计

闵诺肋夫人从丈夫处收到价值两万佛郎的一副银器和全套的食具；她的儿子检事从方登布鲁带几位朋友来的日子，她每星期日都预备丰盛的菜肴请客。为着这些奢华的宴席起见，齐丽就从巴黎弄到一些山珍海错，逼着法律公证人地恩尼来仿效她的排场。闵诺肋夫妇竭力摈除古比尔在他们的会社之外，因为他们觉得他是一个有损他们的华丽的无赖，古比尔只在七月末，这两位当日的驿站主人夫妇开始中产阶级的生活之后的一个月才被邀请。已经感觉到这有意的遗忘的首席书记不得不给得嗣来说声客气的“您”。自从执行职务以来，得嗣来甚至于在家里都装出庄严而傲慢的神气。

“您是不是因为爱上了米露埃小姐就不再记起埃斯特了呢？”古比尔对检事说。

“先说，埃斯特已经死了哩，先生。再说，我从来就没有想到雨儿胥过。”做官的人回答说。

“呃，您从前跟我说过什么话呢，闵诺肋老伯？”古比尔傲慢的叫着。

当场被这位这样可怕的人物所捉拿的闵诺肋不禁狼狈失色，忘记了他邀请古比尔吃饭的目的，他只回想到这位首席书记当日给他说过的关于阻止雨儿胥嫁给年青的波尔丹杜埃尔的提议。他的回答就是突然的领着书记到花园的深处去。

“您不久就二十八岁了，亲爱的，”他对他说，“可是我还没有看见您走上发财的道路。我希望您好，因为您到底是我儿子的同伴。请您听我的：小米露埃还有四万佛郎，如果您有法子叫她变成您的老婆的话，真的，和我叫做闵诺肋一样的真，我就要给您钱到奥黎昂去购买一个法律公证人的职务。”

“不，”古比尔说，“在那里谁也看不见我；但是在孟泰尔基……”

“不，”闵诺肋插嘴说，“可是在桑斯……”

“到桑斯去！”忌嫌的首席书记嚷着说，“那里有一位总主教，我也并不反对宗教的中心：用一些假仁假义的举止，人家就可以在那里走上一条好路。并且，小姑娘是敬虔的信徒，她可以在那里成功。”

“说个明白，”闵诺肋接着说，“我只能够在我的亲戚结了婚之后才给您这一笔十万佛郎，因为我要为我死去的叔叔设想而使她得到一个命运。”

“为什么不给我想一想呢？”古比尔狡猾的说，他疑惑闵诺肋有什么秘密的行为，“您能够把二万四千佛郎的租地都接连在一起，没有零碎的圈在别人的土地里边，整个都在鲁夫尔别宫附近，这不都是我教您的吗？再加上罗恩运河那一边的草地和磨房，您可以在那里增上一万六千佛郎！咱们瞧，胖伯伯，您到底是不是要跟我耍公平的把戏呢？”

“当然啦。”

“哎，为着让您们觉得我的獠牙起见，我正在计划让马山得到鲁夫尔，鲁夫尔的公园，鲁夫尔的菜园，鲁夫尔的存积和他的树林哩。”

"您都有这些!"齐丽插嘴说。

"好吧,"古比尔说着,给她投去一道毒蛇一般的眼色,"要是我愿意的话,马山明天就可以用二十万佛郎购到这一切。"

"你走开吧,我的太太,"巨人拉着齐丽的手臂,叫她走开,说,"我跟他有个商量……我们有许多的事情。"闵诺肋一边说,一边向古比尔这边走回,"我们忘记想到您;但是,我相信您的友谊会让我们得到鲁夫尔。"

"这是一块老侯爵的封地,"古比尔狡猾的说,"在您手中不久会给您产生五万佛郎的地租,比这些产业的现在的价值两百万还要多。"

"那么,我们的检事就可以娶一位法兰西元帅的小姐,或是一位可以介绍他当巴黎的审判官的老家庭的小姐了。"驿站主人一边说,一边打开大烟匣,给古比尔递过一撮烟。

"好,我们是不是要公平的把戏呢?"古比尔抖动他的手指说。

闵诺肋拉古比尔的手,对他说:

"我说什么就是什么!"

正如一切狡猾的人一样,书记相信他和雨儿胥的婚姻是和这位巨人重修旧好的借口,因为他近来是联络马山来反对巨人夫妇的。幸亏这是闵诺肋所喜欢的。

"这绝不是他的主意,"他对自己说,"我认识我的齐丽,一定是她授意他干的。哈!让马山倒霉吧。三年之内,我,我就会当桑斯的议员。"他心里想。

看见班格兰到对面去打魏斯特牌,他就赶快跑到街中去。

"您对米露埃·雨儿胥很感兴趣,亲爱的班格兰先生,"他对他说,"您不会不关心她的将来。这是我们的计划:她要嫁给一位在大城市里执行职务的法律公证人。这位法律公证人三年之内一定会当议员,他会给她答应十万佛郎的嫁资。"

“她还可以比这个好，”班格兰干脆的说，“自从不幸的事情发生之后，波尔丹杜埃尔夫人的身体渐渐的坏了；昨天她还大病的样子，忧愁伤害了她；沙维尼恩剩下六千佛郎的年金，雨儿胥有四万佛郎，我要把他们的资本投资在马山的资本之中，然而是老实的商议，十年之内，他们就可以有小小的财产了。”

“说不定沙维尼恩会干傻事哩；鲁夫尔小姐是一位独生女，她的叔叔和她的婶母要给她留下两份大遗产，沙维尼恩可以随时娶她。”

“拉方登曾经说过：‘在爱情的支持之下，谨慎的计算请走吧。’但是您所说的法律公证人到底是谁呢？因为无论如何……”班格兰好奇的接着说。

“就是我。”古比尔回答说，他使承审员发抖。

“您吗？”班格兰回答说，没有隐蔽他的厌腻。

“可不是嘛，就是您的仆人，先生。”古比尔立刻的答辩，给他投去一道满充着骄傲、仇恨和挑战的眼色。

“您要不要嫁给一位可以答应给您十万佛郎嫁资的法律公证人呢？”班格兰一边嚷着，一边走进小厅里，对坐在波尔丹杜埃尔夫人身旁的雨儿胥说。

雨儿胥和沙维尼恩不约而同的发抖，他们互相瞧了一眼：她带笑的，他却不敢故装镇静。

“我不能够自己作主。”雨儿胥回答说，给沙维尼恩伸过手，没有让老母亲看见这姿态。

“不必跟您商量，我就拒绝这建议了。”

“为什么呢？”波尔丹杜埃尔夫人说，“小姑娘，我觉得法律公证人的地位是很不错的，不是吗？”

“我更喜欢安贫，”她回答说，“因为和我的生活所应得的相比较，这未免太奢望了。我的老乳母使我减少许多的心思，而且我也不愿意用合适的现在去交换尚未可知的将来。”

第二天，邮政给两颗心灵灌入了两封匿名信所有的毒酒：一封是给波尔丹杜埃尔夫人的，一封是给雨儿胥的。这是老贵妇所收到的：

您爱您的儿子，您要以他的姓氏所要求于他的来扶植他，然而您却鼓励他对于一位没有财产的小野心的女人的偏情，而在您家里接待一个什么雨儿胥，一位军乐队音乐家的女儿，就在您可以让他和鲁夫尔小姐结婚的时候。鲁夫尔小姐的舅舅是郎格罗尔侯爵，她的叔叔是鲁夫尔骑士，他们每一个人都富有三万佛郎的年金，他们不愿意把财产留给什么也没有的老疯子鲁夫尔先生，他们蓄意要在婚约中送给他们的外甥女或侄女。鲁夫尔·克勒孟丁的姑母赛利西夫人刚在阿尔及尔战场上失去她的独生子，她也无疑的要过继她的侄女。希望您好的某一个人自信他知道沙维尼恩一定会中选的。

这是给雨儿胥的信：

亲爱的雨儿胥，

在那穆尔有个崇拜您的青年，他看见您坐在窗前工作，不能不生起可以证明他对您所有的生死与共的爱慕的感情。这位年青人生来赋有铁一般的意志，什么也不能够使其气馁的恒心：所以，请您同情的欢迎这个爱情，因为他只有纯洁的用意，而谦卑的向您求婚，目的是在于使您幸福。虽然他现在所有的财产已经相当的富裕，但是这却不能够和他娶您之后所能有的家财相比拟。将来有一天，您会受到宫廷接待一位大臣的夫人或是全国第一贵妇一样的接待。因为这位年青人每天都看见您，而没有让您看见他。请您在窗上放下一个布基发尔妇人的穿孔罐，这就等于告诉他可以到您的面前来。

雨儿胥没有告诉沙维尼恩，就把这封信烧了。两天之后，她又收到这样内容的一封信：

> 您错了，亲爱的雨儿胥，因为您没有回复一个比爱生命还要爱您的人，您相信您可以嫁给沙维尼恩，您真是上了大当了。这婚姻是不可能的。不再接待您的波尔丹杜埃尔夫人今天早上到鲁夫尔去，她虽然身体不舒服，还步行到那里去为她的沙维尼恩向鲁夫尔小姐求婚。沙维尼恩终于会屈服的。他能够反对什么呢？小姐的舅叔要在婚约上保证他们给他们的外甥女或侄女所留的财产。这财产有六万佛郎的年收。

这封信使雨儿胥的心发狂，使她认识嫉妒的苦楚，一直到现在为止还是她所不知道的苦恼。这苦恼在她这样富于情感、这样易于生愁的天性中把她的现在、将来甚至于已往都陷入哀痛的境地里。自从她有这封恼人的信之后，她就沉坐在大夫的靠椅里，眼睛呆呆的盯住前面的空间，堕入苦痛的梦幻之中。立刻间，她感到一种死亡的寒冷，而不是美丽的生活的温暖。噢！这是更坏的，这事实上是墓中出来而认为上帝并不存在的死人的可怕的复醒，这位名做约翰—保罗的奇人的杰作。

布基发尔妇人来了四次，请雨儿胥去吃饭，她看见雨儿胥拿了面包，又放了下去，没有能够把面包送到嘴唇上。当她想劝谏的时候，雨儿胥就给她做了手势，回答她一句可怕的话："嘘！"其专横的程度是和她一向的温和的语气相同的。从交通厨房的玻璃门上看着女主人的布基发尔妇人看见她一会儿的发红，好像是发烧似的；又一会儿的发紫，好像是发烧之后的发冷似的。这种状态继续了四个钟头，在这时期之内，雨儿胥不时不时的站了起来，看见沙维尼恩是不是走来，然而沙维尼恩却没有来。一直没有做出任何可以使人猜想她的心情的姿势的雨儿胥就戴上了她的帽子，她的小肩巾，奔到走廊里去，想要到沙维尼恩面前去，但是她所有的一些贞操又使她回到她的小厅里来了。她在那里痛哭了。当教士晚上来的时候，可怜的乳母就在门限上拦住了他。

“啊！教士先生，我不知道小姐是怎么回事；她……”

“我知道。”牧师悲切的回答，使惊惶的乳母缄口无声。

沙普郎教士就告诉雨儿胥她所不敢证实的事情：波尔丹杜埃尔夫人到鲁夫尔应酬去了。

“沙维尼恩呢?”

“他也去了。”

雨儿胥不禁精神战抖，使沙普郎教士寒栗，好像是受到雷达瓶的电击一样。他心中觉得有不只一次的刺痛。

“所以，我们今天晚上就不到她家里去了，”教士说，“但是，孩子，您最好是不要再到她那边去。老贵妇会用一种可以伤害您的庄严的态度来接待您的。我们曾经想方法让她来听关于您的婚姻的话，我们不知道哪里来了一阵风把她吹得一下子就改变了主意。”

“我等着一切的遭遇，任何东西都不能够再使我惊异，”雨儿胥沉痛的说，“在这种极端的情形之下，我觉得颇为安慰，知道我自己并没有违背上帝。”

“请您听话，亲爱的姑娘，请您别胡猜天神的意旨。”教士说。

“我不想乱猜波尔丹杜埃尔夫人的品格……”

“为什么您不再说沙维尼恩呢?”教士觉到雨儿胥的音调有点

辛涩，就这样的问。

“我的亲爱的沙维尼恩吗？”她接着说，眼泪夺眶而出。“是的，我的好朋友，”她啜泣的接着说，“我还听见有一种叫声告诉我，不但他的血统是高贵的，他的心灵也是高贵的。他不但给我发誓过他只爱我，他并且还用无穷的技巧来证明他，用英雄的行径来管束他的热情。最近，当他拉着我给他伸出的手，当班格兰先生给我提议嫁给这位法律公证人的时候，我给您发誓这是我第一次给他伸过手的。当然他开始是用开玩笑的态度给我隔街送一个接吻来，但是，从此，我们的情感，您知道，就没有越过严格的礼义范围；我可以告诉您，因为您知道清楚我整个的心。除了留给天使看的一角之外，这情感在我心中是许多的功德的根源：他使我接受我的穷困，他使我减轻无可补救的损失所给我产生的苦楚，这损失在我心中所生的哀痛是比表露在孝服外面的哀痛更为明显的！噢！我错了。是的，我心中的爱情要比我对我的教父的感恩还有更大的力量，上帝责罚了我，您有什么法子呢？我以沙维尼恩的妻子的资格自尊，我太骄傲了，也许就是这骄傲才引起上帝的责罚。正如您所说的，只有上帝才是我们的行为的原则和目的。”

教士看见眼泪在这已经苍白的脸孔上横流，不禁受了感动。可怜的女人的自信心越高，她就跌得越低。

“但是，”她继续着说，“退到我当孤女的地位上，我可以重新恢复我的本来的情绪。总之，我能够变成我所爱的人的脖子上的石头吗？他要在这里干什么呢？我是什么东西要冒称他的情人？我不是用神圣的友谊来爱他，要整个的为他而牺牲我的幸福、我的希望吗？……您知道我常常责备自己不该把我的爱情安放在一座坟墓上，等着老贵妇的死亡。如果沙维尼恩能够得了别的女人而富庶幸福的话，我却只有钱来付给修道院的费用，我可以立刻到修道院去隐居。在那里，我的心就不会有两个爱情，因为天上只有一个主宰。宗教的生活颇能吸引我。”

“他不能够让他的母亲一个人到鲁夫尔去。”善良的教士温和的说。

“别再说这个啦，好沙普郎先生；我今天晚上要给他写信，送还他的自由。我很高兴把这小厅的窗户关上。”

于是，她就把匿名信的事情告诉了老教士，对他说她并不愿意让这位不知名的情人来追逐她。

“呃！叫波尔丹杜埃尔夫人到鲁夫尔去的正是一封匿名信，”教士叫了起来，“您们一定是受到坏人的迫害了。”

“为什么呢？沙维尼恩和我，我们都没有得罪过什么人，我们也没有妨碍过这里的任何人的利益。”

“总之，小姑娘，我们可以利用这个驱散我们的会社的风波来整理我们的可怜的朋友的书籍。书还是堆着的；班格兰和我，我们要把他们整理一下，因为我们想在里头找一找看有没有什么东西。请您信托上帝；但是也请您相信承审员和我是您的两位忠实的朋友。”

“这就很好了。”她说着，一边送教士走到通路的尽头，一边和鸟从巢中伸出长颈一般的伸出她的颈项，希望还能看到沙维尼恩。

正在这时刻，从草地上散步回来的闵诺肋和古比尔正好走过；他们都留步了。大夫的承继人就对雨儿胥说：

“您怎么啦，表妹？因为我们总是表兄妹，不是吗？您好像是变了样子。”

古比尔给雨儿胥投去几道火热的目光，使她大为惊惶，她不加回答的走了回来。

“她真是野女孩。”闵诺肋对教士说。

“米露埃小姐不愿意在门口跟男人们聊天，她是有道理的；她太年青……”

“噢!”古比尔说，“您得知道她并不缺乏情人。”

教士连忙致敬行礼，立刻快步走向布尔乔亚街那边去。

“好，”首席书记对闵诺肋说，“炮开着了！她已经跟死人一样的苍白；两星期之内，她一定会离开城的。您瞧吧。”

“最好是跟您当朋友，不要跟您当仇人。”闵诺肋叫了起来，他看见给古比尔的脸上产生布里都·约瑟从歌德的《梅菲斯多发勒斯》中借来的魔鬼一样的表情的凶恶的狞笑，不禁大为恐慌。

“我相信，”古比尔回答说，“如果她不嫁给我的话，我要让她忧愁而死。”

“干您的把戏吧，小东西，我会给您本钱去当巴黎的法律公证人。那么，您也就可以娶一位豪富的女郎了……”

“可怜的女孩子！她害了您什么呢?”好奇的书记问。

“她让我厌烦。”闵诺肋粗略的说。

“请您等到星期一，您就可以看出我是如何的排弄她。”古比尔一边说，一边端详旧日的驿站主人的身姿。

第二天，老布基发尔妇人到沙维尼恩家里去，给他递过一封信，对他说：

“我不知道可爱的孩子给您写了些什么，但是今天早上她简直就跟死人一样。”

看了这封写给沙维尼恩的信之后，谁不会想到那天夜里打击雨儿胥的苦痛呢?

致波尔丹杜埃尔先生书

亲爱的沙维尼恩，

人家告诉我您的母亲要您娶鲁夫尔小姐，也许她是有道理的。您处在一个几乎是悲惨的生活和一个奢华的生活之中，处在一个心灵的结缡和一位时式的妻子之中，处在顺从您的母亲和您自己的选择之中，因为我还相信您已经选择了我。沙维尼恩，如果您要下一个决定的话，我希望这决定是您的自由：在永远也不会从我的记忆中拭去的一个时刻和跟着而来的每日之中，您曾给我，不，给您自己说过这一句贞洁而富有天使一般的甘美的话语，现在我把这句话送还给您。这个回忆已经够得我一生的享受。如果您要永远保持您的誓言的话，从此之后，一个黑暗而可怕的思想将要扰搅我的幸福。在我们今日这样快乐的被您所接受的贫困之中，您以后可以想到，如果您注意人世的律则的话，您的生活会变成另外一个方式的。如果您是可以产生这种思想的人的话，这思想在我方面却是惨痛的死亡的判决书；如果您不说出这句话的话，我将要狐疑笼罩您额头之上的最微弱的云彩。亲爱的沙维尼恩，我一向都是喜欢您在喜欢世上的任何东西之上。我能够这样，因为我的教父虽然是嫉妒的，他却对我说过：'爱他吧，我的女儿！有一天你总可以属于他，他也总可以属于你。'当我到巴黎去的时候，我是毫无希望的爱您的，而我也很满意我所有的这种情绪。我不知道我是不是可以恢复这种情形，但是我总要这样的尝试。我们现在是走到什么地步呢？一个哥哥和一个妹妹。我们就保持这个关系吧。请您娶这位小姐吧，她一定很快乐可以使您的家姓光耀，而我却只能够，依据您母亲的意见，使您的家姓衰微。您永远不会再听见人家说到我。社会会赞许您。至于我呢，我绝不会责备您，我还要永远的爱您；所以，再见了。

"请您等一等！"绅士叫了起来。

他给布基发尔妇人做个暗示，叫她坐下，自己就涂鸦了这一封短简：

亲爱的雨儿胥，

您的信破碎了我的心，因为您是无缘无故的自觉苦恼，因为这是第一次我们的心灵不再互相的了解。如果您还没有嫁给我，这是因为我还不能够不经母亲的同意而结婚。无论如何，住在罗恩运河旁岸的小别墅里，每年有八千佛郎的息金，这不就是幸运吗？我们曾经和布基发尔妇人一同计算过我们可以每年节省下五千佛郎！一天晚上，您已经在您姑夫的花园里答应过我，让我把您看做是我的未婚妻，您不能够一个人来破坏连结我们的联系。我需要告诉您，昨天晚上我已经清清楚楚的对鲁夫尔夫人说过，如果我还有自由的话，我并不愿意接受一位素不相识的人所给我的财富吗？我的母亲不愿意再看见您，我损失了晚上大伙一块儿玩的幸福，但是请您别再把我可以在您窗口跟您谈话的短促的时间取消了……晚上见。没有东西可以离散我们。

“您去吧，老太太。她不应当有一刻钟的不必要的忧虑……”

下午四点钟，从每天特别为走过雨儿胥门前而举行的散步回来的时候，沙维尼恩发现他的情妇有点被突如其来的变化而脸色发白。

“我觉得到现在为止我还没有知道有什么比看见您还要快乐的事情。”她对他说。

“您告诉过我，”沙维尼恩带笑的回答说，“因为我记得您所说的一切的话：‘爱情需要忍耐，我们等着吧！’亲爱的孩子，您难道把爱情和信仰分开吗？……啊！让我们的纠纷就这样的结束了吧。您自以为您爱我是在我爱您之上。我曾经怀疑过您吗?”他一边问她，一边给她献上从田野里采来的花束。花束的编排可以表达他的思想。

“您没有任何的理由来怀疑我，”她回答说。“并且，您并不知道一切的事情。”她加上一句说，她的声调是不安的。

她下令拒绝接收邮差所给她送来的任何信件。但是，不知道是什么魔术，沙维尼恩出去一会儿，当她看着他从布尔乔亚街转向大街去之后，她却在她的靠椅上找到一张纸，上面写着：发抖啊！被侮慢的情人是比老虎还要坏的。无论沙维尼恩如何的恳求，为着谨慎起见，她总不愿意告诉他她所有的可怕的秘密。以为丢了沙维尼恩之后而又看见到他，这不可磨灭的快乐使她忘记了刚打到她身上的致命的寒栗。

大家都知道等待一个莫名其妙的灾祸是如何的难受。苦痛的范围就伸展到不可知的境界中去，这不可知的境界当然是心灵所觉得无限的。但是，在雨儿胥方面，这是最大的苦痛。她自己会因为最轻微的声响而惊动，她怕岑寂，她狐疑她的墙壁是共犯。她的甜蜜的睡梦被破坏了。古比尔不知道她的神经组织是和花朵一般的脆弱，他的劣根性使他找出这个可以使她枯萎、可以杀死她的毒药。

然而，第二天却平静的过去了。雨儿胥演奏钢琴到很晚的时分，她差不多是安心而倦困的睡觉去。差不多半夜的时候，她被一阵乐声惊醒。这合响乐是一个铜箫、一支笛子、一支长笛、一个小喇叭、一个双管喇叭、一支大笛、一支横笛和一个三角器合成的。一切的邻居都到窗口来。可怜孩子已经因为看见街中的人群而觉得昏乱，她的心坎又受到一个可怕的打击，因为她听见一个男人的哑塞而卑劣的声音叫道：

“她的情人送给美丽的米露埃·雨儿胥的乐队!”

第二天是星期日，全城传播着谣言，雨儿胥出入教堂的时候，她看见广场上有许多群的人众注意她，给她显露出烦人的好奇。夜间音乐会使一切的舌头转动，因为每一个人都在揣测。雨儿胥半死的回到家里来，不再出门，教士劝她在家里念晚祷。回来的时候，她在交通街道和院子的铺砖走廊里看见有一封从门缝溜进来的信；她捡了起来，念了一念，因为要解释这一个谜的欲望催促着她。最无觉感的人也会猜想到她念这几行可怕的语句将是如何的觉感：

请您屈驾来当我的富裕而被崇拜的妻子。我要您。如果我得不到还活着的您，我也会得到已经死去的您。您的拒绝只能够产生只有您承受的不幸。

爱您而终有一天当您的丈夫的人

事情未免太奇怪了！正当这阴谋的柔和的牺牲者好像一朵被折下的花一般的受到打击的时刻，马山小姐、地恩尼小姐和克勒米埃小姐却羡慕她的命运。

“她太幸福了，”她们说，“人家都关心她，人家都称赞她的趣味，人家都在为她争风，夜间音乐会真动人，好像是！其中还有小喇叭哩！”

“小喇叭是什么东西呀？”

“一种新的乐器！瞧，大约就这么大。”克勒米埃·安琪琳对马山·巴美拉说。

一清早，沙维尼恩就一直走到方登布鲁去探听到底是谁请了驻防军的军乐队来；但是，因为每一种乐器都有两个乐工，他没有法子知道到那穆尔来的到底是谁：上校曾经下令禁止乐工没有得到他的允许不准到私人家里去演奏。绅士就跟雨儿胥的保护人检察官会谈，给他解释这种景象对于一位这样脆弱的小姑娘将有如何的严重的影响，请他用法律所有的权力去查问于这夜间音乐会的人。

三天之后，半夜里，又有三把提琴、一条长笛、一支六弦琴和一支笛子来演奏第二次的夜间音乐会。这一次，乐工们却跑到孟泰尔基那一边路上去，那里正好有一班戏子。在两段乐曲之中的休息的时刻，一道尖锐而带酒气的声音叫着：

“献给军乐队队长米露埃的女儿！”

于是，全那穆尔城都知道雨儿胥的父亲的职业，老闵诺肋大夫这样谨慎严守的秘密。

这一次，沙维尼恩却没有到孟泰尔基去；他当天收到一封从巴黎寄来的匿名信，他在上面念到下面的可怕的预言：

你不会娶到雨儿胥。如果你要她活的话，请你赶紧放手，把她让给比你还爱她的人；因为他已经当了音乐家和艺术家来取悦她，而且宁愿看她死去，不愿意看见她当了你的妻子。

那穆尔的医生就每天到雨儿胥家里来三次，因为这些隐伏的迫害已经把她扔在死亡的危险中，觉得自己是被一只魔手陷入污泥，这位温和的少女就保守着一种殉难者的态度：她缄默无言，仰起眼睛望着天空，而不再涕泣，她等着打击的来临，热烈的祈求要让她死亡的人。

“我很快乐不能够下楼到小厅里来，”她对班格兰和沙普郎两位先生说，他们尽量的不离开她，“他会到那里来，我也觉得有点惭愧来接受他所常给我祝福的眼色！您们相信他疑惑我吗？”

“可是，如果沙维尼恩找不到这些丑行的主使的话，他计划要到巴黎去请求巴黎警察局的干涉。”

“这些还没有让我们知道名字的人，他们也应当知道他们已经杀死了我，”她回答说，“他们现在应当安静了。”

教士、班格兰和沙维尼恩都昏迷在揣测之中。沙维尼恩、黛恩纳特、布基发尔妇人和忠实于教士的两个信徒十分小心的侦探了一个星期；但是没有任何的疏忽使古比尔泄露秘密，古比尔只一个人进行这一切的奸计。承审员是第一个想到恶作剧的人已经为他的成功而觉到惊惶。雨儿胥已经苍白衰弱得和得了痨病的英吉利少女一般。

大家都松懈了下来。已经没有夜间音乐会和匿名信了。沙维尼恩认为可恶的奸计的停止是检察官的秘密调查的结果，因为他曾把雨儿胥、他的母亲和他自己所收到的信件交给检察官。可是这休战并没有多少的时间。

当那穆尔的医生治好了雨儿胥的神经的刺激而使她恢复勇气的时候，七月中旬的一天早晨，她发现有一条绳梯系结在她的窗口。夜里驾御邮车的驭者说当他走过的时候有一个短小的汉子正在下梯，他无论如何的想要停留，驰下桥坡（雨儿胥的房子就在桥头的一角）的马匹却把他一下子带到那穆尔以外的地方去。

地恩尼客厅里出来的意见，认为这些示威行为都是鲁夫尔侯爵的把戏；那时候，侯爵奇穷，马山手里有不少他的票据，人家说他想把女儿嫁给沙维尼恩，使他的鲁夫尔别宫不至于落在债权人之手。人家说，波尔丹杜埃尔夫人也喜欢瞧着雨儿胥让人揭破、让人轻蔑、让人侮辱；但是，看到这位少女几乎要死的神色，老贵妇又不免抑郁了。沙普郎教士甚为最后的奸计所触动，他也相当严重的生病了，在家里休息了几天。又为这凶恶的打击而旧病重作的可怜的雨儿胥从邮差手里收到一封教士的信，人家无论如何不能否认这信上的教士的笔迹：

我的孩子，请您离开那穆尔，这么一来，您就可以使您的不知名的仇人无从施其奸计。人家也许会想方法来危害沙维尼恩的生命哩。当我可以走去看您的时候，我再给您细谈这事情。

这封信上的签字是：您的忠实的沙普郎。

当几乎发疯了的沙维尼恩去看教士的时候，可怜的牧师正在重新阅读这一封信，他很奇怪人家会这样惟肖惟妙的模仿他的字迹和他的签名；因为他并没有写过任何的话，如果他写的信，他也用不着请邮政把这封信送到雨儿胥家里去。这一次的狠毒的阴谋使雨儿胥的病有濒死的危险，逼着沙维尼恩第二次跑到检察官那里去，给他看这假冒教士的信。

“这是法律所没有预防到的杀人的方法，而且所杀的是《民法》给您规定的您的被后见人一位孤女。”绅士对法官说。

“如果您找到禁止的方法的话，”检察官回答，“我可以照办；但是我却不知道有什么方法！这位不知名的无赖倒想到了一个最好的意见。您得把米露埃小姐送到这里来，住在敬虔女信徒家里。在等待的时候，我要请求方登布鲁的警察局长特许您携带防卫的武器。我亲身到鲁夫尔去过，鲁夫尔先生刚刚好也被人家对他的揣测而甚为愤怒。我拜访他那一天，鲁夫尔先生正好离开乡下，避免因为债务而被拘留。”

在他的长官的询问之下，得嗣来不敢对他说明他的思想：他认识古比尔！只有古比尔能够沿着《刑法》做一桩事而不至于触犯《刑法》的条款。

不受罚、秘密、成功，这些就增强了古比尔的胆量。这位可怕的书记让他的傀儡马山追索鲁夫尔侯爵，因而要逼着这位绅士把他所剩余的土地卖给闵诺肋。和一位桑斯的法律公证人几度的交涉之后，他又做了一个最后的企图，想要得到雨儿胥。他要效法一些用私奔的方法而得到妻子和财产的巴黎年青人。给闵诺肋、马山、克勒米埃所有的效劳，那穆尔市长所给他的保护使他的事情不至于声张。他决定立刻揭开假面具，因为他相信雨儿胥受到他的舞弄所生的虚弱使她不能抵抗他。

不过，在没有冒险发出最后的卑劣举动之前，他认为有到鲁夫尔去解释的必要，他陪着闵诺肋到那里来，这是闵诺肋签订契约之后第一次到这里来的。闵诺肋刚刚收到一封儿子的密信，问他关于雨儿胥的事情的经过，因为得嗣来要和检察官来把她送到隐修院去，免得再有新的侮辱。检事恳求他的父亲给他谨慎的劝告，如果这迫害是他们的一位朋友的举动的话。如果公理不能够经常的责罚的话，他至少可以知道一切的情形而把他记载下来。

闵诺肋达到了一个大目的。从此之后他是迦提纳最美丽的鲁夫尔别宫的不可改易的业主，他可以从公园周围的肥沃的土地中得到四万多佛郎的收入。巨人可以给古比尔开玩笑了。总之，他计算住在乡下，在那儿，想到雨儿胥已经不会使他生厌了。

“小东西，”他一边在土台上散步，一边对古比尔说，“请你让我的表妹休息休息吧。”

“嘿！……”书记说，他想不出这奇怪的行动是什么意思，因为愚笨也有他的深度。

“噢！我并不是忘恩负义：你使我花二十八万佛郎买了这么好的一所砌砖和光石盖成的别宫。只这别宫现在盖起来就非花二十万厄古不可。然而我这么一点儿钱还买了别宫的田产、贮蓄、花园、菜园和树林……好吧，……是的，我说真话！我给你一成，两万佛郎，你可以用这一笔款购买那穆尔的一个执达吏的职务。我可以给你担保娶一位克勒米埃的姑娘、大小姐。”

“就是那位说小喇叭的吗？”古比尔叫了起来。

“但是我的表妹要给她三万佛郎的嫁资，”闵诺肋接着说，“你瞧，小东西，你是生来当执达吏的，正如我，正如我生来当驿站主人一样，一个人总得顺从他的天赋。”

“好吧，”从希望的最高峰跌落下来的古比尔说，“这是些印花票，请您给我开一张承认两万佛郎的票据，使我能够有保证。”

闵诺肋有一笔半年一万八千佛郎的利息的票据，是他的妻子所不知道的；他相信可以这样的打发古比尔，就签了字。首席书记看见布尔乔亚街的大个子马基亚维尔患了贵族狂，就给他说了一声“再见!”，给他投去一道除了幼稚的暴发户以外谁也会望之发抖的目光，从土台高处望了望菜园和伟大的路易十三时代的别宫的屋瓦。

“你不等我吗?”他看见古比尔步行走开，就这样的嚷着说。

“您可以在您的路上再找到我，老伯!”未来的执达吏回答说，他怀恨报仇之心使他变坏，他想要知道大个子闵诺肋的奇怪的行为给他的心灵所回答的谜语。

十八、两个报复

自从最卑鄙的诽谤污秽了她的生命那一天起，心中受到这些不可解释的病痛的打击的雨儿胥迅速的走上死亡之路。脸色极端的惨白，说话又弱又慢、上气接不了下气的间断着，目光冷淡而温和，她的一切，甚至于她的额头都显露着一种毁人的思想。她相信一切时代的人众都愿意在处女们的头上所看见的贞洁的花冠已经坠落下来了。她在空虚和岑寂之中，倾听着侮慢的议论、奸计的批评和小城市的讥笑。这压迫在她是过分沉重的，她的贞洁是太精脆的，她不能够在这种伤害中继续的存在。她不再埋怨自己了，她的嘴唇挂着一个悲痛的苦笑，她的眼睛常常仰视苍天，好像要给天使们的主宰控诉人间的枉屈似的。

当古比尔回到那穆尔来的时候，雨儿胥已经得由布基发尔妇人和那穆尔的医生扶着走下楼来。这是一桩重大的事情。知道这位少女已经和黄鼠狼一样的走上死亡之路，虽然她的名誉还没有受到哈尔罗维·克拉里斯所受到的那样的打击，波尔丹杜埃尔夫人就过来看她、安慰她。她的儿子前一天夜里整夜的说要自杀，这景象使年老的布列颠妇人退缩了。波尔丹杜埃尔夫人并且还发现她的庄严可以使这样的贞洁的一位少女恢复勇气，觉得自己的访问可以抵消全城所有的一切的迫害。她的意见无疑的是比群众

雨儿胥拿了沙维尼恩的母亲的枯干的老手，哭着吻了她。

更有力量的，会使贵族的力量神圣化。沙普郎教士告诉雨儿胥这消息，使雨儿胥身体上起了一个变化，使失望的医生觉得有希望，医生已经说到要请巴黎的名医来诊治。人家请雨儿胥坐在她的姑夫的靠椅上，她的美丽是这样的性质，在挂孝和病痛的时期，她显得比任何平常的快乐的日子都更为美丽。当沙维尼恩扶着母亲的手臂进来的时候，年青的女病人又恢复了她的美丽的颜色。

“别起来，孩子，”年老的贵妇用命令的腔调说，“无论我自己如何的病弱，我总要来看您，告诉您我对经过的事情是如何的想法：她断定您是迦提纳最贞洁、最神圣、最美丽的女孩子，您也配得使一位绅士幸福。”

最初，雨儿胥不能够回答，她拿起沙维尼恩的母亲的枯干的老手，吻着她，在这手上留下她的眼泪。

“啊！太太，”她用软弱的声音回答说，“我从来不敢妄想高攀，如果没有人家答应我给我鼓励的话，我也只能够有一个无边的情感而已。然而人家却找出方法来把我和我所爱的人永远分开；人家把我弄得没有法子配得上他……绝不，”她用刺痛观客的声响叫着说，“我绝不同意给任何人献上这样纤弱的身体、这样衰毁的名誉。我太爱……我可以在我现在的状态之中说这句话：我爱一个几乎和上帝一样的造化，所以上帝……”

“好了，好了，女孩子，别诽谤上帝了！好了，我的女儿，”老贵妇用力的说，“请您不要过分相信谁也不相信的卑污的笑谑。我，我答应您，您能够活着，而且会变成快乐的。”

“你会变成快乐的！”沙维尼恩说着，跑在雨儿胥面前，吻着她的手，“我的母亲叫你做‘我的女儿’哩。”

“够了，”走来诊察病人脉搏的医生说，“你别高兴死了。”

正在这时刻，发现回廊通道上的门半开着的古比尔就推开了小厅的门，露出一路上满腔怀恨所激动的可怕的脸孔。

“波尔丹杜埃尔先生！”他说着，他的声音就好像毒蛇在穴洞里被迫而叫唤的声音一样。

“您要怎么啦？”沙维尼恩一边回答，一边站了起来。

“我有两句话对您说。”

沙维尼恩出去，走到通路里，古比尔又把他领到院子里来。

“用您所爱的雨儿胥的生命和您所有的贵族的家望来给我发誓，听了我要跟您说的话之后，在我们之中应当装做什么也没有听见似的，这样的话，我就要给您解释米露埃小姐所以受迫害的原因了。”

“我有法子阻止吗？”

“有。”

“我有法子报复吗？”

“报复主使，有；报复工具，没有。”

“为什么呢？”

“因为工具，工具就是我……”

沙维尼恩脸色发白。

“我刚才瞥见了雨儿胥……”书记接着说。

“雨儿胥吗？”绅士说着，瞧着古比尔。

“米露埃小姐，”古比尔接着说，沙维尼恩的音调使他改了恭敬的口气，“我要用我一切的热血来赎回我所做的罪愆。我后悔……如果您要用决斗或其他的方法杀死我的话，您要拿我的血做什么呢？您要喝他吗？这时候他要使您中毒。”

这个人的冷静的理由和好奇心克制了沙维尼恩的沸热的血液；他用可以使扑空的伛偻低下眼睛的神色死瞧着古比尔。

“那么，到底是谁主使您呢？”年青的人说。

“您发誓吗？”

“你要人家不给你算账吗？”

“我希望，您和米露埃小姐，您们会宽赦我。”

“她会宽赦你；但是我，我绝不!”

“好，您会忘记了这桩事吗?”

利益支持之下的揣测有何等可怕的力量啊！两个人谁都想活剥对方的肉，然而他们都在那里，都在一个小院子里，只有两指远的距离，都被一个共同的情感而结合在一起，被迫去互相谈论。

“我会宽赦你，但是我绝对忘记不了。”

“这可不行。”古比尔冷淡的说。

沙维尼恩不能忍耐了。他在这脸颊上批了一下，在院子里回响着，几乎使古比尔跌倒。打了之后，他自己也蹒跚的走了起来。

“我是活该，”古比尔说，“我做了桩傻事。我以为您是个更高贵的人。您误用了我所给您的一个便宜处……您现在是在我的手里!”他说着，给沙维尼恩投去一道愤恨的眼色。

“您是一个杀人犯!”绅士说。

“只是杀人犯手里的利刀。”古比尔立刻的答辩。

“我请求你的宽赦。”沙维尼恩说。

“您报复够了吗?”古比尔用残暴的讥诮说，“您就停留在这里吗?”

“互相的宽赦，互相的忘记。”沙维尼恩接着说。

“您的手呢?”书记说着，给绅士伸过他自己的手。

“在这儿。”沙维尼恩回答说，他为爱慕雨儿胥而吞下这耻辱。“但是，请您说吧：谁指使您?”

古比尔看着一边压有沙维尼恩的批颊，一边压有他对閔诺肋的仇恨的两块所谓的平原。他有两秒钟的停留，未下决定，但是他忽然听见一种声音对他叫道：“你会当法律公证人!”他就回答说：

“宽赦和忘记吗？是的，大家互相宽赦，互相忘记，先生。”

一边说着，一边跟绅士握手。

“到底是谁迫害雨儿胥啊?”沙维尼恩说。

“闵诺肋！他要亲眼看见她埋在地下……为什么呢？我不知道；但是我们可以找出这理由。别让我插足在这里头，如果人家怀疑我，我一点儿也没有法子帮您的忙。我不会打击雨儿胥，我反而会保护她；我不会给闵诺肋效劳，我反而会想方法来破坏他的计划。我只活着来毁灭他，来破坏他。我要蹂躏他，我要在他的尸体上面跳舞，我要用他的骨头来当骨牌玩！明天，在那穆尔、方登布鲁、鲁夫尔各地方的墙壁上，人家都可以念到红铅笔写的这一句话：闵诺肋是强盗！噢！我要干这个。我发誓！使他和炸药一样的爆发。现在，我们为一个秘密而联合在一起；好，如果您愿意的话，我可以跪在米露埃小姐面前，对她宣告我要咒诅逼我去杀她的一个无稽的愿望，我要恳求她赦免我。这会给她一些好处！承审员和教士都在那里，有他们两个人作证，就够了；但是班格兰得发誓别要来破坏我的事业。我现在是有事业的。”

“请您等一等。”被这秘密的漏泄而愕住的沙维尼恩回答说。“——雨儿胥，我的孩子，”他说着，走进小厅来，“给你一切灾害受的人已经厌腻他自己的工作了，他后悔，愿意在这几位先生们之前请求你的宽赦，只要大家会把他所做的事情忘记了的话。”

“怎么，是古比尔吗?”承审员、教士和医生不约而同的说。

“请您们替他保守秘密。”雨儿胥用一只手指按住她的嘴唇说。

古比尔听见这句话，看见雨儿胥的动作，不禁受了感动。

“小姐，”他用深沉的声音说，“现在我愿意全那穆尔的人都听我对您承认我的脑袋曾被一个恶念弄糊涂了，使我做了许多有体面的人所责骂的罪恶。我所说的话，我可以到处的重复，而悲叹这些恶作剧所产生的灾害，但是这些恶作剧也许倒可以使您早日实现您的幸福，”他用一点狡猾的语气说，一边站了起来，“因为我看见波尔丹杜埃尔夫人在这里。”

“这很不错，古比尔，”教士说，“小姐已经宽赦您了；但是您绝不要忘记了您几乎是一个杀人犯。”

“班格兰先生，”古比尔转过身来，对承审员接着说，“我今天晚上要跟勒隔尔商量他的事务所，我希望我的忏悔使您对我不生破坏的念头，我希望您能够在律师公会和司法部方面给我帮忙。”

承审员有所思索的点一下头，古比尔就走出去商议购买那穆尔两位执达吏之中的最好的一个事务所。每一个人都留在雨儿胥家里，花了夜晚的时间给她想法子恢复她的心灵的平静，这心灵已经因为书记所给的满足而发生变化了。

“全那穆尔都会知道这桩事，”班格兰说。

“孩子，你瞧，上帝一点儿也没有召您回去的意思，”教士说。

闵诺肋相当晚才从鲁夫尔回来，很晚才吃饭。九点钟夜色来临的时候，他在中国楼，在他妻子的身边消化他的晚饭。他跟他的妻子商量得嗣来的将来。自从得嗣来当了检事之后，他已经有了地位了；他很勤劳，看到有接任方登布鲁检察官的机会，因为人家说检察官要调到麦龙去。他得找到一位妻子，一位穷苦而属于老贵族家庭的女儿；这么一来，他日后就可以到巴黎的司法界去。也许他们能够使他被选为方登布鲁的议员，齐丽认为好气候的时节在鲁夫尔住了之后应当到方登布鲁去过冬。闵诺肋心里自许已经做下最好的布置，正当他所启幕的这样笨拙的悲剧起了这样可怕的变化的时候，他已经不再想到雨儿胥了。

“波尔丹杜埃尔先生来了，他要跟您说话。”葛毕络尔进来说。

“让他进来吧。”齐丽回答说。

天色薄明的暗影使闵诺肋夫人看不清楚她的丈夫的脸色的突然的发白，闵诺肋听见沙维尼恩的长靴在当日的大夫的书房的走廊地板上发响，不禁颤栗了。一道空泛的不幸的感觉在强盗的血液里驰奔着。沙维尼恩出现了，站立着，头上留着帽子，手里留着手杖，双手叉在胸口，一动也不动的站在两位夫妻之前。

“闵诺肋先生，闵诺肋太太，我来问问您们为什么要用这样的卑劣的手段来苦恼一位少女，全那穆尔都知道这位少女是我的将来的妻子，问问您们为什么要侮辱她，为什么要她死，为什么要让古比尔来侮慢她……请您们答复。”

“沙维尼恩先生，”齐丽说，“您来问我们一桩似乎是没有法子解释的事情的理由，您不是太奇怪了吗？我四十岁了，还来嫉妒雨儿胥吗？自从闵诺肋叔叔死了之后，我已经不再想到别的，只想到我的衬衣！我没有给古比尔说过半句关于她的话，古比尔也是一个怪人，我不能够信托他来为我的狗儿的利益而奔走。哎，闵诺肋，你为什么不回答呢？你要让先生打击你，责骂你做了那些不是你所做的卑劣行为吗？一个在王子所住的别宫周围有值得四万八千佛郎地租的土地的男子汉好像会降低身份来干这些傻事似的！请你醒来吧，你怎么和傻子一般的坐在那儿呢？”

“我不知道先生所说的是什么意思，”闵诺肋终于低声回答说，声音的战栗是很容易觉到的，因为他是太清楚了，“我有什么理由迫害这位小姑娘呢？也许我曾告诉过古比尔我如何讨厌看见她在那穆尔，我的儿子得嗣来发疯的爱她，我不愿意她变成他的妻子，如此而已。”

“古比尔已经全部供认了，闵诺肋先生。”

一会儿的岑寂，然而是可怕的岑寂，三个人都在互相的端详着。齐丽看见在她的巨人的粗暴的脸孔上有神经的颤动。

“虽然您们只是一些毒虫，我却要公开的报复，我知道怎么样的报复。”绅士继续的说，“您是六十七岁的人了，我不跟您清算您给米露埃小姐所加的侮辱的账，我要跟您的儿子去讨去。令郎闵诺肋先生第一天到那穆尔来，我们就要第一天碰面，他得跟我决斗，他也会跟我决斗！不然的话，如果他从今不在那穆尔露面，他就太没出息了；如果他不到那穆尔来的话，我就到方登布鲁去！我可以得到满足。然后人家就不会说到您曾经无聊的企图侮辱过一位手无寸铁的少女。”

“但是一位古比尔的诽谤……不……不是……”闵诺肋说。

“您要我把您面对面的站在他的面前对质吗？”沙维尼恩打断他的话说，“相信我，别漏泄这事情；这是您、古比尔和我三个人所知道的事，让他还只是我们三个人知道，上帝会借用我所荣幸给您儿子提议的决斗来判定这事情。”

“但是，何必这样呢？”齐丽说，“啊！您相信我会让得嗣来和您决斗，和您这位以击剑、射枪为职业的老水兵决斗吗？如果您埋怨闵诺肋的话，闵诺肋在这儿，您可以抓着闵诺肋，和闵诺肋打架。但是，我的儿子，照您自己所说的，他对这桩事毫不相干，您难道要他受罚吗？……我可以打发我的一个走狗去阻止这决斗，先生！——来，闵诺肋，你就好像大傻瓜一样的在那里发傻！你是在你家里，你却让先生这样无礼的在你的妻子面前头上戴着帽！先生，你要开始逃走了。在他家里，木炭商是主子。我不知道您要用您这些不值钱的手脚干些什么；请您赶紧转过您的脚跟，如果您触动了得嗣来的话，您们就逃不了老娘的手，您和您的泼妇雨儿胥。”

她拼力的接铃，叫她的人来。

“请您细想我所对您说的话！”沙维尼恩重复的说，他没有考虑齐丽所说的一段台词，就走了出去，让这把达摩克勒斯的宝剑悬挂在这一对夫妇的头上。

“啊，这个！闵诺肋，”齐丽对她的丈夫说，“你要给我解释这是什么意思吗？一个年青人不会没有目的而到一所中产阶级的家里来吵闹，来给家里的儿子讨血债。”

“这是这位坏蛋古比尔的把戏，我曾答应帮忙他去当法律公证人，如果他能够让我廉值购到鲁夫尔的话。我已经给他一成，两万佛郎的票据，他一定不满意。”

“是的；但是他以前为什么要设下夜间音乐会和其他的卑劣的计策去打击雨儿胥呢？”

“他要娶她为妻。”

“要一个一文莫名的女儿吗？他？这家伙！瞧，闵诺肋，你给我添上许多的傻事！你的本性太笨了，你不会不做些笨事，我的孩子。这里头一定有一些事情，你会告诉我的。”

“没有什么事。”

“没有什么事？可是我，我告诉你你是撒谎，我们以后再瞧吧！”

“你要让我平静一点吗？”

“我要开一开这毒泉的龙头，古比尔，然后你就知道你并不是一位好买卖家。”

“你要怎么就怎么吧。”

“我知道清楚我要怎么就怎么！我所特别希望的，就是不让人家触动得嗣来；如果他有什么灾害，你瞧，我要干一干，就是上了断头台也不怕，得嗣来！……但是……你却坐在那里一点儿激动也没有！”

在闵诺肋夫妇之间这样引起的争吵，没有家中的长期的扰乱是不会终止的。于是，愚笨的强盗就看到他对自己的争斗和他跟雨儿胥的纠纷是被他的错过给扩大化了，是被一个新的、一个可怕的对头给复杂化了。

第二天，当他出门去找古比尔，想用金钱去平息他的时候，他却在墙上念到这些字：闵诺肋是一个强盗！他所碰见的人都同情他，问他到底是谁在背后干这无名告示的勾当，每一个人都原谅他的模棱两可的回答，认为是他的愚笨的表现。愚笨的人从他们的弱点方面所得到的好处是在聪明人从他们的强点方面所得到的好处之上的。人家隔岸观火的瞧着一个伟人和他的命运格斗，然而人家却帮忙一位将要破产的香料商人。您知道为什么吗？保护了傻子，人家就相信自己是超人的，可是人家却因为不能和天才相等而觉得愤怒。如果一个聪明人也和闵诺肋一样的惊惶失措的模棱的回答的话，他早就失败了。齐丽和她的仆人到处洗刷他们所发现的这一句话；但是这句话总是压在闵诺肋的良心之上。

虽然前一夜古比尔曾跟执达吏交谈过一些话，他却非常无耻的拒绝履行他的契约。

"亲爱的勒隔尔，您知道，我能够购买地恩尼先生的职务，我也能够帮您忙把您的卖给别人。请您把这契约再放在口袋里吧，这不过是损失两张贴有印花票的纸张的问题。这是七十参丁。"

勒隔尔太怕古比尔，他不敢埋怨。全那穆尔城都知道闵诺肋曾经给地恩尼保证，能够使古比尔购买他的地位。未来的法律公证人给沙维尼恩写一封信，否认他对闵诺肋的事情所说的话，对年青的贵族说他的新地位，最高法院所定的规条和他对法律的尊重都不允许他决斗。他还警告这位绅士从此之后的行为应当特别的小心，因为他懂得很清楚如何的击剑；而且第一次的挑战就可以让他来斩断对方的腿。

那穆尔的墙头不再说话了。但是闵诺肋和他妻子之间的争吵却存在着，而沙维尼恩也保守着一种忿恨的寂寞。这些事情之后的两天，马山大小姐和未来的法律公证人的婚姻成为了公开的谣言。马山小姐有八万佛郎和她的一副丑陋的脸孔，古比尔有他的怪状和他的职务；所以，这种结合是可能而合适的。

当古比尔半夜里从马山家里出来的时候，两个预伏的不相识的人在街中抓住了他，给他打了几杖，忽然不见了。古比尔最严密的保守关于这一幕夜戏的秘密，而且认为一个说自窗口认得他的老太太是撒谎。

承审员研究这些重要的小事故，他认识古比尔对于闵诺肋有一种神秘的力量，而自许能够猜想出其中的原因。

十九、显灵

小城市的舆论都承认雨儿胥是绝对贞洁的，但是雨儿胥却没有那么快的恢复健康。身体的虚弱使她的灵魂和精神自由，就在这种状态之下，她就变成了许多现象的媒介，这些现象的结果而且是可怕的，是科学所应当研究的，如果科学也知道这秘密的话。

波尔丹杜埃尔夫人来访问之后的第十天，雨儿胥忽然做了一个梦，这个梦显露出一种超自然的视觉的特性，不但是由精神上的现象来表现，同时也由物质上的现象来表达。

她的教父、已故的闵诺肋出现在她的面前，给她做了暗号，叫她跟着他走；她穿好衣服，在黑暗里跟着他去，一直走到布尔乔亚街的房子里来。她在那里找到教父死时所有的一切的东西。老年人穿着临死的前夜所穿的衣服，他的脸色是苍白的，他的动作没有任何的声响；然而雨儿胥却清清楚楚的听见他所说的话，虽然这是微弱的，好像是从远处送来的回音一样。大夫领着他的被后见人一直到中国楼的书房里来，在那里他叫她翻开小小的布尔的家具，正如他死的那一天她所翻开的一样；但是这一次她并不是什么也没有看见，她看见了她的教父叫她去取的那一封信；她开了封，念了信和那一道有利于沙维尼恩的遗嘱。

“所写的字迹，”她对教士说，“发出光辉，好像这字迹是用太阳的光芒来描的，烧痛我的眼睛。”

当她瞧着她的姑夫给他致谢的时候，她看见老年人的没有颜色的嘴唇挂着一道温和的微笑。然后，这鬼魂又用微弱而清晰的声音告诉她闵诺肋如何在走廊里偷听了他们的密谈，走去打开了锁子的螺丝钉，取了一包纸。然后，他又用他的右手拉着他的被后见人，强勉她用死人的步伐跟着闵诺肋到他的驿站里去。雨儿胥穿过了城市，走进了驿站的齐丽的旧日的卧室里，鬼魂在那里使她看见强盗如何的打开信、读着信、烧着信。

“他只能够点着第三根的火柴去烧纸张，”雨儿胥说，“他把纸灰埋在炭灰里。然后，我的教父又带我回到我们的房子里来，我看见闵诺肋—勒弗罗尔先生在书房里溜着，在第三册的《判例》里取走了三张公债票，每张一万两千佛郎的年息，还取走了清还拖欠的尾数的银行钞票。我的教父对我说：‘他是把我带近墓门的苦痛的主使；但是上帝要你变成快乐的。你绝不会死，你会嫁给沙维尼恩。如果你爱我，如果你爱沙维尼恩的话，你还可以向我的侄儿追问你的财产。你给我发誓这个吗？’”

正如救主显圣时一样的容颜焕发，闵诺肋的鬼魂就在雨儿胥受压迫的状态中给她的心灵产生一种剧烈的激动，她就答应她的姑夫所要求的一切，希望能够使这恶梦停止。

醒来的时候，她正站在卧室的中央，她的教父的遗像之前（自从她生病以来，她就在房里挂上这遗像）。一阵强烈的奋激之后，她又去就寝了，呼呼的睡去，而醒来时又回忆到这奇怪的梦景；但是她却不敢对人家说起。她的判断的精细、她的感觉的微妙使她不敢解释这种梦景是有她个人的金钱上的利益为原因和目的；她自然而然的认为这是布基发尔妇人要她睡觉时所给她说的那些关于大夫的博施、大夫对她一定留有一些财产的闲话的结果。但是这种梦景又来临了，而且越来越紧张，使她不由得感到非常的疑惧。第二次，教父的冰冷的手挨在她的肩上，使她生出一种极乎难忍的苦痛，一种说不清楚的感觉。他用幽冥的声音对她说："得听从死人的话！"

"而且眼泪就从他那空白的眼睛里流了下来。"她说。

第三次，死人抓着她的长辫子，拉她去听闵诺肋对古比尔说要给古比尔金钱，如果他能够把雨儿胥带到桑斯去的话。雨儿胥于是就决定把这三次的梦景告诉给沙普郎教士听。

"教士先生，"一天晚上她对他说，"您相信死人可以显灵吗？"

"我的孩子，圣迹的历史、通俗的历史、近代的历史都记载有许多关于这个问题的证据；但是教会却从来没有把他列为信条的一项。至于科学呢，在法兰西，科学是嘲笑这桩事情的。"

"您相信怎么样呢？"

"我的孩子，上帝的法力是无边的。"

"我的教父跟您谈过这些事情吗？"

"谈过。常谈。他对这个问题整个的改变了他的意见。他曾经对我说过二十次，他的悔改就是从在巴黎有一个女人使他听见您在那穆尔替他祷告，看见您在历书里圣沙维尼恩的生日之前画了一个红点的那一天起。"

雨儿胥大叫一声，她的音调是刺人的，使牧师不由得发出抖来；她回想到教父那一次回到那穆尔时如何的看透她的心灵、如何的抢去她的历书的景象。

"如果是这样的话，"她说，"那么我的梦景就是可能的了。我的教父给我显灵，正如耶稣给他的门徒显圣一样。他站在金光之中，他跟我说话！我希望您做一次弥撒，让他的灵魂安息，恳求上帝的援助，停止这种可以粉碎我的显灵。"

她最详细的叙述这三次的梦，坚持这些事实的确实性，她自己的动作的自由，看清楚有一个内在的自己，她说，她非常容易的跟着姑夫的鬼魂走。雨儿胥的诚实是牧师所知道的，最使牧师觉得奇怪的是她对于齐丽在她当日的驿站所占有的卧室的描述的正确，雨儿胥从来没有到过这卧室，也没有听见人家谈到这卧室。

“这些奇怪的显灵怎么能够产生呢?”雨儿胥说，“我的教父怎么想法呢?”

“孩子，您的教父是从假设说起的。他承认有一个精神世界、一个意念世界的存在。如果意念是人类所特有的创造的话，如果意念能够潜存而有他们所有的自己的生命的话，他们一定有一些我们的外在的感觉所不能够把握的形状，可是在某种情形之下却是我们的内在的感觉所能见到的。所以，您教父的意念可以包围您，而您也许也就是把他们组合在一起，而觉得是他的显灵。再说，如果闵诺肋做了这些举动的话，这些举动也就自己化为意念，因为一切的举动都是许多的意念的结果。意念是在精神世界中活动的，如果您的精神走进这世界的话，他也就可以看见这些意念了。这些现象并不比记忆更为怪异，记忆的现象也是和植物的香味一样的奇异和难解，说不定香味就是植物的意念哩。”

“我的上帝，您把世界扩大到这个地步啊！但是听见死人说话，看他走路，看他动作，这是可能的吗?”

“瑞典有一个瑞登堡，”沙普郎教士回答说，“他给人家明显的证明他能够跟死人通话。但是，请您到书房里来，念一念关于著名的孟莫莲西公爵的生活，他在杜鲁斯被斩身死，他绝不是一个会捏造谣言的人；他也有和您差不多的一个奇怪的经验；一百年以前，他来到卡尔登。”

雨儿胥和教士一同登上了第二层楼，好好先生给她找到了一六六六年在巴黎印行的一本十二开的小书《孟莫莲西·享利之故事》，是认识这王子的一位同时的教士所写的。

“您念念吧，”教士说着，给她递过打开第一百七十五至一百七十六页的一本书，“您的教父常常念这一段书，您瞧，这上面还有一些他的鼻烟哩。”

“可是他已经不存在了，他！”雨儿胥说着，拿起书，念了下面的一段：

> 普里发斯围城的时候，几个指挥官的损失是最堪注目的：两位副将死去了，就是冲锋受伤的余克西尔侯爵和头部中弹的波尔德侯爵。就在他被杀的那一天，他应当拜命为法兰西的元帅。正在侯爵死去的那一时刻，睡在营幕里的孟莫莲西公爵忽然被近似侯爵的口音的声音惊醒了，这响音对他说‘再见’。他对于这位亲人的爱敬使他以为这种梦境只是他的幻想的结果；夜间在战壕里的惯例的工作使他毫不惊惧的昏睡。但是同样的声音又打断了他，只能在梦中看见的鬼魂又逼着他醒来，叫他听见清楚同样的话语之后，就失踪了。公爵就想起有一天当他们曾听见一位名做毕德拉的哲学家讲到灵魂和身体分离的问题的时候，他们曾经约过哪一个先死就应当对另外一个告别，如果他得到这允许的话。于是，他禁不住骇怕这事实的真确，他就立刻派一个仆人到很远的侯爵的司令部去。但是，在仆人回来之前，国王已经派了可以安慰他的人来找他，告诉他这桩他已经知道的不幸的消息。
>
> 我让学者们来争论这桩事情的理由，公爵给我述过好几次，我相信这事实的真相是值得研究的。

“那么，”雨儿胥说，“我得怎么办呢？”

“孩子，”教士接着说，“这是这样严重而对您有利的事情，您得严守绝对的秘密。现在您已经把这显灵的秘密告诉了我，我想他也许是不会再显灵了。并且，您身体已经相当的强壮，您可以到教堂去；好，明天就请您到那里去谢谢上帝，恳求他让您的教父休息。您还得确信您是把您的秘密漏泄给一位谨慎的人。”

“您知道我睡着的时候是如何的恐惧啊！我的教父给我投来哪一种的眼色啊！最后一次，他就拉着我的袍子不放，要慢慢的看我。我醒来的时候，满面都是泪珠。”

“请您放心，他不会再来了。”教士对她说。

沙普郎教士没有过一刻钟，就到闵诺肋家里去，请他让自己在中国楼里见他，而且请求只有他们两个单独的谈话。

“没有别人可以听见我们说话吧？”沙普郎教士对闵诺肋说。

“没有。”闵诺肋回答说。

“先生，您一定知道我的性格，”好好先生说着，给闵诺肋的脸孔送去一道温和的注视，“我跟您谈论一些只和您有关的严重而异常的事情，您可以相信我对于这些事情会保守最大的秘密，但是我却不能够不告诉您这些事。令叔活着的时候，”牧师指着家具所在的地方说，“那里有一个布尔的碗橱，上面是云母石的盖儿（闵诺肋脸色变成灰白的），在这块云母石之下，令叔存有一封给他的被后见人的信……”

教士毫不省略的把闵诺肋的行为一五一十的述给闵诺肋听。昔日的驿站主人听到点着火柴之前还有两根熄灭的火柴的故事时，觉得他的头发在他的脑盖皮里颤动。

“谁造了这些谣言？”当故事述完的时候，他用呃吭的声音对教士说。

“就是死人本身！”

这回答使闵诺肋发抖，因为他也在梦里看见过大夫。

“教士先生，上帝好意给我做下这些神迹。”闵诺肋接着说，危险使他说了这一句平生所有的唯一的笑话。

“上帝所做的一切的事情都是自然的。”牧师回答说。

“您的幻术不会吓倒我。”巨人说着，找到一些冷静的勇气。

“我不是来吓您的，亲爱的先生，因为我绝不对世界上任何其他的人说到这问题，”教士说，“只有上帝一个人知道实在的情形。这是您和上帝之间的一桩事儿。”

“来，教士先生，您相信我能够这样的顶冒吗？”

“我只相信人家给我忏悔、人家自己悔疚的那些罪恶。”牧师用使徒的腔调说。

“您认为是罪恶吗？”

“有可怕的结果的罪恶。”

“为什么呢？”

“因为他避免了人间的审判。在这世界上没有赎过的罪恶一定要在另一个世界里去赎罪。上帝自己要报复所谓的无罪。”

“您相信上帝也管这些小事情吗？”

“如果上帝不是像您一眼看见整个的山景那样的一目了解的看到一切世界的一切细节的话，他就不是上帝了。”

“教士先生，您给我发誓您只从我叔叔那里听到这些细节吗？”

“令叔给雨儿胥显灵了三次，给她重复叙述这些事情。她做梦做得厌倦了，就秘密的告诉我这些事情，她觉得这些事情没有什么道理，她绝不会再说起他们。所以在这一方面，您倒可以放心了。”

“可是，我无论怎么样都是放心的，沙普郎先生。”

“但愿如此，”老牧师说，“虽然我认为这些梦中所得到的告密是无稽的，但是我还觉得有告诉您的必要，因为其中的情节未免太离奇了。您是一个老实人，您已经可以非常合法的得到一份好财产，您不会再想用盗窃来锦上添花。并且，您可以说是一个原始的初民，您会因为悔疚而感到苦痛。无论是有教化的人也好，或是野蛮人也好，我们都有一种公正的感觉，这感觉不允许我们从违反我们所生活的社会律则中来享受我们的安闲生活，因为组织良好的社会就是拿上帝所给世界的秩序来做模型的。从这一点上说，社会的来源是神圣的。人类找不到意念，他不能够发明形式，他只模仿包围他的一切东西的永远的关系。结果是：每一个罪犯，无论是上了断头台也好，或是秘密的带走他的罪恶的秘密也好，在没有让一种神秘的力量催着他去认罪之前，他不会让人砍断他的头颅。所以，亲爱的闵诺肋先生，如果您心里安静的话，我就要快乐的走了。”

闵诺肋呆住了，他没有送教士走。当他相信只有他一个人留下的时候，他就和血压高的人一样的生气了：他说出许多侮辱上帝的言词，他用最可令人怀恨的名目加在雨儿胥身上。

“呃，她惹了你什么啊?”送完教士之后蹑手蹑足回来的妻子对他说。

平生第一次，也是唯一的一次，在盛怒和妻子的反复诘问之下，他痛打了她一阵，打得她昏绝在地下，而他也就不得不抱起她，十分惭愧的亲身把她放在床上。他自己也生了小病：医生不得不来给他放两次血。当他起来的时候，每一个人都在短促的时间中看出他的变化。闵诺肋一个人单独的散步，他常常跟一个焦躁的人一般的在街中行走。他好像是心不在焉一般的听着人家说话，他这位脑中从来没有两个意思的人。最后，一天晚上，他在大街中碰到承审员；承审员是到雨儿胥家里来找她去波尔丹杜埃尔夫人家去的，因为魏斯特牌戏又在那里复活了。

“班格兰先生，我有相当重要的话要跟我的表妹说，”他一边说，一边挽住承审员的手臂，“如果您在场的话，我觉得更容易一点，因为您可以劝解她。”

他们看见雨儿胥正在读书；她看见是闵诺肋，就用一种专横而冷淡的态度站了起来。

“孩子，闵诺肋先生要跟您谈些事情。”承审员说，“另外让我说一句，请您别忘记给我您的公债票；我要到巴黎去，我可以给您取您的半年利息和布基发尔妇人的。”

“表妹，”闵诺肋说，“您的姑夫给您娇养惯了，您的生活应当得比现在还舒服些。”

“没有多少钱人家也可以很快乐。”她说。

“我相信金钱能够使您更容易得到幸福，”闵诺肋接着说，“我就是给您送钱来，这完全是因为我对家叔的回忆的尊敬。”

“您倒很可以有一个自然的态度来尊敬他，”雨儿胥严肃的说，“您很可以让他的房子保留原来的样子，把他卖给我，然而您却抬到这么高的价钱，只希望能够找到什么宝藏……”

“总之，”闵诺肋说，他的窘迫是很明显的，“如果您有一万两千佛郎的年金的话，您就可以更有利的出嫁了。”

“可是我没有。”

“但是，如果我给您这些钱，限定您到那时候要同意您嫁给她的儿子的那位波尔丹杜埃尔夫人的故乡布列颠去购买土地怎么样呢？”

“闵诺肋先生，”雨儿胥说，“我没有权利得到这么大的一笔款，我也不能够从您手中得到他。我们不大像是亲戚，更不像是朋友，我已经受过太多的苦痛了，因为人家给我生了许多让人诽谤我的谣言。我拿了这些钱有什么用呢？您为什么要给我送这么大的一个礼呢？我有权利问您这些问题，可是每一个人对于这些问题都有他的回答的方法。人家一定要认为这是补偿什么损失的，但我却不承认有什么损害。令叔并没有教养我有许多卑陋的感觉。一个人只能够从他的朋友处收到礼物：我对您不感觉有什么情谊，我一定会变成忘恩背义的。我不愿意认人家看出我是忘恩背义的。”

“您不收吗?”巨人嚷着说，他绝对想不到人家会拒绝接收一笔财产。

“我不收。”雨儿胥说。

“然而，您是用什么名义给小姐送这笔财产来呢?”昔日的法律代言人睁着眼睛呆盯住闵诺肋说，“您一定有个主意，您有什么主意呢?”

“哎，我的主意就是要把她从那穆尔送到别的地方去，让我的孩子清静点；他爱她，而且说要娶她哩。”

“好吧，我们以后再瞧瞧看吧，”承审员回答说，重新稳定一下他的眼镜，“让我们有些考虑的时间。”

他一直把闵诺肋送回家里去，一边赞同得嗣来的将来所给他感应的忧虑，略为责备雨儿胥的轻躁，答应给他解释，使她了解他的理由。闵诺肋一进门，班格兰就到驿站去借了一辆两轮轻车和一匹马，一直跑到方登布鲁来，请求检事当天夜里到县长家里去。快乐的承审员到这里来。得嗣来跟检察官夫人、县长夫人和驻防军的上校一同打魏斯特牌。

“我来给您报告一个快乐的消息，”班格兰先生对得嗣来说，“您爱米露埃·雨儿胥，而令尊也不反对这婚事。”

“我爱米露埃·雨儿胥吗?”得嗣来带笑的喊道，“您怎么会想到米露埃·雨儿胥呢?我记得在我叔爷已故的闵诺肋家里曾经看见过她几次，这孩子的确非常美丽，但是她是过分的忠实。如果和大家一样，我也公正的赞美她的美丽的话，我的脑袋里却从来没有被这个有点乏味的金栗色女郎所扰搅。”他说着，向县长夫人微笑了一阵(县长夫人是一个刺目的棕色的女郎，如果我要用前一世纪的说法来说的话)。“您从哪儿来，亲爱的班格兰先生?大家都知道我父亲是个占有鲁夫尔别宫和别宫周围值有四万八千佛郎年租的土地的财主，大家都知道我有四万八千个深远的理由不会爱上检察官的被后见人。如果我娶了一位空无所有的女儿，这些贵妇们一定要把我当做一个大傻瓜。”

“您从来没有因为雨儿胥的问题而使令尊苦恼吗？”

“从来没有。”

“您听见了吗，检察官？”承审员对听着他们说话的法官说，拉他到窗口去，跟他谈了一刻钟。

一个钟头之后，回到那穆尔雨儿胥家里来的承审员就遣了布基发尔妇人去找闵诺肋，闵诺肋马上就来。

“小姐……”班格兰看见闵诺肋进来，就对他说。

“接受了吗？”闵诺肋插口说。

“不，还没有，”承审员动一下他的眼镜，回答说，“她颇怀疑令郎的状况；因为她曾经为了同样的情感而受到虐待，她懂得幽默的价值。您能够给她发誓令郎真的发疯的爱她吗？您能够发誓您没有其他的用意，只是要防备不让我们的亲爱的雨儿胥中了新的奸计吗？”

“是的，我发誓。”闵诺肋说。

“别再说了，闵诺肋伯伯！”承审员说着，伸出一只插在裤袋里的手，拍着闵诺肋的肩膀；闵诺肋发抖了。“别这么容易的发了一个假誓。”

“一个假誓吗？”

“在您和令郎之间，总有一个假誓，令郎刚在方登布鲁县长公馆里，当着四个人和检察官面前发誓说他从来就没有想过米露埃·雨儿胥。所以，您有其他的原因来给她送上这一笔大款吧？我看出您的行径未免太唐突，我亲身到方登布鲁去。”

闵诺肋受到自己的愚笨的惊吓，呆呆的愣住了。

“但是，班格兰先生，给一个亲戚送上一笔钱，使她的结婚能够成为幸福的，而用一种借口来克服她的谦卑，这并不算坏。”

危险的感觉使闵诺肋说出一个尚可入耳的辩答，他拭着额头，因为那里有粗大的汗珠。

“您知道我所以拒绝不收的动机，”雨儿胥回答他说，“我请您不再到我这里来。用不着波尔丹杜埃尔先生来给我解释他的理由，他对您的确有轻蔑的情感，甚至于可以说是怀恨，这情感不允许我来接待您。我的幸福是我整个的财产，我觉得没有什么惭愧来承认这句话；我不愿意累及我的幸福，因为波尔丹杜埃尔先生只等着我的成年的时期来娶我。”

“所以俗语说‘金钱是一切’，这是骗人的话了。”粗大的闵诺肋说着，瞧了瞧承审员，承审员那富于观察力的眼睛使他颇为窘迫。

他站了起来，走了出去，但是，他觉得外边的空气和小厅中的空气一样的沉重。

“无论如何我得了结这桩事。”他回到家里时，自己对自己说。

“您的公债票呢，小姑娘？”承审员说，他颇为这些怪事发生之后的雨儿胥的镇静所惊愕。

给承审员拿来她的公债票和布基发尔妇人的公债票时，雨儿胥发现承审员是在大步的踱来踱去。

“您对这位粗人的举动没有什么意见吗？”他说。

“我没有其他的意见。”她回答说。

班格兰先生惊讶的瞧着她。

“所以，我们是有同样的意见了。”他回答说，“拿去吧，请您留下这两张公债票的号码，说不定我会丢掉，我们总得这样的小心。”

班格兰亲手在一张卡片上写了雨儿胥和乳母两人的两张公债票的号码。

“再见，孩子；我得请两天假，但是第三天我一定会来见您的。”

这一天夜里，雨儿胥梦见一种奇异的景象。她觉得她的床是在那穆尔的墓园里，她的姑夫的墓穴就在她的床下。刻有铭文的白色石头使她产生了一种最为剧烈的昏晕，因为这块石头就好像是打开纪念册的封皮一般的自动的开了。她高声喊叫，然而大夫的鬼魂却慢慢的向她走来。她最先看见黄色的头颅和白色的头发发亮着，四周好像有曙光包围着似的。在他那光素的额头下，两只眼睛就好像是两道闪光似的，他站了起来，好像被什么超卓的力量拉着他起来似的。雨儿胥在她的躯壳内颤抖着，她的肌肉就好像是一件着了火的衣服似的，后来她说在她自己身内好像有另外的一个她自己。

“可怜我吧，”她说，“教父！”

“可怜你吗？没有时间了。”他用死人的声调说，这是可怜的小姑娘对沙普郎教士叙述这个新梦的时候所用的一个不可解释的字眼。“他已经受过警告了，他没有在意人家的意见。他的儿子活不了多少时候了。如果在几天之内他还不完全认罪，还不完全补还的话，他就得哀哭他的儿子的死亡，他的儿子要可怕而惨烈的死去。请他知道这桩事！”

鬼魂指着墙上发亮的字迹给她看，这字迹好像是用火烧成的。然后就说：

“这是他的罪状！”

姑夫重新躺在墓里的时候，雨儿胥听见重新盖上的墓石的声响，又从远处听到奇怪的马啸和人叫。

第二天，雨儿胥筋疲力尽了。她起不了床，因为这噩梦使她太辛苦了。她请求她的乳母立刻到沙普郎教士家里叫他来。好好先生做完弥撒就来；但是他一点儿也不惊异雨儿胥的叙述，他认为抢劫家财是千真万确的，他不再想法子去解释他的亲爱的小梦人的反常的生活了。他立刻离开雨儿胥，到闵诺肋家里去。

“好家伙，教士先生，”齐丽对牧师说，“我丈夫的性格变成暴躁的，我不知道他有什么事儿。到现在为止，他是一个孩子；但是两个月以来，我简直认不得他了。他居然走到打我的地步，打我这么温和的一个人！这个人必得是整个的改变了。您可以到岩石间去找他，他在那里过活！谁知道他在那儿干什么呢？”

虽然一八三六年九月的天气还很热，牧师还走过了运河，穿过小径，看见闵诺肋在一块岩石的下面。

“您很苦恼，闵诺肋先生，”牧师站在罪人的面前，对他说，“您是属于我的，因为您苦痛。不幸得很，我是来促进您的了解。昨天夜里雨儿胥做了一个可怕的噩梦。您的叔叔翻开了他的墓石来预先说明您的家庭的不幸。当然我不是来使您骇怕的，但是您得知道到底他所说的……”

“事实上，教士先生，我是一点儿也不能够安静的，甚至于就是在这些岩石之上……我一点儿也不想知道另外的世界中所发生的是什么事情。”

“我要走了，先生；我不是在这么热的天气里到这儿来寻开心的。”牧师说着，拭了拭额头上的汗珠。

“那么，这位好好先生说了些什么呢？”闵诺肋问。

“您有损失您的儿子的危险。如果他说对了一些只有您一个人知道的事情的话，那么，我们所不知道的事情总可以使您发抖了。赔偿，先生，只有请您赔偿！别因为一些金钱而坠入地狱。”

“但是，赔偿什么啊？”

“大夫留给雨儿胥的财产。您拿走了这三张公债票，现在我知道了。您开始迫害这位可怜的女孩子，结果却要给她送嫁资；您撒谎，您走进了迷宫，您在那里随时走错了步伐。您太笨，您在您的阴谋中错用了古比尔，古比尔才笑您哩。快点吧，因为聪明人和雨儿胥的朋友们都在侦察着您。赔偿吧！这么一来，如果您不能够救您的儿子（他也许不至于有危险），您总可以救您的灵魂，您总可以救您的名誉。在我们这样的社会里，在我们这样一个谁也可以看见谁的举动、任何不知道的事情都会被人揣测的小城市里，您以为您能够隐瞒不正当得来的财产吗？去吧，亲爱的孩子，一个无罪的人不会让我说这么长的话。”

“请您走开！”闵诺肋喊道，“我不懂您跟我说的一切到底是什么意思。我更喜欢石头，它们让我清静。”

“再见。我已经预先告诉您了，先生，然而，无论是可怜的孩子也好，是我也好，我们都没有对世界上任何人说过任何一句关于这桩事情的话。可是请您留心！……有一个人两只眼睛在瞧着您。上帝怜悯您！”

教士走开了，走了几步之后，又转过身来看了看闵诺肋。闵诺肋双手抱着头，因为他的头昏痛了。他有点发疯。先说，他留住这三张公债票，不知道怎么办，他不敢亲身去取钱，他怕人家认识他；他不愿意卖掉他们，他想法子去转移。他，他整天的想着他的事业，结果总是想到这讨厌的公债票的转移。

在这奇难的情况下，他就想整个的告诉他的妻子，希望她能够替他设计。齐丽曾经成功的替他驶过船，她一定知道如何替他解围。那时候三分利的公债的时价开盘是八十佛郎，再加上拖欠的余债，就是赔偿差不多一百万的问题了！还清一百万而没有任何的证据可以让人家说我们拿了这笔款！……这不是一桩小事。所以，九月一个月和十月的一部分时间，闵诺肋总是一味的悔疚，一味的没有主意。在全城的大惊愕之下，他衰瘦了。

二十、决斗

一桩惊心的事情促进了闵诺肋所要对齐丽说的供状：达摩克勒斯的宝剑在他们的头上晃荡着。十月中旬，闵诺肋先生夫妇收到了他们的儿子的下面一封信：

亲爱的母亲，

放假之后我之所以没有来看您们的缘故，第一因为检察官出门我得代理他的职务，第二因为我知道波尔丹杜埃尔先生等着我回到那穆尔去，给我寻仇。也许因为不能久待他所要极力加在我们家庭之上的报复而觉得倦怠，在他确知有这里的驻防军骑兵师团长苏兰慈先生的帮助之后，子爵就到方登布鲁来，在这里约好和一个他的巴黎的朋友见面。他在这两位朋友的陪伴之下，很客气的到我家里来，对我说爸爸无疑的是主使侮辱迫害他的未婚妻的人；他给我证明古比尔如何在证人之前供认一切，爸爸如何最初拒绝不履行他答应古比尔干了这些无信的把戏之后所要给古比尔的报酬，在给古比尔钱去购买那穆尔的执达吏的职务之后，他又如何因为骇害而给地恩尼先生保证他的事务所的售价，去帮忙古比尔成业。子爵不愿意和一位六十七岁高龄的老翁决斗，然而他却绝对要报复人家所给雨儿胥施放的侮辱，所以就正式向我要求赔偿。他在冷静的时间里所思虑过的决意是无可动摇的。如果我拒绝决斗的话，他决定要在一个沙龙里找我来，当着有身份的人物面前大加侮辱我，所以我不是决斗的话，我的事业就算是完了。在法兰西，没出息的品格是一切人所共同鄙薄的。并且，他这要求赔偿的动机也将是有体面的人所了解的。他自称他很抱歉居然走到这极端的地步。依据他的证人的意见，我的最聪明的办法就是学有体面的人的习惯规定一个决斗的约会，不要把米露埃·雨儿胥的名字渗杂其中，使人以为是这次纠纷的动机。总之，为着免除法兰西人的窃笑起见，我们可以和我们的证人一同从距离最短的国境到外国去。这么一来，事情就算是最好的解决了。他说他的家望值得我的十倍的家财，在这决死的争斗中，他在荣誉上的冒险是比我更大的。他叫我去请我的证人，来决定这些问题。昨天我所选择的证人们已经和他的证人们见面了，他们全体通过认为我得赔偿这一笔债。所以，一星期之中，我得和我的两位朋友一同到日内瓦去。波尔丹杜埃尔先生、苏兰慈先生和特赖伊先生那一方面，他们也同样的去。我们是用手枪决斗的；决斗的规则都已经决定好：我们每一个人开三枪，然后无论结果如何，都得完结。为着使这丑事不至于传播起见，因为我没有法子认为爸爸的行为是对的，我只在这最后的时刻给您写信。我不想看您去，怕您会因为激动而退让，这是不妙的。我要在世界上成功立业，我得顺从世界的律则；如果在这世界上一位子爵的儿子有十分理由去决斗的话，我这驿站主人的儿子就得有一百分的理由。我要在夜里到那穆尔去过夜，给您说声再会。

念了这封信之后，在齐丽和闵诺肋之间不禁发生了吵闹，结果也就是偷窃的承供：一切和偷窃有关的事情，到处所发生的景象，甚至于梦境。一百万财产之幻惑齐丽，正如他之幻惑闵诺肋一样。

“请你安静留在这里，”齐丽对她的丈夫说，她并没有给他任何的劝谏，“我负全责。我们可以保留住金钱，而得嗣来，也不至于走上决斗场。”

闵诺肋夫人披上肩巾，戴上帽子，拿着儿子的信，跑到雨儿胥家里来；雨儿胥一个人在家，因为这时候差不多是正午。

无论她有如何的自信，闵诺肋·齐丽都让孤女所给她投来的冷淡的目光惊呆了；但是她责备自己的懦怯，就放胆的说：

“拿着去吧，米露埃小姐，您要给我念这一封信，告诉我您怎么想法吗?”她喊着，给雨儿胥递去检事所写的信。

念这封信的时候，雨儿胥感觉到有成千的错杂的情感。这封信告诉她她是如何的被爱，沙维尼恩对他的未婚妻是如何的护卫；但是她同时也未免太有宗教的思想、慈善的心肠，她不愿意使她的最大的仇人因她而死，而得苦楚。

“太太，我答应给您阻止这决斗，您可以放心；但是我请求您把这封信留在我这里。”

“咱们瞧，我的小天使，我们不是可以做一桩更好的事吗？请您听我说。我们已经在鲁夫尔周围凑成了四万八千佛郎的地租的产业。鲁夫尔是一座真正的国王的别宫；并且，我们能够给得嗣来国库大账上的两万四千佛郎的息金，一共是每年七万两千佛郎。您可以承认没有多少人可以跟他比拟的。您是个小野心家，您有道理。”齐丽看见雨儿胥的否认的姿势，就这样的说，“我来替我的得嗣来向您求婚；您可以换上您姑夫的家姓，这就是使他光荣的。您能够看得出来，得嗣来是个漂亮的美少年；他在方登布鲁颇受一般人的欢迎，他不久就要当检察官。您是个会用花言巧语引诱人家的女孩子，您可以让他到巴黎去。我们可以在巴黎给您一所好看的公馆住，您可以在那里出风头，在那里施展您的威力，因为有了七万两千佛郎的年息和薪水，您和得嗣来，您们就是最上流的社会的人物了。您无妨跟您的朋友们商量商量，您就可以看出他们是什么意见。”

“我只需要跟我的心商量，太太。”

“哒！哒！哒！您要跟我谈这位专门破碎小姐们的心坎的小沙维尼恩吗？真是！您要花很大的代价去换取他的家姓，他那掀得和两只钩子一般的小髭和他的黑头发。还是漂亮的海军学校学生！您得用七千佛郎的年金料理家务，和一个在巴黎两年时间短了十万佛郎债务的男人生活在一起。您还不知道，我的孩子，一切的男人都是一样的！而且不是吹牛的说，我的得嗣来就是一个王子。”

“太太，您忘记了令郎这时候所有的危险，这危险只能够请求波尔丹杜埃尔先生因为要我欢心而给令郎解除的。如果他知道您来给我提出这样不体面的议案的话，这危险就会变成无法治疗的……太太，您得知道您给我提示的有限的财富，会比您所诱惑我的奢华使我更为幸福。不知道因为一些什么还不知道的理由，因为一切的事情总有水落石出的时候，太太，闵诺肋先生给我下了毒手，惨酷的迫害我，然而这迫害却使结合我和波尔丹杜埃尔先生的情爱明朗化了，我可以公开承认这情爱，因为他的母亲一定会祝福这情爱的：所以我得告诉您这经过同意的合法的情爱是我的整个的生命。任何的命运，不论他是如何的光明，不论他是如何的高强，都不能够使我改变。我的爱情是没有什么可以后悔的、没有什么可以改变的。所以当我把我的灵魂献给沙维尼恩的时候，我又把身体嫁给另外一个人，这简直是必得加以刑罚的罪恶。现在，太太，因为您逼着我，我还可以再对您说：就是我不爱波尔丹杜埃尔先生的话，我也不会决定来跟令郎共同分担生活的甘苦。沙维尼恩短了债，不错，但是您也常替得嗣来先生还债。我们的性格没有什么共同之点或是相异之点，可以让我们没有任何的隐痛而生活在一起。我恐怕不能够给他表现妻子对丈夫所应有的容忍，我会变成他的累。请您别想到我所配不上的婚姻，我可以拒绝这婚姻而不会使您产生任何的苦恼，因为您有这样的财产，您不会找不到比我更美丽、景况更好、更有钱的女人。”

“我的小姑娘，”齐丽说，“您发誓阻止这两个年青人，不让他们出国，不让他们决斗吗?”

“我先告诉您，这将是波尔丹杜埃尔先生所能够给我做的最大的牺牲；但是我的新娘子的花冠不应当由带血的手来脱取。”

“好啦，谢谢您，表妹，我祝您幸福。”

“我呢，”雨儿胥说，“我祝您能够实现令郎的美丽的将来。”

这句回答刺着检事的母亲的心坎、刺着她的记忆，使她又想起雨儿胥最后一次的噩梦的预言。她站着不动，两只眼睛盯住雨儿胥的脸孔，在她的下半期的丧服里显得这样白皙、这样贞洁、这样美丽的脸孔，因为雨儿胥站了起来，请走有所企图的表嫂。

“您相信梦境吗?”她对她说。

“我太苦痛了，我不能够不相信梦境。”

“那么，……”齐丽说。

“再见，太太。”雨儿胥说。她一边给闵诺肋夫人致敬，一边听见教士的步声。

沙普郎教士看见闵诺肋夫人在雨儿胥家里，甚为惊异。当日的驿站女主人的衰皱的脸孔所活现的不安的神色自然而然的使牧师反复来往的瞧着两位妇人。

“您相信归魂吗?”齐丽对教士说。

“您相信归账吗?”牧师微笑的回答说。

“这些都是奸黠的人,”齐丽心里想,“他们要局骗我们。这位老牧师,这位老承审员,这位小丑沙维尼恩,他们合了伙。这种梦不能比我手掌中所生的头发还要多。”

给他们行了两个干燥而短简的敬礼之后,她就出去了。

“我知道沙维尼恩为什么到方登布鲁去。”雨儿胥对沙普郎教士说,告诉他决斗的事情,请他应用他的威望来阻止这事情。

“闵诺肋夫人来给您提议嫁给她的儿子吧?”老牧师说。

“是的。”

“大约闵诺肋已经把他的罪恶告诉他的妻子了。”教士加上一句说。

这时刻正好承审员来了,他听到齐丽刚才所有的举动和她的提议,不由得给教士瞧了一眼,好像对他说:“咱们出去吧,我要跟您谈谈雨儿胥的事情,不让她听见。”他知道清楚齐丽如何的痛恨雨儿胥。

“沙维尼恩会知道您拒绝了八万佛郎的年金和那穆尔的‘雄鸡!’”他说。

“这难道是一种牺牲吗?”她回答说,“当人家有真正的爱情的时候,还有什么牺牲可言吗?总之,拒绝我们所轻蔑的人的儿子,这就值得称赞吗?如果别人要以他们的退让认为是他们的德性的话,这不应当是一个受约尔地、沙普郎教士和我们的亲爱的大夫所教养的女人的道德!”她说着,瞧了瞧小照。

班格兰拿了雨儿胥的手,吻着她。

“您,”当他们走到街中的时候,承审员对教士说,“您知道闵诺肋夫人来干些什么吗?”

“什么?”牧师回答说,他用精细的眼色瞧着承审员,好像很好奇似的。

“她要来赔偿。”

“您相信吗？”沙普朗教士说。

“我不相信，我有证明，哪，您瞧吧。”

承审员指着正走回家而向他们这边来的闵诺肋，因为这两位朋友离开雨儿胥家里的时候正走上了那穆尔的大街。

“因为得到重罪裁判所去辩论，我自然研究过不少关于悔疚的案子，但是我从来没有看见过像他这样的情形！谁能够使这个无忧无虑的大个子的康健变成这样柔弱的，使他那紧凑得和鼓皮一般的双颊变成这样的苍白呢？谁使他的眼睛的周围起了黑晕，使他的村野的活跃的精神枯死了呢？您能相信这个额头上会生起皱纹，这个大个子的脑筋里会起激动吗？他最终意识到自己的心了！我认识悔疚的情形，正如您认识忏悔的情形一样，亲爱的教士：我所观察过的悔疚都是等着受刑，或是走去忍受责罚，来和世界清账的人，他们都已经退隐了，或是已经闻过报复的气味了；但是这个人却是没有赎过罪的悔疚、纯粹的悔疚，受着悔疚的吞噬和粉碎的。”

“您还不知道，”承审员拦住闵诺肋说，“您还不知道米露埃小姐刚刚拒绝闵诺肋夫人替她的儿子求婚吗？”

“但是，”教士说，“请您放心吧，她要阻止令郎和波尔丹杜埃尔先生的决斗哩。”

“啊！我的妻子成功了吗？”闵诺肋说，“我很高兴，因为我已经都死过去啦。”

“事实上，您已经变得太多了，您已经不像以前的样子了。”承审员说。

闵诺肋来回的瞧着班格兰和教士，看看牧师是不是泄漏了消息；但是沙普朗教士却神色不变，他保守着一种可以安慰罪人的悲哀的沉静。

“而且这变化是更惊人的，”承审员继续的说，“因为您应当得觉得满意。总之，您是鲁夫尔的主人了，您把保尔地埃尔、您的农场、您的磨坊、您的草地都和鲁夫尔联在一起……您每年有国库大账上的十万佛郎的利息。”

“我在国库大账上没有任何的东西。”闵诺肋连忙说道。

“噢”！承审员说，“怎么，这就跟令郎爱雨儿胥一样，忽然是什么话也没有可跟她说的，忽然就要向她求婚。费了劲想把雨儿胥弄得悲愁而死之后，您们却要娶她做儿媳妇！亲爱的先生，您的葫芦里有些什么药吧……”

闵诺肋想方法回答，他寻找正当的语词，然而却只找到这句话：

“您真滑稽，承审员。——再见，二位先生。”

他就慢步走进了布尔乔亚街。

“他偷走了我们的可怜的雨儿胥的财产！但是，哪儿去找证据呢?”

“上帝有法子!”教士说。

“上帝给我们一种感觉，这感觉已经在这个人心里说话了。”承审员接着说，“但是我们管这感觉叫做假设，而人间的法律却需要更多的东西。”

沙普郎教士保守着牧师的缄默。

二十一、最值得偷窃的是如何的不容易偷窃啊！

正如同样的情形所常有的一般，教士常常不自由主的想到几乎是已经承供了的闵诺肋的抢夺，想到因为雨儿胥的财产的有限而不能早日实现的沙维尼恩的幸福；因为老贵妇已经秘密对忏悔师承认她没有在大夫活的时候赞同儿子的婚姻是如何的错误。第二天，做完弥撒从台上下来的时候，他忽然想到一桩事，这思想的力量使他不禁大叫一声；他给雨儿胥做一个暗号，叫她等着他，没有吃饭就到她家里去。

“我的孩子，”教士对她说，“我要看看您教父托梦告诉您说曾经把公债票和钞票放在里头的那两本书。”

雨儿胥和教士上楼到书房里，取了第三册《判例》。翻开书的时候，老年人并不是不惊讶的注意到一些纸张在书页上所留下的余迹，这些书页没有书皮那样的硬，他们还留有公债票的痕迹。然后，在另外一本书里，他又在两页书之中认出了因为一只纸包的长时期的压力而显得半开的样子和纸包的遗迹。

“上来，上来，班格兰先生！”布基发尔妇人对走过的承审员喊道。

班格兰来的时候，教士正好在戴上他的眼镜，要念读已故的闵诺肋在装订者装在书皮的护条里头的有色羊皮纸上所写下的三个号数。这是雨儿胥所发现的。

“这是什么呀？我们的亲爱的大夫真是一个藏书家，他不至于让书皮的护条腐烂，”沙普郎说，“这里是三个号数，写在第一个前面有‘M’（闵）字的号数和另外一个前面有‘U’（雨）字的号数之间。”

“您说什么？”班格兰回答说，“让我瞧瞧看。好上帝！”承审员叫了起来，“这不是可以打开无神论者的眼睛，给他指示上帝的存在吗？我相信人间的裁判只是泛溢各世界的神意的引申。”

他抱住雨儿胥，吻着她的额头。

“噢，孩子！您要变成幸福而富裕的了，而且是我使您这样的！”

“什么事情啊？”教士说。

“好先生，”布基发尔妇人拉着承审员的蓝色礼服，说，“噢！让我吻您来庆祝您刚才所说的话！”

“请您解释解释，免得我们空欢喜！”教士说。

“如果要我变成富裕，我得使什么人苦痛的话，”雨儿胥忽然瞥眼看到一场刑事的官司，就这样的说，“那么，我就……”

“可是！请您想想，”承审员打断雨儿胥的话说，“请您想想我们的好沙维尼恩所要得到的快乐。”

“但是，您发疯了！”教士说。

“不，好教士，”承审员说，“请您听我说。国库大账上的公债票和字母有同样多的等数，每一个号数都冠有代表他那一等数的字母；但是让持票人支取的公债票却不能够有字母，因为他并不是指明给任何人的；所以，您所看见的东西可以证明当好好先生把钱款存放在国库里的时候，他记下了那张带有M（代表闵诺肋）的一万五千佛郎年息的公债票的号数，三张开给持票人的公债票和米露埃·雨儿胥的那张二三五三四号的公债票的号数。这最后一个号数，您可以看得出来，是立刻接着一万五千年息的那一张的。这种凑巧证明这些号数是同日得到的五张公债票，好好先生是为挂失而记下的。我曾经教过他把雨儿胥的财产开成持票人式的公债票，他一定就在那一天支配了他所给雨儿胥个人和被后见人留下的资金。我要到地恩尼那里去查一查他的财产单，如果有他自己名字的那一张公债票的号数是M二三五三三的话，我们就可以断定他曾于同日由同一的交易所存放了各项钱款：第一，只用一张公债票存放他自己的资金；第二，用持票人的方式把他所节省的款项写了三张公债票，号数上没有字母的；第三，他的被后见人的资金：转移过户的账目可以给我们不可否认的证据。啊！这阴险的闵诺肋，我抓住您了。——别张声，孩子们。"

承审员别了教士、布基发尔妇人和雨儿胥，让他们深深的钦佩上帝领导贞洁的人走上胜利路上的方法。

"这是上帝的旨意！"沙普郎教士嚷着。

"人家要使他受苦吗？"雨儿胥说。

"啊！小姐，"布基发尔妇人喊道，"我倒想拿一条绳给他吊了起来。"

承审员已经在地恩尼的指定的承继人古比尔事务所里。他毫不在意的走了进去。

"我要查一查一桩和闵诺肋的遗产有关的小事情。"他对古比尔说。

"什么事呢？"古比尔回答他说。

"好好先生只留一张三分利的公债票呢，还是好几张呢？"

"他只留下一张三分利的一万五千佛郎年息的公债票，"古比尔说，"还是我亲身给他记下来的哩。"

"那么，请您查一查财产单吧。"承审员说。

古比尔取出一个卡片匣子，从头到尾的找了一遍这个有关的文据，寻到之后，就念着："又，一张公债票……"——"在这儿，请您自己念吧！……"——"号数为M二三五三三。"

"请您给我在一个钟头之内抄这财产单的这一条款；我等您。"

"这对您有什么用处呢？"古比尔问。

"您要不要当法律公证人呢？"承审员回答说，用严厉的眼光瞧着地恩尼的指定承继人。

"我想是的！"古比尔喊道，"为着得到这法律公证人的称呼，我已经忍辱够了。我希望您懂得，承审员先生，名做古比尔的那位首席书记和马山小姐的丈夫、那穆尔的法律公证人古比尔·约翰—西拔斯提恩—马利先生并不是一样的。这两个人并不互相认识，他们甚至于并不相似！您一点儿都看不出我吗？"

班格兰先生于是就注意古比尔的服装，古比尔打了一个白领结，穿了一件饰有红宝石纽扣的白衬衣，一条红丝绒的背心，巴黎制的一条黑呢裤和一件黑呢上衣。他脚上穿着好看的长靴子。梳得晶亮的头发闻出香味。总之，他似乎是变形了。

"事实是您已经是另外一个人了。"班格兰先生说。

"在精神方面，在物质方面，都是如此，先生！智慧跟着工作来；金钱是衣冠整洁的来源……"

"在精神方面，在物质方面，都是如此。"承审员一边说，一边架定他的眼镜。

"呃！先生，一个有十万厄古年息的人总是一个民主党人吧？——请您把我当做一个懂得趣味、懂得爱他的妻子的老实人来看待吧，"他看见古比尔夫人进来，就加上这一句说。"——我变得太多了，"他说，"我想我的表嫂克勒米埃夫人是很聪明的，我指导她；所以她的女儿已经不再谈论小喇叭了。怎么，只是昨天，她说沙维尼恩先生的狗是特别会被获坐狱的；哎，我不重复这句话，不论他是如何的有意思，我立刻给她解释猎获、获罪和被获坐狱的不同。所以，您看得出来，我完全是另外一个人，我要禁止一条狗来糟蹋我。”

“别再说了，”班格兰说，“给我在一个钟头之内抄上这个，那么，古比尔法律公证人就可以补偿一些古比尔首席书记所做的坏事。”

自那穆尔的医生借了马匹和两轮轻车之后，承审员就去取了两本可以作为证据的书，雨儿胥的公债票和财产单上所抄下来的条款，他一直跑到方登布鲁检察官的家里去。班格兰毫不费事的指明某一个承继人偷窃三张公债票的事情，再说到闵诺肋的犯罪行为。

“他的行为是毫无疑问的了。”检察官说。

为着慎重起见，法官立刻给国库上文，禁止进行这三张公债票的转移过户，他又派承审员去找这三张公债票所付出的利息有多少，去查一查这三张公债票是不是已经卖了。正当承审员在巴黎办理这些事情的时候，检察官给闵诺肋夫人写了一封客气的信，请她到检察官办公处来。不放心儿子决斗的齐丽就换了衣服，驾上车马，立刻到方登布鲁去。检察官的计划是简单而高妙的。把夫妇两个人分开，他可以用法律的权威来设法知道实情。齐丽在办公室里找到这位法官，她惊心动魄的听着法官说了这些毫不客气的话：

“太太，我不相信您曾共同预谋偷窃闵诺肋的遗产，法院现在已经有了这偷窃的证据。但是您可以据实供述您所知道的一切情形，免得您的丈夫让人送到重罪裁判所去。并且您的丈夫的判罪也不是唯一值得骇怕的事情；您还得想法子免得您的儿子被免职，免得他被人砍断了脖子。几分钟之后，就没有时间了，武装警察已经骑上马，收监状也马上就要送到那穆尔去了。”

齐丽晕绝了。等到她恢复知觉的时候，她就承供一切了。很容易指示这位妇人她是共谋之后，法官就对她说为着保全她的丈夫和她的儿子起见，他要谨慎的办理。

“您是对付一个平常的人，不是对付一个法官。”他说，“被牺牲的人并没有递上讼状，偷窃的事情也还没有公布过；但是，太太，您的丈夫确是犯了大罪，这种罪过由法庭来宣判，一定比我所判的还要难受。在这事情的现状下，您应当坐监狱……噢！您只在我家里。因为我给您预先约过，”他看见齐丽几乎又要昏绝，就这样的说。“您知道我的责任是请求颁发收监状，开始审查；不过，眼前我是以米露埃·雨儿胥的合法保护人的资格来行动的，所以，关于她的利益的有利的和解是可以商量的。”

“啊！”齐丽说。

“请您给您丈夫写这一封信去。”

他叫她坐在办公案前，写了这一封他给她口授的信：

我的朋友，我被捕了，我都哄了。请您放欺叔叔在您所烧灰的遗足里所给波尔当都哀尔先生留下的公灾票吧，因为俭查官已经给国库上文，不许过户了。

“这么一来，您就可以使他不否认了，否认是会使他受罪的，”法官一边说，一边笑着看她那别字连篇的字迹。“我们要看看用什么法子来顺利的赔偿这一笔债。我的内人可以留您在家里，尽量使您不至于不舒服，我劝您不要对人说一句话，也不要露出半点忧愁的样子。”

他的检事的母亲供认了之后，被软禁了之后，法官就叫得嗣来来，一五一十的告诉他他的父亲如何暗地里损害雨儿胥、公开的损害共同承继人而进行偷窃的罪过，给他看齐丽所写的信。得嗣来立刻请求派他第一个人到那穆尔去，叫他父亲赔偿。

“事情太严重了，”法官说，“遗嘱已经烧毁了，如果张声出去的话，承继人马山和克勒米埃，您的亲戚，一定会干涉的。我现在有充分的理由反对令尊。我现在把令慈送还给您，因为这小小的仪式已经够得感化她了。当她的面，我得装做是因为您的恳求而释放她的。请您跟她一块儿到那穆尔去，想法子解决这一切的困难。谁也不必怕。班格兰先生太爱米露埃小姐，他绝不会疏忽。”

齐丽和得嗣来立刻动身到那穆尔去。他的检事走了之后的三个钟头，检察官收到了下面的一封快信，这封信的字迹是经过我们的改正的，免得人家嘲笑这位受到不幸的打击的人。

上方登布鲁法院检察官先生书

先生，

上帝还没有您那样的宽恩对待我们，我们已经受到无可救药的不幸的打击。走到那穆尔桥边，一条革带脱了轮。我的妻子一个人留在车后，没有仆人陪伴她；马在嗅闻厕舍的味道。我的儿子怕他们不耐烦，没有让驭夫下车，自己到地下来重新安上革带。正当他转过身想要爬上他母亲的旁边的时候，马忽然咬辔怒奔，得嗣来拢着马朝着墙头，他措手不及，让车踏刮破了他的两只腿，他跌在地下，后轮就在他身上辗过。到巴黎去延请最好的外科医生的快车会给您带这一封信去。这是我的儿子在苦痛的时候叫我给您写的，目的是要告诉您我们完全同意您对于使他来到家中的那桩事情的决定。

一直到最后的一息为止，我都要感谢您处理这桩事情的态度，我也要赞许您的机密。

闵诺肋·佛兰苏

这惨痛的事故使那穆尔全城沸腾了。聚集在闵诺肋公馆门口的激动的群众告诉沙维尼恩说他的仇恨已经由一个比他更大的力量的手腕给报复了。绅士立刻到雨儿胥家里来，他看见教士和少女不但是惊愕，而且是更为恐惧。第二天，第一次敷药之后，当巴黎来的医生和外科医士全体同意锯断两只腿的时候，垂头丧气、脸发青白的闵诺肋就在教士的陪伴之下到雨儿胥家里来，他看见布基发尔妇人和沙维尼恩都在那里。

"小姐，"他对她说，"我实在是您的罪人；但是，如果我不能够完全补偿我的一切的错过的话，我总可以赎清其中的一部分。我的妻子和我，我们已经决定发誓把我们的鲁夫尔的地产完全送给您，无论我们能够保留他的生活，或是得悲痛的损失他。"

说这句话之后，这个人不禁满面的流泪。

"我可以给您保证，亲爱的雨儿胥，"教士说，"您可以，而且应当接受这赠予的一部分。"

"您赦宥我们吗？"巨人一边谦卑的说，一边跪在这位惊讶的少女的面前。"几个钟头之中，巴黎市立大医院的第一个外科医生就要举行手术了；但是我一点儿也不信托人间的科学，我相信全能的上帝！如果您赦宥了我们，如果您请求上帝给我们保留我们的儿子的话，他就有力量来支持这苦刑，而我也确信我们有福气来保留他。"

"我们大家都到教堂去吧。"雨儿胥一边说，一边站了起来。

这一站立，她就狂叫一声，倒在靠椅上，晕绝了。当她恢复知觉的时候，闵诺肋已经忙着出去找医生，她看见她的朋友们都忧愁的瞧着她，等着她说话。这句话使一切的心灵惊动。

"我看见我的教父站在门口，"她说，"他给我做暗号，说是没有任何的希望。"

“您赦宥我们吗?”闵诺肋谦卑的对雨儿胥说。

施手术之后的第二天，得嗣来果然在手术之后的发烧和病症的陡变之下死去了。心中只有母爱没有其他情绪的闵诺肋夫人也在埋葬儿子之后发疯了。她的丈夫把她送到布郎慈大夫那里去医治，她也就于一八四一年死在那里了。

这些事故之后的三个月，即一八三七年正月，雨儿胥在波尔丹杜埃尔夫人的同意之下嫁给了沙维尼恩。闵诺肋参加签订婚约，他把鲁夫尔的土地和两万四千佛郎年息的公债票送给她，只留下他的叔叔的房子和六千佛郎的年息作为自己的产业。他变成了那穆尔最慈善、最敬虔的人；他是教区的理事员，穷苦的人的保护者。

“贫穷的人已经代替了我的儿子。”他说。

如果在剪平榛树的国度里您注意到道路的旁边还有一些好像被电击一般的枯白的老树长出一些梢芽，两边破裂，需要斧子砍断的时候，您就可以想到一位须发皓白、身躯弯曲的衰瘦的老驿站主人，不过，当地的老年人已经不能够在这位驿站主人身上找到这篇故事开头时我们所说的那个等待儿子的快乐而愚笨的样子。他不再用同样的态度来抽鼻烟，在他的身躯之外，他似乎还负有其他的艰辛。总之，在一切的东西之上，上帝的指头总是指着这个人身上，使人看出他是一个悲惨的例子。尽量怀恨他的叔叔的被后见人之后，正如闵诺肋大夫一样，这个人却对雨儿胥这样的表示好感，甚至于他自己都愿意当雨儿胥在那穆尔所有的财产的管理人。

波尔丹杜埃尔先生夫妇每年有五个月住在巴黎，他们在巴黎的圣日耳曼镇购买了一座辉煌的公馆。波尔丹杜埃尔老太太把自己的那穆尔的房子送给慈善会修女办一所免费学校之后，就到鲁夫尔去居住，那里的门房守卫长就是布基发尔妇人。妇人有一千两百佛郎的年息，另外还有她的富裕的薪金。年纪六十岁的当日的杜克礼邮车的管理员葛毕络尔老伯就娶了她。年青葛毕络尔当了波尔丹杜埃尔先生的驭夫。

当您看见那些驰奔于苍细莉茜大街之上的名叫蜗牛车的美丽的小矮车（盖有两重黑丝布，饰有许多的蓝饰物）的时候，您可以看见其中有一位您所敬仰的金栗色的美妇，她的脸孔包绕着成千的发卷，就好像叶簇一样，她的眼睛就好像明亮的夹竹桃一般，满充着情爱，她就轻轻的靠在一位美少年的身上。如果您觉得有妒羡的情意的话，请您记住：这一对上帝所喜悦的情侣曾经预先在苦恼的生活中付过求爱的代价。这两位结了婚的情人应当是波尔丹杜埃尔子爵夫妇，因为在巴黎是找不到同样的两对小夫妇的。

“这是我所看见过的最幸福的一对。”埃斯多拉德公爵夫人不久刚说过。

所以，您们得祝福这一对情侣，不要妒忌他们；请您们去寻找一位米露埃·雨儿胥，这位由三位老年人和最好的母亲“穷困”所教养出来的少女。

给大家都帮过忙而不愧称为那穆尔聪明的人物的古比尔颇为他的小城市所称许；但是他却在他的儿女身上受到报应，他们是丑陋的、佝偻病的、水肿病的。他的前辈地恩尼在议院里大出风头，是议院的一个最美丽的装饰，因为每次跳舞会里都看见到地恩尼夫人的法兰西的国王对他甚为满意。地恩尼夫人对全那穆尔的人叙述她在杜尔勒利御花园里请客时的光耀和法兰西的国王的宫廷的辉煌；她是那穆尔的王后，这是当时传诵一时的国王的恩宠的结果。

班格兰是麦龙法院的院长；他的儿子正要变成一个最忠厚的高等检察官。

克勒米埃夫人总是说了一些世界上最有趣味的话语。她把“儿”字加在“鼓”字后面，写成“鼓儿”。据她说，这是因为她的行笔的流溢。在她女儿出嫁的前夜，她在结束她的指令时就对女儿说一位女人应当是家中的苦力，应当用狮首女身的飞兽的眼睛来瞧视一切的事物。古比尔而且是在搜集他的表妹的没有伦次的话语，编成一本克勒米埃式的逻辑。

“我们不幸损失了良善的沙普郎教士。”这一年冬天，给教士病中看护的波尔丹杜埃尔子爵夫人说。全区的人都来送殡。那穆尔是幸运的。因为这位神圣人物的承继人是可敬的圣兰慈的教士。

一八四一年六七月之间作于巴黎